三島由紀夫

●人と思想

熊野　純彦　著

197

凡例

一、三島由紀夫の作品からの引用は主として『三島由紀夫全集』によっているが、入手の便宜等の理由で、他のテクストによる場合もある。
一、旧字・旧かなのテクストからは、基本的に、新字・旧かなによって引用する。
一、引用文中の〔　〕の部分は、引用者が補った語、章句である。「…」は原文のママ、（中略）は引用者による。
一、著作（単行本）または長篇作品には『　』を、短篇・中篇・戯曲・評論等、また雑誌名などには「　」を付した。
一、本文中に登場する日本人文学者については、物故者にかぎり、小説家を中心に生没年を（　）内に注記した。
一、引用文中には、今日の人権意識からみて不適切な表現も見られるが、歴史的な文学作品であることに鑑みて、変更をくわえていない。

はじめに――三島由紀夫と高橋和巳――

高橋和巳の三島論　小説家の高橋和巳（一九三一～一九七一年）が、昭和三十八（一九六三）年に、一篇の三島論を発表している。冒頭部分から引いておく。

　戦争中、若者たちが軍事教練に汗くさい臭いを発散させていたとき、三島由紀夫は清冽な処女作『花ざかりの森』をかいており、戦後、平和と民主主義が謳歌されたころ、三島由紀夫はラディゲに仮託しつつ〈夭折の美学〉を説いていた。そして左派の青年たちが「若者よ、からだを鍛えておけ」とむなしく歌いほうけていたとき、ほんとうに肉体を鍛えていたのは三島由紀夫であった。あるいは、被害者の自己正当化にたいしては強盗の名誉を、怨嗟の真実にたいしては仮面の倨傲を――。同様の皮肉な対照はいくらもあげうるけれども、このわずかな挙例からもじゅうぶんに見てとれるのは、みごとな反撥の経歴であり、それを維持しつづけた硬質の知性である。

三島由紀夫（一九二五～一九七〇年）と高橋和巳の年齢差は六年、高橋は、三島を最初に愛読した世代にぞくしている。つづけて高橋はみずからの学生時代をかえりみ、往時の三島の読まれかたをめぐって、ひとつの興味ぶかい事実を報告していた。

じぶんたちは、と高橋は言う。おのおのの態度、行動にはそれぞれ差異があったにせよ、世間の見かたからすれば、総じて「左翼」の政治青年、また文学青年と目されていたことだろう。当時の政治青年や文学青年たちのあいだで、「もっとも熱っぽく論じられていた作家の一人は三島由紀夫」であった。これは一見したところ、奇妙な傾向であるかに思える。しかしそうではないのだ。三島がしめした硬質の知性は「語のただしい意味において革命的」なものなのであって、それは左派の青年たちによっても、いな、左翼と称される若者たちによってこそ「つよく支持」されていたのである。

右に引いた和巳の一文「仮面の美学——三島由紀夫」は、高橋にとって最初の評論集『孤立無援の思想』（一九六六年）に収められている。六〇年代の末期、学生たちは高橋和巳の小説とともに、その評論をもむさぼるように読みふけった。「全エッセイ集」と副題を付せられた一書がその題名のなかで時代の気分を表現している。孤立無援ということばは、「われわれは連帯を求めて、孤立を恐れない。力及ばずに倒れることを辞さないが、力を尽くさずにくじけることを拒否する」、という谷川雁（一九二三〜一九九五年）に由来する章句ともひびきあいながら、ある種の若者たちのこころをとらえた。西暦二〇二〇年をむかえた現在からかぞえるなら、すでに五十年もまえ、三島由紀夫が自決するその前後の時代のことである。昭和三十三（一九五八）年生まれの筆者は、当の時節を同時代的にわずかに記憶している、おそらくは最後の世代にぞくしているかもしれない。

三島が腹部に短刀を突きたて、黄泉（よみ）に向かったほぼ半年後、京大闘争に同伴するさなか、結腸癌に冒されていた高橋もまた、病院で息を引きとっている。由紀夫の享年は四十五、和巳が逝ったのは三十九歳の晩い春のことだった。ちなみに、高橋和巳が世を去って一年が過ぎ去ったのち、川端康成（一八九九～一九七二年）が、仕事場でガスホースをくわえ、処決している。高橋和巳の病死は、三島の自決と川端の自裁とのあいだに挟まれて、いわゆる政治の季節のおわりを告げ、戦後という時間のひとつの節目を意味していた。斎藤美奈子が認定しているように、これに対して「川端康成と三島由紀夫が文壇から去ったことで、明治二〇年代にスタートした近代文学はいよいよ終焉を迎えた」（『日本の同時代小説』）。一九六〇年代は「知識人の凋落（ちょうらく）」の時節でもあったけれども、三島、高橋、川端の最期とともに知識人の時代もまた確実に終幕をむかえる。その終結と同時に「時代はやはり変わりつつあった」（同）のである。

三島・高橋の対談について

三島由紀夫と高橋和巳は、いちど誌上で対座している。対話の記録は「大いなる過渡期の論理」と題されて、昭和四十四年十一月、雑誌「潮」に掲載された。

対談にさきだって三島は、東大全共闘（「全共闘」は全学共闘会議の略称。医学部に端を発する全学紛争にさいして、それまでの学生自治会に代わって組織され、以後、各大学につぎつぎと「全共闘」を名のる集団が登場した）に呼ばれて対論しており、高橋和巳との対談でも最初にその件が話題となっている。高橋の発言を引く（以下、座談会等からの引用については、新かなで引用する）。

東大の全共闘との話し合いを拝見しましたけれども、なぜ彼らが三島さんをよんだか。それは、内面を推察してくれというタイプのインテリにたいする不信というようなものを、三島さんにたいしては抱いていないからですね。同時に、大学教授では満たされなかった言語および表現者にたいする信頼感をどこかで確かめたかったからですよ。きっとそうだろうと思います。言語にたいする信頼感はぱたぱたと崩れてしまいましたけれども、これをどこで食い止めるかによって日本の戦後の精神のありかた、言語にたずさわるものの帰趨は決まるんじゃないでしょうか。

東大全共闘との対論をめぐっては、のちに話題とする機会もあるだろう。ここでは、時代の脈絡のなかで、三島と高橋、および全共闘ならびにその周辺にあった若者たちのあいだに存在していたように思われる、ある黙契についても確認しておきたい。じっさい三島は、高橋の発言を「高橋さんが根本的なことといっちゃったけれども」と受けながら、「言語表現の最終的なもの」と「革命なりなんなりやるという行動」とのあいだには、恐るべき「深淵みたいなもの」が存在すると主張し、その深淵は、言語であれ行動であれ、なにかを賭けないことには理解できないと語って、かりに全共闘の学生たちが深淵の存在を知っているにしても、それを「感じる」ことができているのだろうか、と疑っている。言語と行動とのあいだに間隙をみとめ、両者の隔たりをどのように埋めるかに時代の課題を見さだめるところに、ふたりの小説家のあいだで対話はなりたち、文学者たちのそれぞれに学生たちが関心をいだく所縁もまた存在していた。

命運のわかれ

対談のさいに、高橋和巳はすでに体調の不良を感じており、酒にも料理にも手が出ずに、ジュースばかりを飲んでいた。後日、三島由紀夫はひとを介して「体を大事にするよう鄭重な見舞と忠告」を与えて、高橋はこのことで「思想的な対峙とは別に、「往来を尊ぶ」礼儀の上から」三島に対して、「気持の上で借りができてしまった」とも述懐している（『わが解体』）。いずれにせよしかし、三島由紀夫は一年後、高橋和巳は一年半後に、それぞれ世を去ることになった。

そして、五十年の月日が流れさって、高橋和巳は忘れられた。いっぽう三島由紀夫の作品はなお読まれつづけている。ひとつの時代を生きて、おなじ世代にむかえられ、ひとしく支持をうけた、ふたりの作家の命運はかくて岐（わか）れた。高橋は時節に殉じて作品とともに消え、三島が時代を超えて生きのこった、ということである。三島由紀夫をめぐって、一書を書きはじめようとする私のなかでいまこの件が、ことさらな問いとなるでもなく、ただ蟠（わだかま）っている。

高橋和巳のがわには三島由紀夫への追悼をしるした文章がある。「死について」と題された小文である。一文のなかで高橋は三島の自死を、当時のさまざまな「政治的な死」、たとえば街頭闘争での死者、またいわゆる内ゲバの犠牲者、さらには学園闘争の過程における数人の大学教員の自殺ともならべて考えようとする。一九七〇年十一月二十七日、病床で聴取された口述筆記の起こしを原型とする文章を読みかえしてみると、あらためて感じとられることのひとつは、やはり五十年という時の隔たりである。一箇所だけ引用しておきたい。

おそらく最後まで解けない謎として残るのは、三島氏の第一義的な仕事の領域であった文学と、氏の今回の行動との必然的関連性という問題であろう。これに関しては一度充分な論を書きたい気持を持っているが、残念ながら、まだ『豊饒の海』の最後の部分も読めず、またいま私は病床にあって筆を執ることができないでいる。

しかし、ここで一応のことを記しておくならば、私は三島氏の自衛隊襲撃と割腹の報道が入ったときに、『豊饒の海』の原稿は必ず完成していると思った。簡単ないい方になってしまうが、三島氏の一種の完璧主義というか、完璧な生と完璧な死という立場から、ライフワークだと自分でいっていた作品を中途でほうり出す人とは思えないからである。

高橋の推測は当たっていた。序章ではまずその間の消息から、三島由紀夫の生の閉じかたをあらかじめ垣間みておくことにする。

目次

序章…一九七〇年十一月二十五日

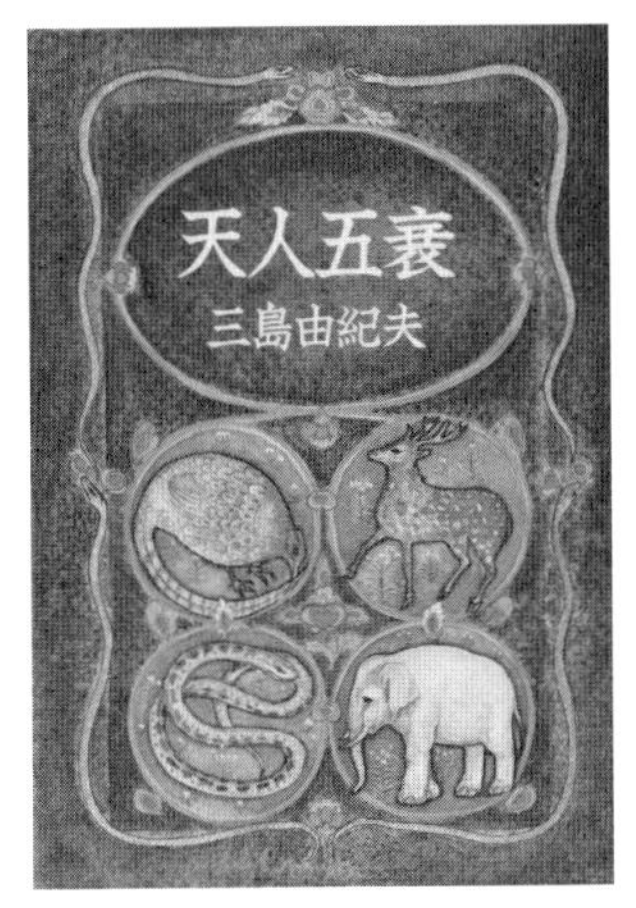

（提供：日本近代文学館）
『天人五衰』（『豊饒の海』四）の刊本
最後の原稿の末尾には
「豊饒の海」完。
昭和四十五年十一月二十五日
としるされている。（本書、17頁）

その前日

ふたりの編集者の回想から　昭和四十五（一九七〇）年の十一月二十四日、午後三時ごろ、小島千加子は「新潮」編集部にいて、自席の電話をとった。受話器の向こうから聞こえてきたのは、三島由紀夫の声である。三島は最後の長篇『豊饒の海』全四巻を連載中で、小島は三島担当の編集者であった。最終巻となる『天人五衰（てんにんごすい）』も終盤に差しかかっており、小島は前日の一時すぎにも三島邸に連絡を入れていたけれども、作家本人は留守にしていたという。

三島は、担当の女性編集者にむかい、あした原稿をわたすことができるが、午前中には出かけてしまうので、十時半ごろ受けとりにくることはできるかとたしかめた。その日は「楯（たて）の会」の例会が予定されているから、というのが理由である（『三島由紀夫と檀（だん）一雄』）。

三島由紀夫は原稿を遅らせたことがないので有名であった。日常生活はきわめて規則ただしく、夜は、酒席がどれほどに盛りあがっていても十一時にはひとり帰宅し、夜明けまでの時間を執筆に当てて、午前中は休息、その結果として面会は午後と決まっている。楯の会はこの作家が二年ほどまえに結成した団体で、麗美でしゃれた制服と自衛隊での体験訓練が、高名な文学者に、華やかでスキャンダラスな話題を、もうひとつ付けくわえていた。編集者は、ボディビルのジムや、空手の道場にならこれまでも同行したことがあるとはいえ、楯の会については報道によって知っていただけで、三島の制服すがたを直接には見たことがない。「これはいよいよその〝粋〟な姿をさりげなく見せてくれるチャンスの到来か、と思った」とも回想している。

十一月二十四日は火曜日である。同日のおなじ午後に、「サンデー毎日」の編集者であった徳岡孝夫がやはり三島からの電話を受けていた。朗らかな作家の声で「こないだは楽しかった。本当に楽しかった」と伝わってくる。かねて三島と親交のある雑誌編集者は、やや不審をいだいた。銀座で作家と飲んだことはたしかだが、三島はむしろ鬱屈（うっくつ）しているように思えたからである。

三島由紀夫はここ数年、ナショナリズムに傾斜しているように見え、戦前の転向作家で、戦後は右翼との繋がりもある先達、林房雄（一九〇三～一九七五年）とも親しく交わる一方で、自衛隊との接触をかさねていたが、その夜は林に裏切られたと訴え、自衛隊が起とうとしないことに不満をもらし、鬱々としていた記憶があったのである。三島ひとりが、例によって十一時には店を出て、原稿を書くために、淋しそうな背中をみせながら帰宅していったのも憶（おぼ）えている。

電話での三島の要件は、いっぷう変わったものだった。あすの朝十一時に、とある場所まで来てほしい、この件は口外されては困る。親しい文学者はそう念をおした。「おいで願う場所は、あす朝十時に編集部へ電話で指定します。あ、それから、毎日新聞の腕章と、できたらカメラを持って来て下さい。それじゃ、あす十時に」。これはほとんど三島が口にしたことばそのままであるよしである。結果として徳岡は、もうひとり、ＮＨＫの記者とともに、翌日の市ヶ谷駐屯地での一件のてんまつを、記者として間近で目撃することになる（『五衰の人　三島由紀夫私記』）。

その夜——父・梓の回想から

　おなじ十一月二十四日、パレスホテルの一室に、楯の会に所属する四人の若者と作家のすがたがあった。前日の二十三日につづき、市ヶ谷の総監室を占拠して、総監の身柄を拘束する行動の予行演習をかさねるためである。最後の行動確認がおわって辞世の歌を詠んだとき、隊長の三島を介錯することになっていた若者が、頸動脈の位置を当人にたずねた。三島はバカだなと笑いながら、「ここだよ」と頸の横を押してみせる。夜は新橋で夕食をともにし、場は雑談に終始したもようであるけれども、作家は口を開き、ただひとことだけ「いよいよとなるともっとセンチメンタルになると思っていたがなんともない、結局センチメンタルになるのは我々を見た第三者なんだろうな」と漏らした（平岡梓『倅・三島由紀夫』）。

　父親・梓のおなじ回想録によれば、むすこは夜の十時ごろに、両親のもとを訪ねてきた。三島は妻子とともに母屋の洋館に住み、敷地内に建てられた木造家屋に父と母とが暮らしている。結婚式に出かけていた母・倭文重もやがて帰宅して、公威（三島の本名）と倭文重とのあいだでかんたんな会話が交わされた。

「あら、今ごろ来るのは珍しいわね、もう仕事はすんだの」

「うん、僕は今夜はすっかり疲れてしまった、おかあさん、早く寝たいんだよ」

「早くお休みなさい。疲れていそうね。仕事をしすぎるからよ。そんなときは横になるのが何よりよ」

「うん、そうする。お休みなさい」

父もかねて、むすこがタバコを吸いすぎることを気にかけていた。ピースをいちにち何本すっているんだと聞くと、だいたい三、四十本だ、と言う。「健康のことを考えてすこし自制することはできないのか」という小言に、四十五歳になるおとこは苦笑して、ただ「うん」とだけ答えた。

夜に作家が老父母を見まうのは毎日の習慣であり、めずらしいことではない。ただその日はやや時間が早かったようである。ほかにこれといった会話もなく、倭文重が座敷の敷居まで見送って、「大事にしてね」と、むすこのからだをかさねて気づかった。後日、母は「公威はこの一、二カ月以来、日ましに疲れが目立ってきて、あの晩はことにひどく、自分の家の玄関までわずか四、五間のところを首を深く垂れ肩をすっかり落してトボトボと歩いていった、あの惨めそうなうしろ姿が気になって、自分もいつになくジーッと姿の消えるまで見送っていた」と漏らしていたという。

翌朝、楯の会の制服を鎧(よろ)った三島由紀夫が外出するのを、父親がひとり目にしている。ただし、それと見たのはうしろすがただけ、平岡梓はただ「また訓練をやりにいくのか」とのみ思ったよしである。むすこが向かったさきは、自衛隊の市ヶ谷駐屯地、平岡公威は二十六日の夜には、無言の帰宅を果たしたものの、その頭部は胴体と切りはなされていた。

その当日

二十五日午後・「新潮」編集部

二十五日の午前に、時間をもどす。小島千加子は、ふだんなら新潮社から三島邸を訪問する。その日は、指定された時間が早いこともあって、自宅から大田区の作家宅にむかった。電車の乗り換えにも手間どり、タクシーをひろうのにも思いのほか時間を要して、到着が十分ほど遅れてしまう。三島はすでに外出していた。顔なじみのお手伝いの女性が門外に出てきて、「これをお渡しするように」との伝言とともに、包みを差しだす。編集者はそれまで、三島の性格も考えて、原稿の受けわたしに後(おく)れたことが一度もなかった。やや不審に感じ、前日の電話での「常になく幾分くぐもった声」を、ふと思いだした。なにをそれほど急いでいたのだろうと考えて、原稿のふくろを受けとりながら「こぼしてはならぬ一掬(いっきく)の水が、指の間から逃げていくような心地(ここち)」をかすかに覚えたという。包みはしかも、その日にかぎって厳重に封がされており、いつものようにその場でなかみを確認することもできなかった（小島、前掲書）。

　いよいよ釈然としない思いをかかえながら、編集部に着く。ふくろを開けると、原稿には「天人五衰（最終回）」とある。連載のおわりが近いことはさすがに予期していた。それにしても、用紙の厚みは予想を超えているとはいえ、最終回とはあまりに唐突である。

編集者はいそいで用紙の頁を繰って、原稿の末尾を確認した。二行にわけ、つねと変わらぬ端正な文字でこうしるされている。

「豊饒の海」完。

昭和四十五年十一月二十五日

最終回であることが、三島の口から事前に知らされない、などということはありえない。小島はその年の夏、作家に命じられて奈良への取材旅行を手配している。全篇の終結部分が奈良行のあとにあらかじめ書かれていたことも知っていた。あるいは、なにかのまちがいで、そちらが渡されてしまったのではないだろうか。入稿のまえに確認しておく必要がある。――あれこれと思案が空転するなか、時間がむなしく流れて、やがて編集部のフロア全体が喧噪（けんそう）につつまれた。さまざまな声と、いくとおりもの音が慌ただしく交じりあう。

「一体どうしたんだい？」「三島さんは……」「三島さんの名を騙（かた）る贋者（にせもの）じゃないのかい？」情報が交錯し、なにが起こったのかただちにはわからない。ひとびとが廊下をはしり、階段を駆けおりる。靴音はみな三階に向かっていった。社屋のそのフロアにはテレビが置かれていたからである。小島もまた人波に押しながされるように三階に向かい、波に押しあげられるがままに、ほとんど宙に浮いた。社員たちのあたまとあたまが重なりあう、そのあたまごしにテレビが見えて、画面には

「自決をはかる」というテロップが浮かんだ。

やや時間をさかのぼる。ちょうど正午になったころ、徳岡孝夫は市ヶ谷駐屯地内で、三島由紀夫最期の演説を聞いていた。バルコニー上の三島を見あげる自衛隊員の数は、ほぼ千人に達しようとしている。新聞社の車輛がつぎつぎに到着し、ヘリコプターも上空を旋回しはじめた。徳岡とともにあらかじめ市谷会館に呼びだされたのは、あとひとり、NHKの伊達宗克（むねかつ）である。それかあらぬか、昼のニュースにさきだって、NHKでは速報が流された（徳岡、前掲書）。

一般には演説は、ヘリコプターの立てる爆音や、自衛官たちの怒号に紛れてしまい、ほとんど聞こえなかったとされている。バルコニーの正面やや左よりに立っていた徳岡には、だがふしぎと、三島の声がよく聞きとれた。作家の声は「張りも抑揚もある大音声」で、記者がメモを取るのに不自由しなかったよしである。——事件直後に発売された「サンデー毎日」に徳岡孝夫はこう書いていた。おなじ本から引用する。「三島のボディービルや剣道は、このためだったんだな、と私は直感した。最後の瞬間にそなえて、彼はノドの力を含む全身の体力を、あらかじめ鍛えぬいておいたのだ」。

「衰亡はおもむろに進み、
終末はしづかに兆してゐた」

小島が所属していた「新潮」編集部は、ビルの四階にある。小島ともにもういちど階段をのぼり、時間もすすめておこう。

作家宅で託された原稿は『天人五衰』の二十六章からはじまる。「昭和四十九年のクリスマスを、透がどう過すかといふことを、本多に訊くさへ慶子は義憤にかられた。殊に九月の事件このかた、この八十歳の老人はすべてを怖れてゐた」。——舞台は近未来に設定されている。「清顕」から「勲」への、勲から「ジン・ジャン」への転生を見とどけてきた「本多」もすでに老い、贋者の「透」に脅かされながら暮らしていた。「九月の事件」とは、本多の悪癖であった覗きが天下に露呈された一件で、「慶子」はふしぎな友情で本多とむすばれていた異性の友である。

原稿を繰る手をいそぐ。二十八章にはいると、本多の老耄の色はいやましとなった。「衰亡はおもむろに進み、終末はしづかに兆してゐた。床屋のかへるさ、襟元にちくちくする毛のやうに、忘れてゐるときは忘れてゐるのに、死が思ひ出すたびに首筋をちくちく刺した。本多は何ものかの力で、死を迎へる条件が悉く熟したのを思ふにつけて、まだ死が訪れて来ないのをふしぎに思つた」。三島は、たとえばこの一節も、確実にみずから引きよせるだろう死を意識しながら、書きおろしていたはずである。小島は三島由紀夫のモノローグをかたわらで聞いているような錯覚に襲われた。

作中では本多が、死をまえにもういちど「總子」を訪ねてみたいと思いたつ。總子は『春の雪』の女主人公であり、本多の友であった清顕の恋人である。第一巻で語られた恋愛事件以後、奈良の古寺「月修寺」という名の名刹で髪をおろして、現在にいたっている。いまでは奈良への自動車道も整備されていることを知った本多は京都に宿をとり、翌日の正午のハイヤーを予約した。月修寺へとむかう車窓の風景を叙した一節から、引用しておく。

宇治市へ入ると、山々の青さがはじめて目に滴(したた)つた。「美味しい冷しあめ」と書いた看板があり、自動車道にまでしなだれかかる竹若葉があつた。

宇治川の観月橋を渡る。奈良街道へ入る。伏見、山城のあたりを通る。奈良へ27キロといふ標識が目に入る。時が流れる。本多はさういふ標識を見るたびに、冥途の旅の一里塚といふ言葉を思ひ出す。この道を自分がもう一度帰るといふことは理不尽に思はれる。次々と路上に標識が立ちはだかつて、本多の行くべき道をあきらかに示してゐる。……奈良へ23キロ。死は1キロ刻みに迫つてゐた。冷房を竊(ぬす)んでわづかにあけた窓から、蟬の声は耳鳴りのやうにどこまでも追つてきた。この世はあげて、夏の烈日の下に、蕭条(しやうじやう)たる響きを放つてゐるかのやうだつた。

又してもガソリン・スタンド。又してもコカ・コーラ。……

やがて右側に木津川の長い青い美しい堤を見た。人影はなく、美しい木立をところどころに載せた堤がただ空を劃(かく)してゐた。空には雲が入り乱れ、青空の斑(まだら)が光つた。

三島由紀夫の筆のはこびに、小島千加子は、死にいそぐ作者の鼓動を聴く。小島の推定が正しいとするなら、この夏に「心に隠した死を、丹念に小説に焼き写す作業」がつづけられていたことになる。作家のなかで衰亡はおもむろにすすみ、死は一キロ刻みに迫っていたはずである。——なぜ気づかなかったのだろう。なぜ知ろうとしなかったのか……。編集者はじぶんを追いつめる。

その翌日

訣れ

さきにしるしたように、三島が遺体となって帰還したのは、ことの翌日である。警察署での一晩の安置をへて、二十六日に慶應義塾大学で解剖され、検屍の手つづきが完了したのち、大田区の留守宅に楯の会の制服に身をつつんだ故人が戻ったとき、時計はもう午後四時をまわっていた。父の梓がたしかめたむすこは、「少しのやつれもなく、前日までの血色のいい健康な肉付きそのままで」棺のなかに横たわっている。頸は、制服の立襟(カラー)にかくれて見えなかった。仮葬儀は、さまざまな都合と思わくから、その日のうちに執りおこなわれる(平岡、前掲書)。

密葬であるとはいえ、三島の自宅の外はむしろ騒然としていた。邸宅を十重二十重(とえはたえ)の人垣がかこんで、厳重な警戒態勢が敷かれている。小島は顔見知りのはからいで、抉(こ)じあけられたシャッターの隙間から潜りこむ。手伝いの女性に編集者は尋ねた。「昨日、先生は何とおっしゃってお出かけになったのですか」「昨日はとても早くお起きになって、『今日は十時過ぎに出かける。小島さんが来るからこれを渡すように』とおっしゃいました」。すれ違いは仕組まれたものだった。そのあとでいつになくためらうような電話の調子は、果たすつもりのない約束に対する「ひけ目」から生まれたものだったのだろうか。思いはふたたび三たび、往きつもどりつしてしまう(小島、前掲書)。

三島由紀夫は、その年の六月に弁護士と会って、遺書を作成し、『仮面の告白』と『愛の渇き』の著作権をみずからの死後、母の倭文重に譲渡することを決めていた。両者は戦後あらためて作家として世に出ようとしたとき、『盗賊』につづけて三島が執筆した小説で、書きおろし作品としては、それぞれが第一作、第二作に当たっている。そのうち前者がひろく世にみとめられた長篇で、以後も持続的に、一年間に十万部は売れていた。後者も結婚まえの著作で、母親にとっては思い出ぶかいものだったろう。この遺言から読みとることができるのは、倭文重への物質的な気づかいと精神的な配慮であるといってよい。

おなじ六月から文学者は、親しかったひとびとに、それとなく訣(わか)れを告げはじめている。その月だけでも、いくにんかの作家や評論家と夕餐(ゆうさん)をともにしているが、そのなかには、三島が敬愛していた、石川淳（一八九九～一九八七年）、武田泰淳（一九一二～一九七六年）、安部公房（一九二四～一九九三年）の三人がふくまれていた（ネイスン『三島由紀夫』）。盟友であった澁澤龍彦（一九二八～一九八七年）とは、八月三十一日に最後に会っている。澁澤は、妻とともにはじめてのヨーロッパ旅行に発つところで、三島は楯の会の夏服を着こんで、空港のロビーまで送りにきた。とりわけ妻の龍子に対して、「税関のことやら申告のことやら、いろいろ細かな注意」を与えたことを（『三島由紀夫おぼえがき』）、澁澤龍子は、結婚祝いに贈られたテーブルのこととともども忘れがたく記憶している。三島からの祝いの品は凝ったもので、オルゴールつきの飾り卓だった。数々のオブジェが並べおかれたまま、龍彦の死後も、応接室の片すみに据えられているとのことである（『澁澤龍彦との日々』）。

遺作を託されることとなった編集者には、けれども、最後の訣れは許されなかった。小島千加子は当然その理由をさがして、いくたびも思いとまどいもしたことだろう。とはいえかりにあの日、三島と会っていたとしたら、と小島は考えなおしもする。じぶんは「特殊な立場」に立たされて、「重いおもり」を負わされたことだろう。あれは、いっさいを見とおしてしまう「透徹した頭脳」をもちながらも「多くの人に親切であった人の、目に見えぬ最後の思いやり」であったのだろうか。おそらくは密葬の翌日であったか、じっさい、河野多恵子（一九二六〜二〇一五年）が、いまだ年わかい同性の編集者を気づかい、電話を入れて、「会わないままの方がよかったのですよ」と言いきかせている（小島、前掲書）。

『豊饒の海』大尾について　小島に託された『天人五衰』は、月修寺の庭にみちびかれた本多の感慨をしるして、つぎのようにおわる。引用しておこう。一節は同時に、畢生の大作『豊饒の海』の大尾となった。

> これと云つて奇巧のない、閑雅な、明るくひらいた御庭である。数珠を繰るやうな蟬の声がここを領してゐる。
> そのほかには何一つ音とてなく、寂寞を極めてゐる。この庭には何もない。記憶もなければ

何もないところへ、自分は来てしまつたと本多は思つた。

　庭は夏の日ざかりの日を浴びてしんとしてゐる。……


　この終結部が、じっさいには数か月以前に書かれているだろうことについては、すでにふれた。とはいえ三島由紀夫は、この一文をみずからの最後のことばとして残しておきたかったのだ。原稿の末尾にしるされた日づけが、そのあかしにほかならないはずである。

　たしかに「この終結のみごとさを否定するのは困難である」（ドナルド・キーン『日本文学史 近代・現代篇』六）。そうであるとして、だがその日、すなわち「昭和四十五年十一月二十五日」に、現実の世界で起こった、ほとんど常軌を逸した喧騒とくらべて、一節の静謐さはいったいどうしたことだろうか。――先年、大澤真幸があらためて、切腹という最期と『豊饒の海』の末尾という、三島をめぐるふたつの謎を問題としている（『三島由紀夫　ふたつの謎』）。喧噪と静謐とのあいだには、解きがたい謎がもうひとつあるけれども、その不可思議を解明しようとする途はすでに鎖されている。もの言わぬ死者の思いを揣摩することはやはり、生者たちの倨傲というものだろう。

　本書では以下、とくに謎をあらためて解こうとは思わない。ただ、ひとりの文学者の生の軌跡をたどり、そのおもだった作品をもういちど読みなおしてみたい。そこになにを見いだすか、あるいはそもそもなにも見いださないのかは、三島文学のあらたな読者にゆだねるべきだと思われる。

第Ⅰ章…「三島由紀夫」の誕生

（提供：日本近代文学館）
学習院中等科のときの三島由紀夫（1940年撮影） 学習院中等科から高等科にかけて、平岡公威の読書範囲は、文学書にかぎっても、いよいよひろがってゆく。 （本書、57頁）

「盥のふち」の記憶

『仮面の告白』の冒頭部分から 三島由紀夫のなまえが、ひろく世に知られるにいたったのは、『仮面の告白』が書きおろし長篇として当時の河出書房から出版され、ほどなく諸家から高く評価されるようになってからのことである。小説の冒頭部分を引いてみる。

永いあひだ、私は自分が生れたときの光景を見たことがあると言ひ張つてゐた。それを言ひ出すたびに大人たちは笑ひ、しまひには自分がからかはれてゐるのかと思つて、この蒼ざめた子供らしくない子供の顔を、かるい憎しみの色さした目つきで眺めた。それがたまたま馴染の浅い客の前で言ひ出されたりすると、白痴と思はれかねないことを心配した祖母は険のある声でさへぎつて、むかうへ行つて遊んでおいでと言つた。

周囲のおとなたちは、この子は「あのこと」を聞きだそうとしているのではないかとも疑った。三島由紀夫、というよりもむしろ本名・平岡公威そのひとの影と記憶とをふかくやどした、一篇の主人公は嗤(わら)われ、嫌われ、どのように説ききかされても、じぶんの体験と思われる記憶を抹消することができない。かれはたしかに見た！「産湯（うぶゆ）を使はされた盥（たらひ）のふち」を見て、下ろしたばかりの「爽やかな木肌の盥」のふちに「ほんのりと光りがさして」いるのを見たのである。主人公には「そこのところだけ木肌がまばゆく、黄金（きん）でできてゐるやうにみえた。ゆらゆらとそこまで水の舌先が舐（な）めるかとみえて届かなかつた。しかしそのふちの下のところの水は、反射のためか、それともそこへも光りがさし入つてゐたのか、なごやかに照り映えて、小さな光る波同志（ママ）がたえず鉢合せをしてゐるやうにみえた」。――もちろんことの真偽など問題ではない。それにしても細部の描写がはらむ奇妙なリアリティは、どこから生まれてくるのだろう。小説家の想像力と筆力からとだけ言っておいたのでは済まないところがあるのではないか。書きおろし長篇の筆を執った三島由紀夫は、どうしてこのような奇妙な挿話から、一篇をはじめようとしたのだろうか。

ここでことあらためて答えをしるしておく必要もないだろう。三島は右に引いた一節で、すべてを自覚し、いっさいを記銘している主人公を造型しようとしているのだ。自伝的な色彩が濃いともされ、じっさいにまた事実の細部がときに作家の履歴とほとんど一致している小説の語り手「私」には、これもむろんのこと、三島由紀夫自身の自己像――より精確に言いなおすと、「自己劇化の意志」（佐伯彰一『評伝 三島由紀夫』）につらぬかれた自己像――が投影されている。「私」は、あらゆるできごとに一箇の意識として立ちあい、いっさいの体験を意味づけ、それを経験として登録して、そしてすべてを記憶しているのである。このような怪物的な意識としてみずからを描きとろうとする者が、どこか根ぶかい悲哀を抱えこんでいることについては、疑いようがないだろう。

「錯雑した容子の威丈高な家」　作品そのものについては、やがて立ちいる機会もあるはずである。ここでとり上げておきたいのは、右の一節につづく、つぎのような記述である。

> 震災の翌々年に私は生れた。
>
> その十年まへ、祖父が植民地の長官時代に起つた疑獄事件で、部下の罪を引受けて職を退いてから（私は美辞麗句を弄してゐるのではない。祖父がもつてゐたやうな、人間に対する愚かな信頼の完璧さは、私の半生でも他に比べられるものを見なかつた。）私の家は殆ど鼻歌まじりと言ひたいほどの気楽な速度で、傾斜の上を辷りだした。莫大な借財、差押、家屋敷の売却、それから窮迫が加はるにつれ暗い衝動のやうにますますもえさかる病的な虚栄。――かうして私が生れたのは、土地柄のあまりよくない町の一角にある古い借家だつた。こけおどかしの鉄の門や前庭や場末の礼拝堂ほどにひろい洋間などのある・坂の上から見ると二階建であり坂の下から見ると三階建の・燻んだ暗い感じのする・何か錯雑した容子の威丈高な家だつた。暗い部屋がたくさんあり、女中が六人ゐた。祖父、祖母、父、母、と都合十人がこの古い箪笥のやうにきしむ家に起き伏ししてゐた。

ここで描かれていることがらは、ほとんど、当時の平岡家とその長男・公威の周囲にくりひろげられていた事情と符合している。以下しばらく、各種の評伝で報告もされている伝記的な事実をも注記しながら、引用した一節の背景を補足しておこう。

のちの小説家・三島由紀夫、本名・平岡公威は、大正十四（一九二五）年に、当時の東京市下、四谷区（現在の新宿区）永住町に生まれた。父は平岡梓、母が倭文重、三島はその長男である。翌一九二六年の極月に大正天皇が逝去し、昭和天皇が践祚しているから、三島の満年齢は昭和の年数と一致する。前々年の大正十二年には関東地方を大地震が襲い、帝都は壊滅的な被害をこうむって、また大杉栄をはじめとする社会主義者、多数の朝鮮人が混乱のなか虐殺されていた。三島の生年、一九二五年は四月に治安維持法が、五月に普通選挙法が公布された年であり、西方の海のかなた、ドイツではナチス親衛隊が創設されている。

平岡家はもと播磨国印南郡志方村（現在の兵庫県加古川市）が在所で、祖父の定太郎は、長兄とともに一家の期待をになって上京、やや遅れて明治二十五（一八九二）年に、当時の東京帝国大学の法科を卒業して、これも、往時の内務省（大蔵省とならぶ、そのころの有力官庁）に入省している。平岡定太郎は優秀な野心家で、精力的に仕事をこなす有能な官僚となり、明治四十一年には樺太庁長官となっていた。日露戦役の勝利によって帝国の版図に編入された、南樺太は極北の外地、その経営は、帝都から遠くへだたった位置のゆえに困難をきわめ、また利権と利害が複雑に絡みあっている。そうしたなか定太郎は、帝大の同級生でもあった下僚におそらくは欺罔されて罪に問われ、莫大な借金をも負ってしまう。ことの経緯にかんしては、猪瀬直樹『ペルソナ　三島由紀夫伝』に詳細な調査報告が記載されているので、べつに参照ねがいたい。

　三島は前掲の引用で、祖父について「人間に対する愚かな信頼の完璧さ」と評しているけれども、定太郎はじっさい或る種の〝親分肌〟の人間で、野に下ってからもその周辺には、怪しげな人物がいくにんも出入りしていたもようである。借財はとうぜん平岡家を圧迫して、いっとき、家屋敷はもとより、動産のさまざまも売立てに遭っていた。そのころの四谷区永住町はたしかに一等地とは言いがたく、その土地柄のなかで「場末の礼拝堂ほどにひろい洋間」なぞをかかえた家はなるほど周囲から浮きあがって、一種異様な佇(たたず)まいを見せていたはずである。

祖母・夏子とその病室

つとに「傾斜の上を辷りだし」ている一家が六人もの手伝いの女性たちをかかえていたことは、それじたい分不相応で「病的な虚栄」のあらわれにほかならないけれども、一家のなかでこの虚栄を一身に体現していた存在が、公威の祖母、平岡夏子である。

三島についてまとめられたおよそあらゆる伝記、評伝のすべてが、夏子とその孫、将来の文学者との関係をめぐって立ちいっている。本書でもすくなくともひととおりは、ことがらのありようを見ておく必要があるだろう。

　夏子の孫が小説家として第一歩を踏みだし、平岡公威が三島由紀夫となって、じっさいその筆名で発表した最初の作品は、「花ざかりの森」と題された中篇小説である。「その一」の冒頭にちかい一節を引いておく。

> 祖母は神経痛をやみ、痙攣をしじゅうおこした。ものに憑かれたやうに、そのさけがたい痙攣がはじまるのである。かの女のしづんだうめきがきこえだすと、病室の小さな調度、煙草盆や薬だんすや香爐や、さうしたもの丶うへを、見えない波動のやうにその痙攣が漲つてゆく。するとほんの一瞬間、へや全体が麻痺したやうな緊張にとざされ、それが山霧のやうにすばやく退くと、こんどは、へや中が、香爐や小筥や薬罎なぞが、一様に、あの沈痛な一本でうしな呻吟にみたされた。かうした部屋それ自身といふものの、うめきやうなりは、おそらく余人には見当のつかぬことであるにちがひない。しかし痙攣が、まる一日、ばあひによつては幾夜さもつゞくと、もつと顕著なきざしがあらはれてきた。それは「病気」がわがものがほに家ぢゆうにはびこることである。

『仮面の告白』によるなら、「祖父の事業慾と祖母の病気と浪費僻とが一家の悩みの種」となっていた。あとでふれるように、夏子はもともと「古い家柄の出」で、たどれば地方の一農民の血筋にいきつく定太郎を「憎み蔑んで」いる。右の引用では神経痛とのみしるされている病は、『告白』によれば「脳神経痛」であり、それもがんらいは、夫から移された淋病に発するものであったようである。業病に遠因をもつ発作は夏子をたえず苦しめ、それ以上にまわりの者たちにも苦痛を与え、家そのものを瘴気で充たした。——痙攣はまず祖母のからだを内側から襲い、呻き声となる。周囲のすべてに呪いをかけるような、いっしゅ動物的とも聞える悲痛な声が、閉ざされた病室のうちに置かれたあらゆるものを震わせ、やがては障子も襖もとおり抜けて、家じゅうに満ちてゆく。部屋いいいそれ自身が病に侵され、うめきとうなりをあげる。ほどなく「「病気」がわがものがほに家ぢゅうにはびこ」ってゆくのである。

前頁で「花ざかりの森」からながく引いた陰鬱な描写は、作者の幼年時代の経験そのままを描きとるものであったはずである。公威が生まれたころ、平岡家は祖母に、とりわけ祖母の病気、病気に発する気まぐれと不機嫌とに支配されていた。しかも夏子は、じぶんにとって最初の孫を、その手もとから放さなかった。公威が生まれてから四十九日が経つと、夏子は二階で子育てをするのは危険であるとの口実をつけて、のちの小説家を倭文重のもとから奪いとり、じぶんの病室にいわば幽閉したのである。——平岡公威はかくして外界からも両親からも隔てられ、その境遇は十二歳になるまでつづいてゆくことになる。

夏子という、「或る狂ほしい詩的な魂」

祖母は、病気によって平岡の一家を支配し、平岡家を差配することで公威のうえに絶大な権力をふるっていた。文学者は祖母のことをさして後年、「狷介不屈な、或る狂ほしい詩的な魂」（『仮面の告白』）と呼んでいる。夏子は狷介不屈であることで一家に暗い陰を与え、公威のゆくすえに昏い影を投げかけた。同時に狂おしさに満ちたその詩的なまましいが、三島由紀夫に拭いがたい影響をおよぼしたことも否みがたい。

以下、夏子（戸籍名は「なつ」、奈津とも書く）の出自にかんして、大略だけしるしておく。祖母の権高なふるまいがなにに由来するものなのか、一応はたしかめておく必要がある。あわせてまた、平岡公威が三島由紀夫となったとき、「花ざかりの森」のなかで（作者の伝記的な事実には反して）「珍らしいことにわたしは武家と公家の祖先をもつて」いるともしるした背景が、浮かびあがってくるはずである。のちに見るとおり、それは物語を展開するうえの必要から設定された虚構であったと同時に、公威が祖母から受けついだ幻想に根を下ろしたものなのであった。

　わたしはわたしの憧れの在処を知つてゐる。憧れはちやうど川のやうなものだ。川のどの部分が川なのではない。なぜなら川はながれるから。きのふ川であつたものはけふ川ではない、だが川は永遠に在る。ひとはそれを指呼することができる。それについて語ることはできない。わたしの憧れもちやうどこのやうなものだ、そして祖先たちのそれも。珍らしいことにわたしは武家と公家の祖先をもつてゐる。そのどちらのふるさとへ赴くときも、わたしたちの列車にそうて、美くしい河がみえかくれする、わたしたちの旅をこの上もなく雅びに、守りつゞけてくれるやうに。

どこか奇妙な論理を展開しながら、ここで三島少年は「雅び」の系譜にこだわり、それをじぶんのうちに流れこんでいる水の流れに似た伝統と考えたいのだ。その願望を公威ははやくに、祖母の夏子から注ぎこまれたように思われる。

夏子は永井家の出、遠縁には永井荷風（一八七九～一九五九年）がある。祖父は永井玄蕃頭尚志、旧幕最後の若年寄をつとめた。尚志は両親にはやく死にわかれ、永井家はその養子先、千石どりの旗本である。尚志本人は、三十二の歳に番士となって三百俵の扶持米を給されたけれども、やがて才をあらわし、勘定奉行、外国奉行、軍艦奉行の要職をへて、通常は小大名が命ぜられる若年寄格となる。最後の徳川将軍に重用されて、徳川慶喜による大政奉還の前後には、当時の要人たちとも密議をかさね、近藤勇とも坂本龍馬とも面識があった。鳥羽・伏見の戦いののちに、榎本武揚の軍にくわわって蝦夷地にわたり、箱館（函館）で敗れて、東京で入獄するものの、明治五（一八七二）年に赦されて、北海道開拓使御用掛となり、明治九年には元老院の権大書記官を最後の肩書として退官した。明治二十四（一八九一）年、一身にして二世をみた生涯を畳のうえで閉じている。

尚志の養子が夏子の父、岩之丞である。岩之丞の妻となり、夏子の母となった女性は、宍戸藩の元藩主、松平頼位の側室のむすめであった。宍戸は水戸の支藩、二万石の小藩とはいっても歴とした譜代大名、松平姓を名のって徳川家につらなる名門である。夏子にとっての父、岩之丞は司法官となり、最後には大審院（戦前の最高裁）の判事をもつとめた。

当時の司法官は行政官にくらべると薄給であって、岩之丞にはしかも十人の子があった。夏子は明治二十一（一八八八）年に、いわば口べらしのために、有栖川家に行儀見習いとして預けられる。一説に、むすめのヒステリー体質に親が手を焼いたからだともいう。いずれにしても、十二歳から十七歳で結婚する直前まで、夏子は熾仁親王家の空気を吸って、その雅の残照を浴びた。このことは、泉鏡花(一八七三〜一九三九年)を好んで読んでいた少女に、母方の血統ともかさねて、幻想の貴種を夢みさせることになったと思われる。かくして〝狂おしさに満ちた〟その「詩的な」たましい、現実のかなたにあるまぼろしを愛する精神のかたちが生まれる。——孫の公威は、鏡花好みと貴族趣味、幻影への愛着に確実に感染し、三島由紀夫は後年にいたるまでその偏愛を手ばなさず、嗜好をも変えていない。晩年の傑作『春の雪』が、その最後の美しい結晶となったといってよい。

父、梓の不満と怒りについて

野坂昭如(一九三〇〜二〇一五年)が自伝的な色あいの濃厚な『文壇』のなかで、三島由紀夫との行き交いをめぐって、記憶のいくつかを書きとめている。どちらの愛読者にとってもやや意想外なことに、作家以前の野坂は三島を耽読して、三島は野坂の出世作を高評していた。野坂は「私説・三島由紀夫」と傍題のある回想記中で、熾仁親王の長子・威仁と夏子とのあいだに、恋愛関係を想定している(『赫奕たる逆光』)。村松剛がつよくたしなめているとおり、これは根拠のない妄想というものだろう(村松『三島由紀夫の世界』)。

すこし話をさきどりしてしまうはこびとなるけれども、後年、平岡公威は、本籍地で兵隊検査を受けている。そこには、田園地帯の壮丁たちとならんだほうがむすこのひ弱さがきわだって、そのぶん不合格の望みを繋げるのではないか、という父の入れ知恵があったというのが、平岡梓本人もつたえていることの経緯である(平岡、前掲書)。だがそれは、すくなくとも「そのままは受けとりがたい」のではないか。野坂昭如はおなじ一書のなかでそう疑問を呈している。本籍地へとむかったとき、公威はすでに三島由紀夫名義で、作品集『花ざかりの森』を上木していた。むすこの貴族趣味はあきらかであり、その嗜好が夏子から受けつがれたものであることもはっきりしている。梓には、父親としてそれがなにより腹立たしかったのではないだろうか。「俺やお前が血をひく祖父の生地はここなのだ」と、むすこに確認させる気もちがあったのではないか。こちらの想像には、あるていどの理がある。それは公威の幼年時代以来、梓が抱きつづけてきた怒りと不満に根をもつものだったように思われる。

長男がじぶんの母のもとで、おんなの子のように育てられている。遊び相手として夏子の部屋には、あらかじめ選ばれた年長の女子たちが三人もあつめられていた。遊びはおままごとや折り紙、せいぜい積み木、夏子の病気もあって、音を立てる遊戯、騒がしい遊びはすべて禁じられている。悲しみ、苛立ち、ときに怒りを抑えきれなかった梓は、おりおり突飛なふるまいに出た。

というのは、僕は倅が例の母のひざもとで、女の子のように育っていくのがとてもたえられず、何度母と喧嘩(けんか)をして倅を無理やり外に連れ出したか判りませんが、ある日、新宿に連れて行きましたとき、ちょうど蒸気機関車が通るのを見て、さっそくそばに行きました。こちらの広場とレールの間には、焼けボックイの柵がありますが、手を伸ばせば機関車に届く程度の近距離です。

そこで次の列車を待っていますと、やがてそれが猛烈な勢いで黒煙を濛々と吐き、ものすごい音響を立てながら目の前に驀進してきたので、僕は、しめたぞ、恐れず動ぜずのスパルタ教育絶好のチャンスだとばかり倅を抱きあげ、ソフトで顔面をかばってやりながら機関車に近づき、「こわいか、大丈夫だよ、泣いたら弱虫でドブに捨ててしまうよ」と言いながら、倅の顔色をうかがいました。（平岡、前掲書）

公威はまったく、なんの反応も示さなかった。つぎの列車もつぎの日も、おなじであった。長男の顔はまるで「能面」のようだったのである。

母、倭文重の諦めと悲しみ

平岡梓は、大正九（一九二〇）年、その父とおなじ東京帝大の法科を卒え、往時の農商務省に入省した。同期に、岸信介がある。定太郎が原敬の腹心ともいわれた豪放磊落な役人であったとすれば、梓は、以後の岸の軌跡にも代表される、近代官僚機構の完成とともに歩んだ小心な高級官員といったおもだちをしている。それはべつとして、挿話はあまりに乱暴なもののようにみえて、その底には父親の悲哀が見えかくれしていることだろう。

ふがいない長男に対する父の不満は、おそらく長く影をひいた。のちに公威が文学に走り、小説を書きはじめたころ、父親はむすこの草稿を破りすて、原稿用紙を焼きすてるといった挙にも出ている。奇態なユーモアのセンスをときに漏らしている手記にあらわれていたのは、とはいえ、愛情表現が苦手な、戦前では典型的ともいえる家父長像と判断しておいたほうがよいかもしれない。

梓が結婚したのは、大正十三（一九二四）年のことである。平岡の家に嫁いで、三島由紀夫の母となったのは橋倭文重であった。倭文重は開成中学校校長のむすめで、累代におよぶ儒学者にして教育者の家系の出身である。夏子には梓のほかに子がなかったが、梓は妻とのあいだに長子・公威のあと、昭和三（一九二八）年に長女・美津子、二年後に二男・千之をもうけている。千之はのちに、これも東大法学部に進学し、外交官となった。平岡家はかくて（いったんは当時の大蔵省に入りながら文学者となった長男をべつにしても）三代にわたって高級官僚を輩出させたことになる。

祖母の夏子は最初のおんな孫にも、むすこにとって二番目のおとこの子にも、なんの関心も示していない。おとうとが生まれた前後から長男は重篤な自家中毒症状をおこし、以後もおなじ症状を繰りかえす。初孫に対する祖母の気づかいは、皮肉なことにますますこと細かなものとなった。

倭文重は姑の圧政によく耐えた。三島由紀夫の母は、その母なりに、祖母とはことなった意味で文学の愛好者であって、公威に幼時さまざまな絵本や児童文学書を買いあたえている。のちのちも夫とはちがい、小説家志望の公威にとって良き理解者ともなり、後年にいたるまで、三島由紀夫の作品の最初の読者となったのは、よく知られているとおりこの母親である。

平岡梓の回想のところどころには、むすこをめぐる倭文重の想い出がはさまれている。平岡公威の母のひととなり、その賢しさ、優しさをあらわし、たほうでは強い意志、読みようによっては、皮肉なものとも見え、偽善ともとなり合うかに見える性格をよく示している一節を引いておく。

……母のように一生可哀想な生活を送った者は数少ないと思っております。実家の威光、家系の誇り、こんなものはいつのまにか時代の波にさらわれて遠く彼方へ飛び散り、敗残の身の母の手もとにのこされたもの、それは今は一生まつわりつく精神的苦痛と疾病のさいなみの他にはなんにもありませんでした。暗黒の地底にもだえ苦しむ母に対し、公威は一条の救いの光を投げ与えてやれる唯一のお星様だったのです。ひっきょう、祖母の生甲斐はただただ初孫のこの公威だけで、もはやその他には何の希望も期待も持つことができなかったのです。

つづけて「私はときどき母を恨んだこともありました」とあるけれども、姑を疎ましく感じて、怨みをいだいたのはときどきのこととは思われないし、またじぶんにもずいぶん至らないところもあったろうと「恥じ入って」いるとあるのは、やはり世間むけの顔であるかもしれない。であるにしても、むすこの礼儀正しさ、几帳面さは、おそらく祖母から受けつがれたものだろうとしるしているのは、賢明な母の公平な判断であったように思われる。

悲哀の家

昭和二十六（一九五二）年になってから、三島由紀夫は短篇「椅子（いす）」を発表している。幼年期の記憶に材をとった、数おおくはない作品のひとつである。

冒頭に「頃日（けいじつ）、私は母が若いころに書いた断片を読んだ」、引き出しの奥にあったものを、母親が確認したうえでむすこに手わたしたとあるのは、手記のなかみもふくめて小説家のフィクションであったろう。そのあとにつづけて「その手記の愬(うつた)へてゐる悲しみも、今の母の悲しみではなかつたからであらう」とある部分には、虚構を借りた真実の切片がふくまれているかと思われる。
　母親の手記と称するものを引いたあとに、後年の文学者は書いていた。引用しておく。

　母のさまざまな感情移入には誤算があつた。私は外へ出て遊びたかつたり乱暴を働らきたかつたりするのを我慢しながら、病人の枕許に音も立てずに坐つてゐたのではない。私はさうしてゐるのが好きだつたのだ。現在美しい記憶に残つてゐるのは、母との短かいあひびきや、学校のかへりに母と手をつないで歩いた春の散歩などの場面であるにしても、私はそのころ祖母の病的な絶望的な執拗な愛情が満更でもなかつたのだ。

　抑制された筆がつづる一節の背後には、家族たちの感情が渦まいている。夢想と現実とのはざまで業病に囚われた夏子の苦しみがあり、家長の重責と長男への失望をかかえる梓の苛立ちが見え、最初の子どもを奪われた倭文重の悲しみが滲(にじ)みでている。なによりしかし、おとなたちの思わくに囲まれ、顔いろを読みつづけなければならなかった、早熟な子どもの悲哀が隠されていた。
　長篇中で作家は、「十三歳の私には六十歳の深情(ふかなさけ)の恋人がゐた」とも書いていた（『仮面の告白』）。いうまでもなく夏子のことである。十四の年に祖母が他界、公威は三島由紀夫に近づいてゆく。

学習院の「詩を書く少年」

学習院初等科から中等科へ　昭和六（一九三一）年、平岡公威は学習院初等科に入学した。その年九月十八日に柳条湖事件が起こり、満州事変が勃発して、翌月十七日には桜会の橋本欣五郎中佐らによるクーデター計画が発覚している（錦旗革命事件）。

いうまでもなく、設立当初の学習院は、皇族と華族のための学校であったけれども、後年の三島由紀夫がその門をくぐったころの同校は生徒の三分の一ほどが庶民であって、平民であるとはいえ高級官僚の子弟であった公威の入学はひどく異例というほどのことはない。とはいえその間の経緯には、祖母の夢のなごりも、いくらかはかかわっていたことだろう。

それでも少年は、王族や貴族の子息もまれではない学校生活のなかで、一方で身分と家庭環境のちがいを思いしらされ、他方では脆弱なからだと、おんなの子とばかり遊んでいた特異な幼年時代がもたらした偏りをあげつらわれて、愉快ではない経験の多くも積んだはずである。将来の文学者はあたまの良さには自信もあり、すでに字が読めるばかりか、詩めいたものすら書いていた。とはいえ、初等科の低学年のころには、こうした能力もそれほどの意味をもたなかったようすである。公威はむしろ、そうした面での誇りすらも疵つけられた。三年生のとき少年は、「フクロフ」（梟）

という題の作文を書き、その書きだしの文「フクロフ、アナタハモリノヂヨワウ(女王)デス」を朗読すると、同級生たちは一瞬だけ呆然として、やがて爆笑した。最初の担任教師もまた、奇妙に大人びたこの小才子を嫌って、その作文をすこしも評価しなかったといわれる。じっさい少年には病気欠席も多く、一年生のときの欠席日数は四十日、成績も中程度であった。三島由紀夫は、最初から飛びぬけた才能を誇示してみせたわけではないのである。

初等科四年になるまで、からだに障るという夏子の判断で、公威は遠足にすら参加させてもらえなかった。少年は「失望と落胆を味わいながら、その感情をどのように表わせばいいのか」もまだわからない。級友たちが江の島に泊まりがけで出かけているあいだも、公威ひとりは祖母の病室にこもり、かなえられることのない希望を文章に託しはじめた。二年生のとき書かれた「江の島ゑんそくの時」と題される作文は、想像の羽ばたきすらも読むだにあわれで、涙ぐましいほどである。そこにあらわれているものは、まだ年端もゆかない少年の「淋しさとあきらめの感情」なのである(ジェニフェール・ルシュール『三島由紀夫』)。昭和八年の春に一家は四谷区西信濃町に転居したけれども、八月には祖父母が近所に別居し、公威はふたたび祖母のもとに引きとられている。ちなみに同年、一九三三年は、二月に、小林多喜二(一九〇三〜一九三三年)が逮捕・拘留され、築地署で虐殺されて、同月二十四日には、国際連盟が日本軍の満州撤退勧告案を可決、松岡洋右代表が退場した年であった。海外では三月にドイツで授権法が成立、ナチス独裁体制が確立している。

昭和十二(一九三七)年には、二月に「死なう団事件」があった。七月、盧溝橋(ろこうきょう)事件が起こり、これが発端となって日中戦争が勃発する。翌月には、二・二六事件に連座した北一輝の死刑が執行されている。おなじ年は、平岡家と公威少年にとっても多事多端な一年であった。三月に、少年は学習院初等科を卒業して、翌月そのまま中等科に進学、文藝部に所属する。四月には一家が渋谷区大山町に転居して、公威は以後、両親とともに暮らすようになった。秋には平岡梓が大阪営林局長となり、単身、任地におもむいた結果、その長男にとってしばらくは母との穏やかな生活がつづくことになる。やがて三島由紀夫と名のるにいたる少年の成績も、目にみえて向上した。

最初の詩と、坊城俊民との出逢い

学習院の中等科高等科では学内誌として「輔仁（ほじん）会雑誌」が刊行されていた。文藝部員たちはきそって同誌に作品を投じたが、平岡公威はその一五九号に「初等科時代の思ひ出」という作文を載せている。次号に詩五篇が掲載されているけれども、自身が投稿したものとしては、こちらを処女作と呼んでおいてよいだろう。作文は、思うに、あらたに公威の学年を担当し、のちの文学者の才をたかく評価した教師が、他の数人の作文とともに推薦したものと見られるからである。――一篇をとり上げておく。「寂秋（じゃくしゅう）」と題され、「不思議な淋しさの立こめる／谷間から、／炭焼く煙が昇つて来る」とはじまる習作の第二連以下を引用してみる。

足に怪我した犬が、
びつこを引き〳〵径（こみち）を歩いて行く。

猫の喰べ残した鼠は、
湿つた枯葉の山にある。

其の上に、
枯葉の落ち合ふ音は、
――灰いろの挽歌（ばんか）のやうだ。

凬の兆（しらせ）か、
山の間（はざま）から、
黒い、巨人の様な雲が立ち上る。

一篇のおもむきに暗示を与えたのは、萩原朔太郎（一八八六～一九四二年）の作品であろう。犬や鼠の不気味なイメージが、おそらくは「見しらぬ犬」や「地面の底の病気の顔」などから借りられている。とはいえ、うごく雲と死んだ鼠との動静の対照、ちいさな鼠と巨大な雲との大小の対比、谷間と天空との垂直的な遠近感等々、およそ十二歳の少年の手になるものとも思われない秀作ではあると言ってよいだろう（井上隆史『豊饒なる仮面　三島由紀夫』）。

詩を投稿するまえに公威は、学習院高等科三年生の坊城俊民と出会っていた。坊城のがわの回想をまずは引いておく。「たとえば付属戦――旧高等師範付属中学〔現在の筑波大付属〕対学習院中等科の試合をそう呼んだ。付属がわでは院戦と称した――の時だったかもしれない」。坊城は学習院の応援席に、ひとりの中等科一年生のすがたをさがした。同学年と思われる生徒を捕まえ、平岡公威を呼びだす。「文芸部の坊城だ」。相手はその名をすでに聞きしっているように見えて、大きな瞳がややなごんだ。「きみが投稿した詩、『秋二篇』だったね、今度の輔仁会雑誌にのせるように、委員に言っておいた」（『焔の幻影 回想 三島由紀夫』）。

大正六（一九一七）年生まれで、三島よりも八歳年長のこの文学青年は、後輩の作品に感心して、やがてその天才をみとめ、対等な文学仲間として遇するようになる。ちなみに坊城家は、いわゆる堂上華族、三島とのあいだに途中でさまざまな行きちがいも生じたけれども、のちに『春の雪』の雑誌掲載稿のちいさな瑕瑾を指摘して三島に感謝されたのは、この平安貴族の末裔である。

「詩を書く少年」

話題作『潮騒』とおなじ昭和二十九（一九五四）年に、雑誌発表された短篇「詩を書く少年」は、「詩はまったく楽に、次から次へ、すらすらと出来た」、と書きはじめられる。後年の三島が、みずからのいやみな天才少年詩人ぶりをふりかえった、これも自伝的な色あいのつよい作品である。――公威は「自分のことを天才だと確信してゐた。だから、先輩にうんと生意気な口をきいた」。中等科の一少年は、いったいどれくらいなまいきだったのか。

少年は「「僕は……だと思ひます」なんて言ひ方はよさうと思つてゐた」。どう言いかたをかえればよいのか。「何事につけても、「それは……なんです」と言ふやうに気をつけねばならぬ」。

こんな記述がある。「彼は」、と三人称でかつてのじぶんを指しながら、小説家は書く。「微妙な嘘をついてゐた。詩によつて、微妙な嘘のつき方をおぼえた。言葉さへ美しければよいのだ。さうして、毎日、辞書を丹念に読んだ」。これはいくらか戯画化された、かつての自画像であろう。「他人の賞讃はもちろん少年を喜ばせはしたけれど、それに溺れる成行から、傲慢さが彼を救つた。本当のところ、Rの才能に対してさへも、彼はあまり感心してゐなかつた。Rは文藝部の先輩のなかでは、たしかに目立つ才能ではあつたが、格別その言葉が少年の心に重きを成してゐたわけではなかつた。少年の心には冷たい箇所があつた。もしRがあれほど言葉を尽して、少年の詩才を讃へてゐなければ、彼もおそらくRの才能を認めようとはしなかつただらう」。——Rとあるのは、坊城俊民のことである。少年、とりわけみずからの才を恃むところのある中学生の、否定しようもなく残酷な部分を描いているとも言えるけれども、後年の三島のはじらいと悔恨を示すものとも読める箇所かもしれない。

「凶ごと」

少年はやがてどのような詩を書くにいたったのか。『十五歳詩集』としてまとめられた詩篇群のなかから、あまりに有名となり、繰りかえし引かれるようになった作品を引用しておく。題名を「凶ごと」という。

わたくしは夕な夕な
窓に立ち椿事(ちんじ)を待つた、
凶変のだう悪な砂塵(さじん)が
夜の虹のやうに町並の
むかうからおしよせてくるのを。

枯木かれ木の
海綿めいた
乾きの間(あひ)には
薔薇輝石(ばらきせき)色に
夕空がうかんできた……

濃沃度丁幾(のうヨードチンキ)を混ぜたる、
夕焼の凶ごとの色みれば
わが胸は支那繻子(しなじゆす)の扉を閉ざし
空には悲惨きはまる

黒奴たちあらはれきて
夜もすがら争ひ合ひ
星の血を滴らしつゝ
夜の犇きで閨にひゞいた。

最初の三連である。つづく最終連も、また「わたしは凶ごとを待つてゐる」とはじまる。「吉報は凶報だつた／けふも轢死人の額は黒く／わが血はどす赤く凍結した……。」

なんとも不吉な予感をはらんでいるかにみえる、この詩句をめぐって、とくべつな註釈は不要であろう。三島由紀夫はその三十年後、みずからの生涯のさいごに文字どおり「凶ごと」をじぶんで引きよせることになる、などと語ったとしても、ほとんどなんの意味もないはずである。

歌舞伎見物のはじまりと東文彦の死　昭和十三（一九三八）年に公威は、両親とともに関西・四国方面を旅行している。十月には祖母に連れられて、はじめて歌舞伎を観た。演目は「仮名手本忠臣蔵」で、五時間にもおよぶこの芝居に孫は夢中となり、歌舞伎への関心、芝居への情熱はこのあと三島の人生の一部を支配する。後年、劇作家としての三島は文学座の運営にふかくかかわったばかりでなく、足しげく歌舞伎座に足をはこび、執筆した六篇の新作歌舞伎のうち最後のものとなった「椿説弓張月」については、死の前年にみずから演出もしている。

歌舞伎俳優がよそおう色鮮やかな化粧、またそのまとう華麗な衣装、こういったものたちに代表されるのは、どちらかといえば分かりやすい美意識でもあると言ってよい。夏子が、将来の小説家に分けあたえたのは、一方でくすんで瘴気にすら満ちた夢想であり、他方では色彩に溢れた華麗な美感であった。後者は祖母が鍾愛（しょうあい）する孫にさずけた、最後の形見であったと言ってよいだろう。

平岡夏子は昭和十四（一九三九）年、公威の誕生日の数日後に、潰瘍出血で世を去った。祖母の死を知った孫はやはり「能面のように無表情」であったともいわれる。三島由紀夫が夏子について語ったのは、（短篇「偉大な姉妹」をのぞくなら）『仮面の告白』をほとんど「唯一の例外」とする。とはいえ「この祖母なくしては、おそらく作家三島由紀夫が誕生することはなかった」はずなのである（ルシュール、前掲書）。――前後して平岡公威にもうひとつの出逢いと、ふかい交流と慌ただしい訣れとが訪れる。これも学習院の先輩であった東文彦（あづま）が、少年にその経験をもたらした。

文学少年は、早熟の天才を周囲にみとめられている。文藝部での華々しい活躍にみずからも自信をふかめた公威は、じぶんで同人誌を創刊しようとする。気負った少年はもはや坊城俊民には声をかけず、仲間としてえらんだのは、しかし坊城を介して知りあったふたりの先輩だった。ひとりは徳川義恭（よしやす）で、詩を書き、また絵を描いた。のちに、三島由紀夫の処女出版『花ざかりの森』の装丁を手がけたのも同人である。もうひとりが東で、文彦は公威より五年ほどはやく生まれていた。

東文彦は、昭和十三年に学習院中等科を首席で卒業した秀才で、また室生犀星（むろうさいせい）（一八八九～一九六二年）に師事して、昭和十五年にはすでに『幼い詩人・夜宴』を出版している。おなじ年に平岡公威を知って、その才能をみとめ、両人のあいだには頻繁な文通が開始された。ただし文彦は前年にはすでに肺結核への罹患（りかん）があきらかとなっており、ふたりが直接に話をかわす機会はすくなく、二年のあいだもっぱら書簡を介して、濃密な交感がつづく。昭和十八（一九四三）年に、二十三歳で世を去ったが、当時の公威の目にはこの先輩が、早世を運命づけられた一箇の天才と映り、後年の三島由紀夫はおそらくその夭折にすら、ひそかに嫉妬していたと思われる。――同人誌「赤絵」の（同時に最終号ともなった）第二号に掲載された作品、「方舟（はこぶね）の日記」から引く。


病気になかなか勝てないと分ると、みんなは自棄（やけ）くそな気持から、自分の病気で遊ぼうと試みはじめる。道化役者めいた自嘲をこめて、人びとは、自分の病気を笑い草にしようとする。それが、Tさんのようになれないみんなの、せめてもの心遣りなのだ。しかしそれは些（いささ）か死の匂いのする遊戯だ。この遊びに馴染んでしまうと、ひとはなかなか死の匂いから足を洗えない。たとえばこんな対話が交わされる。

「あなたは勲章をお持ちですか」

「勲章？」

「ええ、勲章です……つまり空洞のことですよ」

いちばん怖れられている肺のなかの空洞のことでさえ、そんな風に茶化されて、わざと軽いように扱われる。

「Tさん」というのは、檻のような病室のなかで着替えもわすれ、散髪も怠って熊のようにむさくるしくなり、そのことで病院じゅうに「鬱積した溜息をただ一人で代りあってくれ」ていた患者のことである。この挿話をうけて文彦はさらにしるしていた。「病気がひとを精神的にする。そう云う古い言伝えも、ここにいるとまるでお伽噺だったとしか思えない。絶えまのない身体への関心は、却ってひとを頽廃に誘うらしい」。——のちに、三島は、この早逝した透明なたましいによせて、めずらしく感傷的な一文を書いている。「この雑誌そのものが二号で終つて、戦争中のはかない文学的青春の夭折を象徴してゐるから、思へばわれわれはもともと若死の仮説の下に集まつてゐたのである」。雑誌自体はおかしいほど戦争とは無縁だった。三人にはなにかから「遁れようとする意志」すらもなく、かれらは「或る別の時間を生きて」いたのだ。生き延びた作家は、つづけてしるしている。「そして死が、たへず深い木洩れ陽のやうにわれわれの頭上にさやいでゐた」。

一文の末尾に「昭和四十五年十月二十五日」とある。三島がこの序文をよせた『東文彦作品集』が世に出たのは、三島もまた世を去って、四か月後のことだった。

「酸模」

やや時間をもどし、学習院の校内誌「輔仁会雑誌」にはじめて載せられた、公威の小説にここで立ちかえってみよう。「酸模」という小篇、「秋彦の幼き思ひ出」という副題のある、作家が十三歳のときの習作である。書きだしを引用しておく。

『灰色の家に近寄つては不可(いけ)ません！』

母親は、其の息子、秋彦にいひきかせた。

秋彦の家の傍にはなだらかな丘が浮んでゞも居る様に聳(そび)えて居た。樹木が少くもないのに、全体が薄紅色(うすべにいろ)に映えて見えるのは其処に酸模の花が、それから少いけれど草莢竹桃(フロックス)のやや薄い臙脂(えんじ)とが零(こぼ)れる様に敷きつめてあつたからであらう。けれども、そこに有つてはならない一つのもの（それは確かに辺りの風景を毀して居た）が、丘の真ん中にどつしりと頑固に坐つて居た。


あってはならないものとは「塀は灰色」で、「大きい門柱」も、垣間みえるどの建物もみな灰色をした刑務所だった。「秋彦」はやがて、ひとりの脱獄囚と出遭うことになる。「酸模」の花一輪が、囚人と少年とをつなぐ愛らしい象徴となり、とはいえ「母」の忌避するものの表象ともなるはずである。一篇の末尾で、夕陽に燃えつくされて、酸模の花がもういちど「赤く〳〵」耀(かがや)く。――

母のつたえるところでは、作品の背景となっているのは四、五歳のころの実体験であるらしい。祖母の留守中に、両親が公威を散歩に連れだした。思いがけずあらわれたのが市ヶ谷刑務所の塀であった。幼児はひどくショックを受けたらしく、その建物はなにか、としつこいほど問いたずね、その場を動こうとしなかったという。ただし一面の酸模の花というのは、十三歳の少年が創りだした、かんぜんなフィクションであるよしである（平岡、前掲書）。

　一篇を生みだしたものは、その年ごろの少年にしてはみごとな構成力であるとも、そこに見られるのは、並はずれて豊富な語彙であるとも言えるだろう。年齢のことを考えないなら、他方では、ぜんたいにやや教訓めいた寓話に落ちているとも評価されるかもしれない。いずれにしても、後年の三島由紀夫の作を基準にして、一中学生のエスキースをあれこれ論じても意味はない。十三歳はしょせん十三歳にすぎず、過多な読みこみは禁物であり、たまたま残された少年期の習作すら過剰に重視したくなるのは、たぶん批評家と研究者とが分かちあっている悪癖である。とくに「塀」を、三島由紀夫がやがて繰りかえし描くことになる、世界との疎隔感をあらわすものと考え、「酸模」のうちに早くも、作家にあって揺るがない主題系の芽ばえを見ることは、一見したところでは魅力的な仮説とも見えるけれども、詮索はたんなる穿鑿にすぎないと思われる。

「自然への執着」と、その不自然さ

　とはいえ一点だけ考えておきたい。全体としてやはり大人びたところのあるこの習作には、どうしても目につく、不自然な叙述がひとつある。注意されてよいのは、その不自然さがほかでもない自然にかんする描写にまつわって顕わとなっていることである。「自然への執着」をめぐる年少の作者の語りようが、どうにも人工的なのである。

　童心をしつかりと摑んで了つた『自然への執着』は容易に消え失せるものではない。秋彦も其の一人であつた。彼は春ともなれば、紫雲英（げんげ）だの雛菊（ひなぎく）だのを喜々として摘み歩き帯紅色（たいこうしょく）の絨毯（じゅうたん）の上に転がつたり、それから、追ひかけたり、追ひかけられたりするのは楽しいものであつた。

　夏はフロックスそして酸模。
秋は胡枝子（はぎ）と尾花（おばな）と葛（くず）、敗醤（をみなへし）、蘭草（ふぢばかま）、瞿麦（なでしこ）、又桔梗（ききやう）が互に絡み合ひ戯むれ合ひ、秋風に翫（もてあそ）ばれて咲き乱れて居るのは、秋彦の心を、七草を眺める老人の様なそれに変へさせることがあつた。

　更に、冬は、雪姫の純白な白衣の袖をやんはりとかけられた丘が見えた。

　十三歳の少年がさらに幼時をふりかえって、童心などという表現をつかうことなど、まずありえない。「胡枝子と尾花と葛、敗醤、蘭草、瞿麦」等々、むやみにむずかしい漢字で植物の名をならべるのも、自然らしさを裏ぎって、いたく技巧的だろう。七草から老人への連想も、無理をかさねている憾がぬぐえないはずである。なにより一節につづく「自然に対する病的な、憧憬や、執着が子供にもある。否、それは、大人より強烈な場合がある」とする文章がひどく不自然なのだ。この一文は、幸福な幼年時代をかえりみているかに見えて、どこかふかく不幸の匂いがする。「秋彦はその渦中にあつた。彼は、母親の出掛けた隙を見つけると、そうつと勝手口から外へ出た」。まだ十三歳だった作者はどこかへ逃げだしたかったのだ。もしくはどこかから逃げてゆきたくてしかたのなかった幼少時代の想い出を、あるいはそれと意識することなく一節のうちに塗りこめているにちがいない。

「彩絵硝子」とラディゲの影

昭和十五（一九四〇）年に、おなじ校内雑誌に発表された短篇「彩絵硝子」は、東文彦の目を引いた一篇で、表現としての完成度からすれば、とうぜん遥かに高度な作品である。共通して与える印象はやはり奇妙な不自然さであるとはいえ、二年半後の創作には、はやくも愛読しはじめたラディゲの色こい影が落ちていた。

退役海軍中将で男爵の「宗方禎之助」は公家である宗方家の養子となり「秋子」と結婚していた。禎之助に「狷之助」という甥があり、甥は宗方家に住みこむようになって「里見則子」と知りあうことになる。ふたりは引かれあい、また反撥しあった。いっぽう秋子は、禎之助がむかし幼なじみと空色の靴下留をひろったことを思いだし、禎之助と狷之助とを想像のなかで入れかえてしまう。夫人のこころにふと、夫が空色の靴下留をしている少女に恋しているのではないか、という疑念がきざした。秋子は則子に、空色の靴下留をしていらっしゃるの？　と尋ねてみるのだった。——

空色の靴下留は、当時としてはモダンな小道具であったろう。会話や心理描写もしゃれた雰囲気を醸しだそうとして、それなりに成功している。——狷之助と則子の関係をめぐって、こんな一節がある。引用しておこう。

憎悪だけが二人の絆だ。闘争ともいはれるやうな最も物慣れた人々の間に交はされる型式によつて、かれらの愛が出発したのは、とりもなほさずかれらが内気に過ぎたからだつた。おそろしげに籬（かき）かげに身をひそませながら、摘まうと思ふ向う側の花を、手ものばせずにみてゐるのだつた、傍目には垣に心をへだてられて憎みあつてゐるのだとでも思はれるやうな様子をして。

　狷之助がいつでも真先にきた。それが「時間どほり」なのだ。みんなが集まるまでの時刻を彼も則子ももてあました。「わざと早く来るのだらう」と邪推して、則子は彼を、図書室にひとりでほつたらかしておいたりした。さうした邪推が彼に本当に自分がわざと来たかのやうに思はせた。それは則子への心の接近以外の何物でもなかつた。則子の邪推のほかにも亦、邪推どほりでありたい望みがまじつてゐた。

　微妙な恋愛心理を掘りさげた結果、ほとんどありえないほどに精巧なこころの贋物をつくり出している。これは平岡公威が三島由紀夫となってからも、かなりのあいだ継続したいわば悪癖であって、たとえば昭和二十五（一九五〇）年に婦人雑誌に連載され、一般的な好評をえた長篇『純白の夜』は、打ってかわって、既婚者どうしの恋愛を描いた小説であるけれども、右のような心理描写への偏奇な趣味は、この戦後の作品にいたるまで引きつがれてゆく。こんにちの目からするなら、それは三島文学全般の、はっきりとした欠点とも映ることになるだろう。

「花ざかりの森」、あるいはひとつの宿命

アンデルセン、乱歩と和泉式部

幼少期、母の倭文重が公威につぎつぎと買いあたえたのはグリムであり、アンデルセンであり、さらに童話雑誌「赤い鳥」であった。同世代の評論家・奥野健男はまた、少年期の小説家が江戸川乱歩（一八九四～一九六五年）や山中峯太郎（一八八五～一九六六年）に代表される少年文学を耽読していたことを文学者自身の発言として紹介している（奥野『三島由紀夫伝説』）。久世光彦（一九三五～二〇〇六年）は三島や奥野よりも十年おくれる世代にぞくしているけれども、『怖い絵』等の著書でそれらの少年小説や、またその挿絵が、往時の少年少女たちに与えた影響を、くりかえし証言していた。「幼年倶楽部」や「少年倶楽部」の影響は思いのほか大きなものであり、また永くつづいたはずである。

学習院中等科から高等科にかけて、平岡公威の読書範囲は、文学書にかぎっても、いよいよひろがってゆく。コクトーからプルースト、ラディゲとりわけその『ドルジェル伯の舞踏会』といったフランス文学、たほうでは『古事記』『万葉集』から謡曲にいたるまでの古典文学が、将来の作家の愛読書となり、なお微睡みのなかにあった思考とその文体とをはぐくむ揺籃ともなった。

後者にかんしていえば、わけても学習院の国語教師、清水文雄との出会いが決定的な意味をもつ

ことになる。清水はのちに母校の広島大学教授となり、また岩波文庫の『和泉式部日記』の校訂者として知られている。当時の公威の習作群のうち、たとえば「みのもの月」の設定に、『和泉式部日記』や『蜻蛉日記』などの王朝期女流日記文学の影響がみられる。文体という面では、なにより「花ざかりの森」が、古典文学の精読によって磨きあげられたスタイルを瞭らかに示しているけれども、ここでは、「花ざかりの森」につづく短篇「世々に残さん」にみられる修辞を、その典型として挙げておこう。――「世々に残さん」は、「い」「ろ」「は」と章だてがなされて、「世々爾能古佐武大尾」と、万葉仮名でむすばれる一篇である。作品の劈頭「い」は「ひとりひとりの胸にそんなにまで切ない憧れをのこして行つたかなしみは、その哀しさのゆゑにはるかな、たとしへもなく美しい悔いを悼歌のやうにかなでた」とはじまる。つづく「ろ」をすべて引いてみる。

　秋立てば志賀の湖には歎きの島がみえるといはれた。それはありし日の花のさかりのやうな都のけしきを秋霧たなびく松の木の間にほのかにうかべてゐる島のすがたであつた。坂本のあたりから湖の心にこぎいでる舟人たちは、秋のあしたの、狭霧にまじる紅ゐのかなた、あるべきはずのない島のながめを、ふとゆくてにあたつてみとめることが少なくない。歎きの島はそれときづけばはやあと（跡）もとゞめぬ幻の小島である。都をさすらうては涙せきあへぬ哥人のひとりふたり、うはさをきいて朝まだき湖のほとりをあゆんだ。それらの人々の目には、あけぼのいろの都の姿が、つかのまは一しほあざやかにうつつた。人々の憧れがきづいた夢の島を、うた人は涙にくもつた目でしばらく中空にゑがいてみるのである。かういふところに果してうたが生れでるであらうか。かれらはなにかつきつめた安らぎでさうくりかへして問ふのである。

武家の「春家」、公家の「秋経」（あきつね）というふたりの美少年が「山吹」という名の美しい女性を慕う、この物語の結構と背景は『平家物語』から借りられている。文体は、とはいえ平家ふうの和漢混淆（こんこう）文からはほどとおい、やまとことばと歌語が鏤（ちりば）められた一種の雅文となっていた。これも『春の雪』で再現される〝たおやめぶり〟のこころみという意味では、作家・三島由紀夫はこの時期すでに基本的な修練をおえていると言ってもよいけれども、作品全体としての完成度は、それでも前作「花ざかりの森」のほうが高いと言わなければならない。こちらについては物語そのものにすこしだけ立ちいっておく。

「花ざかりの森」の世界　昭和十六（一九四一）年は、日米開戦の年である。その年に平岡公威は、東文彦の卒業をうけて、「輔仁会雑誌」の編集長になっている。太平洋戦争の開始にさきだつこと三つき、九月から三島由紀夫の筆名で「花ざかりの森」を「文藝文化」に連載しはじめた。いわゆる日本浪曼派の一員として同誌に参加していた清水文雄が、同人たちにはかり、修善寺温泉で開かれた編集会議で激賞され、掲載されるにいたったものである。そのさい筆名も相談されて、地名の「三島」と富士の白雪の連想から、最終的に「三島由紀夫」となったといわれる。

一篇のはじまり「序の巻」は「この土地へきてからといふもの、わたしの気持には隠遁ともなづけたいやうな、そんな、ふしぎに老いづいた心がほのみえてきた」と書きだされる。「その一」では幼少期の記憶がたどられて、祖母の病室のさまが想いおこされているしだいについては、すでにふれておいた（本書、三〇頁以下）。奇妙に老成した筆はやがて「追憶は「現在」のもつとも清純な証」であるとしるして、追想が祖先たちのすがたをとり「たとへば夕映えが、夜の侵入を予感するかのやうに、おそれと緊張のさなかに、ひときはきはやかに耀く刹那（せつな）」に訪れると説いて、三人の先祖たちとの邂逅を物語る本篇へとのびてゆく。

最初の挿話は、祖母の死後に見いだされた「熙明（ひろあき）夫人の日記数帖と、古い家蔵本の聖書」とからはじまる。「わたし」の遠い先祖のひとりは切支丹だったのである。夫人はある夏の日、おそらくはマリアのまぼろしを見る。裾のながい白衣をまとった女人の胸に光っていたのは、かつて母が身につけ、いまはじぶんが付けている十字架であった。半年ののち夫人は世を去ることになる。

つづけて「平安朝におとろへの色きざし」たころ、これもある女人が、恋人の殿上人へささげた物語が紡ぎだされる。その殿上人も「わたし」の遠い祖先のひとりだった。おんなは殿上人のつれなさにほどなくこころ折れ、幼なじみの僧侶に惹かれてゆく。なお修行中の身であった僧は、女性と連れだち寺を出奔し、ふるさとの紀伊へむかう。海を怖れていた女性は、或る朝こころ決めて、海原へと走った。一節を引いておく。

おほらかな海景は、あたかも当然な場所に当然なものがおかれたやうにひろがつてゐた。空はほがらに晴れ、絵巻の雲のやうにこがねにかがやいた雲がうかんでゐた。まださみどりがかつた長いみさきが、右手を優雅なかひなのやうにかきいだいてゐた。女ははじめて、いさなとり海のすがたを胸にうつした。はげしいいた手は、すぐさま痛みをともなふことがまれであるやうに、女はそのたまゆら、予期したおそれとにてもにつかぬものをみいだした。はつしと胸にうけたそのきはに、おほわだつみはもはや女のなかに住んでしまつた。

おんなはいわば「うつくしく孤立した現在」に大海を胸にやどして、それはほとんど「包まれることの恍惚」に似ていた。この感覚から解きはなたれると、しかし女人に「すくひがたい重たさと畏れ」がふたたび圧(の)しかかる。「海はおのれのなかであふれゆすぶれだし」てしまった。

「花ざかりの森」と『豊饒の海』　胸にやどした海が女性にこころ変わりをもたらして、おんなはおとこのもとをはなれ、京にもどって髪をおろす。物語の末尾にはこうしるされていた。「往きの道すがら、たゞならぬまでに男に感じた畏怖(おそれ)と信頼(たより)は、いまにしてみれば前もつて男そのものにわだつみを念(おも)うてゐたのかもしれぬ」。そもそもがしかし、「つらつら考へてみるのに、海への怖れは憧れの変形ではあるまいか」。

作家の後年の作品でもくりかえしあらわれる、海への憧れと畏れというモチーフが、入りくんだ恋物語とこころの綾とを解きほぐすように登場している。ひとりの文学者の可能性のすべてはその最初の作品にふくまれているとは、ただの迷信にすぎない。作家はその処女作にむかって成熟してゆくとは、信じやすいひとびとを欺く、よくできた凡庸な逆説である。ただしほかにやはりひとつだけ、三十年の時をへだてた暗合をめぐって、それでもふれておかざるをえない件がある。

三つめの物語の主人公は「わたし」の祖母にとって、その叔母にあたる。幼時から海にあこがれながら、やがて死んだ兄が言っていた「海なんて、どこまで行つたつてありはしないのだ。たとい海へ行つたところでないかもしれぬ」ということばの意味がわかるようにもなったけれども、海をもとめ、海辺の暮らしをあきらめることができず、老いをあたかも世捨てびとのようにひとり養う家もまた、はるか海原を望んでいた。

山荘を訪ねてくるひとに、老女はとりわけ二番目の夫と暮らした熱帯の日々、「わかいころの海への熾(さか)んなあこがれ」を物語ることがときにあり、ときに「わたくしのどこかにでも、そんなものがのこつてゐるやうにおみえでせうか」とはぐらかすおりもあった。そうしたときに老婦人は客人を庭にみちびいて、裏手にある高台に案内する。「高台には楡(にれ)や樫(かし)がしげり、まはりに紅葉(もみぢ)がなにか高貴な液体でものんだもののやうに色づいてゐた」。高台にたつと旧い市街が見はるかされる。あちこちに松林がうかがわれ、「海が、うつくしく盃盤(はいばん)にたたへたやうにしづかに光つてゐた」。

老婦人は毅然としてゐた。白髪がこころもちたゆたうてゐる。おだやかな銀いろの縁をかがつて。じつとだまつてたつたまま、……ああ涙ぐんでゐるのか。祈つてゐるのか。それすらわからない。……

まらうどはふとふりむいて、風にゆれさわぐ樫の高みが、さあーつと退いてゆく際に、眩ゆくのぞかれるまつ白な空をながめた、なぜともしれぬいらだたしい不安に胸がせまつて。「死」にとなりあはせのやうにまらうどは感じたかもしれない、生(いのち)がきはまつて独楽(こま)の澄むやうな静謐、いはば死に似た静謐ととなりあはせに。……

末尾におかれた一語によるなら、一篇の擱筆(かくひつ)もまた「初夏」である。その符合はべつとしても、この一節を読む者ならどうしても、これもさきに引いた『豊饒の海』の結語(本書、一二三頁以下)を思いおこさずにはいられまい。老女が客人(まろうど)を庭に案内するという趣向、庭を領する「死を思わせる静謐、何もない無、沈黙」によって、三島由紀夫の文壇的な処女作のむすびと、畢生の大長篇の終結部とが、ひとつの宿命めいてたがいに響きあっているのである(奥野、前掲書)。

日本浪曼派との交渉と戦中期のアパシー　公威少年が、筆名でよせた中篇の連載された雑誌が、日本浪曼派の牙城のひとつであったことについてはすでにふれた。日本浪曼派は昭和十(一九三五)年前後、プロレタリア文学の壊滅をうけ、マルクス主義からの転向者たちを中心に結成された。その主張は、基調において、ファナティックなまでの民族主義(ナショナリズム)であり、ファシズムであったといわれる。第一回目が載せられた「文藝文化」九月号の後記に、中心的な同人でもあった蓮田善明（一九〇四～一九四五年）はこう書いた。「『花ざかりの森』の作者は全く年少者であり、どういふ人であるかといふことは暫く秘しておきたい」。作者本人のつよい希望にもかかわらず、本名ではなく「三島由紀夫」名義で作品が公表されたのも、そのゆえである。同人たちのあいだでは、十六歳の少年とその父親との関係も考えて、「それが最もいいと信ずる」者もあったようである。「若し強ひて知りたい人があつたら、われわれ自身の年少者といふやうなものであるとだけ答へておく」。その年齢、その才能が与えたものは「何とも言葉に言ひやうのないよろこび」であり、「信じられない位の驚き」である。褒辞はなおつづく。「この年少の作者は、併し悠久な日本の歴史の請し子である。我々より歳は遥かに少いがすでに成熟したものの誕生である」。

蓮田をめぐって、こんにち多くのひとびとは、三島由紀夫の文壇デビューという、この一件とのかかわりにおいてだけ、その名を記憶しているかもしれない。あるいはこのなまえは、昭和二十年八月十九日の、異貌な最期によってのみ記銘されているだろうか。その日、すなわち敗戦の四日後に、善明は南方の前線で上官を射殺、みずからもこめかみを撃ちぬき自決している。出征するひと月まえ、この詩人、国文学者が最後に上木した著書は『鴨長明』、そのなかに「時代の強ひるものが詩人達にとつて傷ましからぬはない」という、忘れがたい一文があった（国文学者としての蓮田善明の一面については、拙著『本居宣長』「外篇」を見られたい）。――蓮田善明は、少年・平岡公威に一定の影響を与え、最晩年の三島由紀夫はあらためてこの先人を追慕している。とはいえ、戦中、十代後半、少年から青年へと移ってゆく三島にみとめられるのは、戦争そのものをふくむ、周囲のほとんどいっさいに対する奇妙な無関心または無感情（アパシー）であったように思われる。後年、昭和四十五（一九七〇）年に出版された、小高根（おだかね）二郎の『蓮田善明とその死』に「序」をよせて、作家本人がこう語っている。「氏が二度目の応召で、事実上、小高根氏のいはゆる「賜死」の旅へ旅立つたとき、のこる私に何か大事なものを託して行つた筈だが、不明な私は永いこと何を託されたかがわからなかつた」。戦後のみずからのすがたについて三島がつかうことばを遡らせて使用するならば、平岡公威は戦争のさなかに「青年のシニシズム（好んで青年が着るもつとも醜い衣装！）で身を鎧ひ、未来に対しても過去に対しても、見ざる聞かざる言はざるの三猿を決め込んでゐた」かにみえる。

青年がおかれた情況、周囲の消息からするなら、やや不自然な印象すら与える、この時期の三島由紀夫をめぐって、ここではまず外形的な事実からごくかんたんに確認しておく。

学習院卒業と、東大法学部入学

三島が「花ざかりの森」を連載して、日本が太平洋戦争に突入したおなじ年の七月、文学青年は萩原朔太郎宅をたずねている。翌年の三月には、東京にはじめての空襲警報がはやくも発令され、平岡公威は学習院中等科を席次二番で卒業し、翌月、学習院高等科文科乙組（ドイツ語）に進学した。おなじ年、父親の梓が農林省を退官し、日本瓦斯（がす）用木炭株式会社社長に就任する。さきにふれた同人誌「赤絵」を、東文彦、徳川義恭とともに創刊したのもこの年の七月のことであり、翌月には祖父の定太郎が七十九歳で死去している。

その年、昭和十七（一九四二）年の十一月に、清水文雄にともなわれて、保田與重郎（一九一〇〜一九八一年）宅を訪問したのが、この〝悠久な日本の歴史の請し子〟にとっては、あるいは大きな意味のある〝事件〟だったかもしれない。ただし後年の三島由紀夫はそのおりの訪問をめぐって、「ただ一つ記憶に残つてゐる」こととして、「保田さんは謡曲の文体をどう思はれますか」と公威が質問したのに対し「さあ、昔からつづれ錦と云はれてゐるくらゐで、当時の百科辞典みたいな文章でせう」と答えられて、ふかく失望したことだけをしるしている（「私の遍歴時代」）。――ここではおそらく平岡青年も耽読したにちがいない、保田の一書『戴冠詩人の御一人者』（一九三八年）から「更級日記」を引いておこう。「王朝の一人の女性が誌した更級日記について僕の感想を述べるために、この書の王朝物語史上に於ける意味づけや、ないしはその美的世界観に対する段階を定めるといった、近頃一般的に行われている方法を追うのではない」と書きはじめられた段落につづく一段を引用してみる。

更級の中に何より僕は純粋の声をきくのである。それは王朝という美的情緒の時代の雰囲気の中で、きわめて切なくかすかにたくわえられた、悲しいしかも尊いきびしさのようであった。そういう純粋のものはたとえば更級の女主人公の生涯を三つの発展段階に分ってその物語の内容を示し分析することとは別に、その三つのという段階のうえを初めから流れていたものである。僕はそういう淡い一色のものの中に、時代の色に染められた美の心を見たい。それは文芸作品のおもてにあるものではない、文学作品の示す論理の相でもない。そしてこの名品の俤（おもかげ）の高いエッセイに流れ、そのエッセイを描かせた詩的精神を何らかの方法で又はいろいろの角度でとり出してみたい。（『保田與重郎文芸論集』）

とり上げられようとしている作品は、そもそも完成度の高い文藝ではない。純粋の声とは『更級日記』の作者の幼さかもしれない。いったい一文は奇妙な独断に満ちているとはいえ、しかし文章の帯びているいわば独特な香気は、否定しがたいところであるように思われる。

昭和十八（一九四三）年は青年にとって出会いと永訣の年で、富士正晴（一九一三〜一九八七年）や佐藤春夫（一八九二〜一九六四年）の知遇を得た反面で、東文彦が夭折している。翌十九年には、これも先走ってしるしたとおり（本書、三五頁）本籍地の兵庫県印南郡志方村で徴兵検査を受けて、第二乙種合格とされ、その帰途に、はじめて伊東静雄（一九〇六〜一九五三年）を大阪にたずねた。同年九月、平岡公威は学習院高等科を主席で卒業して、恩賜の銀時計を受領するとともに、翌月、東京帝国大学法学部法律学科独法科に推薦入学をはたしている。

最初の作品集『花ざかりの森』　おなじ昭和十九（一九四四）年の十一月に、三島由紀夫は、最初の作品集『花ざかりの森』を七丈（しちじょう）書院から上木した。一般に富士正晴らの尽力によるものとされてきた上梓の背景には本人の東奔西走があったこと、最終的に出版を可能としたのは祖父以来の製紙業界との繋がりであったしだい（戦時生産統制下のそのころは、著書の公刊にさいしての第一の関門が印刷用紙の確保だったのである）を、猪瀬直樹の調査があきらかにしている。

十一月十一日には、『花ざかりの森』の出版記念会が開かれた。母の倭文重は夫にたのみこんで、梓が洋行したおりに買いこんできたウィスキーを提供させたけれども、父親本人は出席していない（平岡梓、前掲書）。後年の作家自身の回想によると、「これで私は、いつ死んでもよいことになつたのである」（「私の遍歴時代」）。さきに書いた、戦争をふくむ周囲のほとんどに対する奇妙な無関心またはアパシーとは、いいかえれば、この著書の出版のみにむけられた、当時の公威青年の情熱のうらがえしであったとも言ってよい。三島由紀夫という筆名を使いはじめた平岡公威にとっては、そのころ、青年文学者として一冊の美しい作品集を世に出して、夭折した天才としてその名を歴史に刻むことだけが、ほとんど唯一の関心事だったのである。処女作品集となる『花ざかりの森』はこうしてようやく店頭にならび、予想に反して初版四千部がまたたくまに売りきれた。

三島由紀夫のこの前後の経歴には、こう考えなければ解くことのできない不可解な部分がある。それは、じぶん一身の現実的な将来をめぐって、平岡公威がほとんど関心を寄せていないかに見えることである。

さかのぼればそもそも学習院卒業時に、公威には軍の幹部候補生への進路をえらぶ道も開かれていた。じっさい親しい友であった三谷信（まこと）はその方向にすすみ、前橋の陸軍予備士官学校に入学している。腺病質で体格もおとる高等科卒業生にとっては、初年兵として内務班の過酷な環境にほうり込まれるのを回避するために予備士官となるのが、じゅうぶん考えられてよい選択であったはずである。そののちも公威は、避けることもできた泥道にじぶんからはまり込んでゆくように、ただの二等兵となるべく招集される運命を、拱手して待っていたかに見える。

昭和二十（一九四五）年の一月から二月にかけて、法学部学生のひとりとして平岡公威は、学徒動員によって、群馬県新田郡太田町（現在の群馬県太田市）の中島飛行機小泉製作所に送られた。ただし、からだの羸弱さを考慮されて、内勤となっている。三月十日には、アメリカ軍の大編隊が帝都を急襲した。江戸期以来の下町に未曾有の被害をもたらした、東京大空襲である。

公威の招集と即日帰郷

さきだつ二月四日に公威は、入営通知をうけとって、兵庫県の河西郡富合村（現在の兵庫県河西市）で入隊検査を受けることになる。軍医の誤診によって、即日帰郷となったはこびについては、よく知られているとおりである。

召集令状の電文には、二月十五日に入隊せよとあった。「母は泣き悲しみ、父も少なからず悄気てゐた」と作中にあり、つづけて「令状が来てみるとさすがに私も気が進まなかつたが、一方景気のよい死に方の期待があるので、あれもよしこれもよしといふ気持になつた」としるされている。ところが小説の主人公——ここではほぼ平岡公威本人とひとしい——は、工場で風邪を引きかけており、郷里の知人宅につくや熱発してしまう。手あつい看護と解熱剤の奏功もあって、いちおうは威勢よく送られて、青年は営門をくぐった。『仮面の告白』の後続箇所を引く。

薬で抑へられてゐた熱がまた頭をもたげた。入隊検査で獣のやうに丸裸かにされてうろうろしてゐるうちに、私は何度もくしやみをした。青二才の軍医が私の気管支のゼイゼイいふ音をラッセルとまちがへ、あまつさへこの誤診が私の出たらめの病状報告で確認されたので、血沈がはかられた。風邪の高熱が高い血沈を示した。私は肺浸潤の名で即日帰郷を命ぜられた。

営門をあとにすると私は駈け出した。荒涼とした冬の坂が村のはうへ降りてゐた。あの飛行機工場でのやうに、ともかくも「死」ではないもの、何にまれ「死」ではないもののはうへと、私の足が駈けた。

中島飛行機の小泉工場でも公威は、空襲警報のたびごとに防空壕に駆けこんでいた。引用文中に書かれていることはおおむね事実そのままであり、今回は文字どおり坂を駆けおりたことについては、故郷行に同伴した父親が証言している（平岡、前掲書）。

かくて、三島由紀夫にとっての戦争はほぼ終結した。国内の主要都市が焦土と化した戦災のなかで、青年作家が心くだいたのは、ほとんど自著の出版にかんしてのみであったように見える。平岡公威のこころ揺らした事件にもうひとつ、不幸な結果におわった初恋もあったけれども、その間の消息については次章、これも作品を読むなかでふれることになるだろう。

第Ⅱ章…再出発と花形作家への道

（提供：共同通信社）

職業作家として歩みはじめたころの
三島由紀夫（1950年11月22日撮影）

最初の書きおろし長篇小説となった『仮面の告白』は、やがて諸家の高評をえて、商業的にも成功し、三島は職業作家、しかも華やかな若手小説家としての地位を獲得してゆく。

（本書、116頁）

戦後文学における三島の位置

一挿話――浅田次郎の見た三島

浅田次郎の名が世にひろく知られるようになったのは、平成七（一九九五）年、『地下鉄（メトロ）に乗って』で吉川英治文学新人賞を受賞して以来のことである。作品は、さきの大戦と戦後に跨ってこの国のありかたを問い、正史の背後で忘れさられようとしていることどもを問いなおすという、以後もこの作家が懐きつづけるモチーフをはらんだものだった。

浅田は高校時代から小説を書きはじめ、習作をさまざまな出版社に持ちこんでいる。とある大手書肆（しょし）で三島を担当していた編集者が一高校生に目をかけて、「近いうちに三島先生のお宅に伺おう。紹介するから」と約束した。三島由紀夫は四十五歳、浅田次郎はそのおり十八歳、高校生の浅田は驚き、喜ぶ。後年の人気小説家は帰りみち、神保町の街を天にも昇る気もちで歩いていった。まさにそのときはじめて、そして結果的にはただ一度だけ、日本を代表し、しかも世界的にも知られていた作家と遭遇する。

信号を待ちながら、ビルの半地下のガラス窓になにげなく目をやると、足もとに三島由紀夫本人がいた。気づけばそこは後楽園のボディビル・ジムだったのである。三島は仰向けになって、バーベルを持ちあげている。ベンチプレスにはげむ文学者の視線と作家志望の高校生の視線が、ほんの二メートルの距離をおいて交叉した。浅田の記憶では「確かに目が合った」のだ。そればかりではない。すでに偶像化されていた作家は、はっきりと不快感をあらわしたのであった。

いま引いているエッセイは、浅田が文学新人賞を受ける前年、一九九四年に「週刊現代」に連載されていた随想中の一篇である。今日の国民的作家が、いまだ一部でなまえを知られるにすぎない小説家であったころの、現在となっては作家のごく初期にぞくする一文であるから、念のため一節を引用しておくことにしよう。

> その一瞬の彼の表情を、私は克明に記憶している。ものすごくイヤな顔をしたのである。彼はサッとバーベルを支柱に戻し、立ち上がってもういちど私を睨み上げ、スタスタと去ってしまった。そしてジムの隅で誰かと立ち話をしながら、こちらに目を向けて苦笑した。
> 後から思いついたことだが、そのとき私は返却された二百枚の原稿の束を、むき出しのまま抱えていたのだった。おそらく彼は、彼の居場所を訪ねてやってきた青臭い文学少年だろうと勘違いしたにちがいないのである。

それは「ほんの一瞬の出来事であった」。数か月後、と浅田次郎はしるし、「いや、数日後だったかもしれない」とカッコ書きをくわえたあとに、書きそえている。「三島由紀夫は死んだ。編集者との約束も、ついに果たされなかった」。あの三島由紀夫が、市ヶ谷駐屯地へと向かう、あるいは直前、文学少年に、もしくは場合によれば文学そのものに対してつよい嫌悪感を示したというエピソードは興味ぶかい。よく知られているように、翌年、浅田は自衛隊に入隊して、奇しくも市ヶ谷の連隊に配属された。こういった経緯についてはいま措いて、おなじエッセイのなかでふれられている、浅田次郎の三島観のみをかんたんにとり上げておきたい。

浅田にとって、また浅田の世代の若者たちの多くにとって三島は「時代の知的シンボルであり、同時に知的アイドル」でもあった。どのようにしても「われらの青春とは切り離すことのできないほど、大きな存在」だった。三島由紀夫は、世代からすればあきらかに戦後派にぞくし、じっさい戦後文学を代表する作家のひとりでありつづけたにもかかわらず「文学史的には戦前の文豪巨匠と同位置にあった」のだ。つまり、たとえば野間・武田・三島でも、あるいは吉行・遠藤・三島でもなく「「谷崎・川端・三島」と言った方が収まりが良かった」のである。驚くべきことはしかも、これが死後に劃定された文学史的な判定というわけではない、という点にある。三島をめぐる評価は「生前からそうであった」のだ（浅田「三島由紀夫について」）。

太宰治と三島文学

浅田次郎の三島評は、往年の一ファンの感慨にすぎないものであるかに見えて、じつは三島の戦後文壇上の地位をよく言いあてている。三島は、広義の戦後文学にぞくしながら、その文学にはいわゆる戦後派のなかで位置を定めがたいところがあったのである。

昭和二十（一九四五）年、長かった戦争がこの国の無条件降伏で終結したあと、ただちに各種の雑誌の誌面をかざったのは、戦中に沈黙を強いられ、あるいはみずから筆を折った大家たちの作品だった。すなわち、永井荷風の『踊子』であり、谷崎潤一郎（一八八六～一九六五年）の『細雪』であり、また、宇野浩二（一八九一～一九六一年）の『思ひ川』であったのである。これらの作品は、けれども、安藤宏の評言を借りていえば「円熟した個性のもたらした佳作」であるとはいえ、戦後文学の見取り図から考えるなら「一時的に空白状態になった文壇の穴埋めを果たしたという側面が大きい」ことだろう（『日本近代小説史』）。戦後文学そのもののはじまりはむしろ、一方で（これも戦前から創作活動を開始していた作家たちではあるけれども）、太宰治（一九〇九～一九四八年）や坂口安吾（一九〇六～一九五五年）、織田作之助（一九一三～一九四七年）等に代表されるいわゆる無頼派、他方では、昭和十（一九三五）年前後に左翼運動に参加しながらも、転向した過去をもち、敗戦をあらたなはじまりと意識した文学者たちによって象徴されるものであるといってよい。後者はさらに、ひとつには、『死霊』を書きつづけた埴谷雄高（一九〇九～一九九七年）を例外として（小説家ではなく）東京在住の文藝評論家のみが発刊当初の同人となった、新雑誌「近代文学」に結集したひとびと、もうひとつには、野間宏（一九一五～一九九一年）や椎名麟三（一九一一～一九七三年）を典型に、戦前に関西圏で左翼運動に参画していた者たちにさしあたり岐れ、両者は、とはいえほどなく合流して、同志的な友情でむすばれることになる。

いわゆる無頼派を代表し、ある意味では敗戦日本の気分そのものを代理表象していた文学者は、やはり太宰ということになるだろう。三島が太宰嫌いを公言していたことは、よく知られている。

くりかえし言いおよばれる後年の回想の一段をそれでも念のため引用しておく。劇作家の矢代静一（一九二七～一九九八年）に連れられて、太宰治をかこむ宴席に参加したおりの追想である。

私は来る道々、どうしてもそれだけは口に出して言はうと心に決めてゐた一言を、いつ言つてしまはうかと隙を窺つてゐた。それを言はなければ、自分がここへ来た意味もなく、自分の文学上の生き方も、これを限りに見失はれるにちがひない。

しかし恥かしいことに、それを私は、かなり不得要領な、ニヤニヤしながらの口調で、言つたやうに思ふ。即ち、私は自分のすぐ目の前にゐる実物の太宰氏へかう言つた。

「僕は太宰さんの文学はきらひなんです」（「私の遍歴時代」）

太宰は一瞬だけ「虚をつかれたやうな表情」をして、すぐにだれに対してともなくこう云った。「そんなことを言つたつて、かうして来てるんだから、やつぱり好きなんだよな。なあ、やつぱり好きなんだ」。三島は、一方では、太宰とじぶんの資質の相似もなかば承認している。後年にいたっても、作家は書いていた。「私と太宰氏のちがひは、ひいては二人の文学のちがひは、私は金輪際、「かうして来てるんだから、好きなんだ」などとは言はないだらうことである」。期せずして、一筆書きではあるけれどもすぐれた太宰像となり、太宰をめぐって卓抜な受容論的理解ともなっている。同時に、三島がそうでありたいとみずから願った自己像を示していることだろう。

椎名麟三と三島由紀夫

いわゆる戦後派との関係についてはどうだろうか。「近代文学」はいわば、純粋な戦後派の理論的中心ともなった雑誌であるが、ひろくその存在が認知されたのち、いくどか組織の拡張をこころみている。三島は、その第二次拡大時に、椎名麟三や武田泰淳、安部公房たちとならび同人として名をつらねた。昭和二十三（一九四八）年六月のことである。おなじ年の十二月には「序曲」の創刊に参加、野間宏等とも交流している。雑誌そのものは第一号で廃刊されたとはいえ、その時点で三島はあきらかに狭義の戦後派の一員と目されていたわけである。

埴谷雄高に当時を記録した一文がある。神田にあった喫茶店「ランボオ」の想い出とかさね合わせるかたちで、往時を回想したエッセイである。「序曲」は、河出書房から季刊で出版されることになって、同人たちの顔合わせが「ランボオ」の二階でおこなわれる。そのころから三島の特徴は、ほんの数語の会話を交わしただけで、頭脳のきわだった回転速度が窺われるところにあった。

埴谷の文章を引いておこう。「その会合後、私は、平野謙に、三島由紀夫はどうかね、と訊かれたことがある。うん、かれはどうも俺達をみな馬鹿だと思つてるよ、と私が答えると、吾意を得たりというふうに平野謙は肉づきのいい咽喉（のど）をのけぞらせながら激しく哄笑して暫く笑いやまなかつた。この平野謙の哄笑のなかには、マルクス主義を境界線とする互いに理解しがたい二つの断層についての複雑な感慨が含まれている」（埴谷「三島由紀夫」）。

おなじ席で椎名は三島の多弁に対し、「いや、それは違うんだ、しかし、違うと説明しても相手は恐らくそれを解りはしないと口をはさみかけては自身を抑えつづけているような苛だつた衝動に身を揺すつて」いた。椎名麟三は前年、昭和二十二年二月に「深夜の酒宴」を引っさげて、文壇に登場したところである。椎名の出世作の冒頭を引いてみる。

朝、僕は雨でも降っているような音で眼が覚(さ)めるのだ。雨はたしかに大降りなのである。それはスレートの屋根から、朝の鈍い光線を含みながら素早く樋(とい)へすべり落ち、そして樋の破れた端から滝となって大地の石の上に音高く跳(は)ねかえって沫(しぶき)をあげているように感じられる。しかもその水の単調な連続音はいつ果てるともなく続いているのだ。ただこの雨だれの音にはどこか空虚なところがある。僕が三十年間経験し親しんで来た雨だれの音には、微妙な軽やかな限りない変化があり、それがかえって何か重い実質的なものを感じさせるのだが、この雨だれの音はただ単調で暗いのだ。それはそれが当然なのであって、この雨だれの音は、このアパートの炊事場から流れ出した下水が、運河の石崖(いしがけ)へ跳ねかえりながら落ちて行く音なのだ。

新潮文庫版に「解説」を寄せている中野好夫によれば、そのころ、汽車も街頭も「十貫近い芋をつめた大きなリュックサックを背負った汚れたモンペ姿」にあふれ、また戦地の戦闘服をそのまま着こんだいわゆる復員服に満ちており、家庭はどこもトウモロコシの粉末という主食に苦しんで、路地裏では「カストリ」という得体のしれないアルコールが呑まれていた。そのような時代を背景として、重い、暗い、耐えるといった「どちらかといえば陳腐」なことばが、椎名が使うとあらたな意味を帯びて再生し、椎名麟三は時代を表現する代表的な作家のひとりとして受けいれられたのである。三島ならそもそも、椎名の文体のこの鈍重さに我慢がならなかったところだろう。

戦後派と三島文学

三島由紀夫の「中世」は、第一回、第二回（未完）が、「文藝世紀」昭和二十年二月号に発表され、第三回は雑誌上では公表されず、第四回（未完）が、おなじく「文藝世紀」昭和二十一年一月号に掲載された。全体が公刊されたのは「人間」同年十月号である。――一篇はなお敗戦のまえ、勤労動員中の三島がいわば遺作として執筆したものであった。川端康成が、雑誌掲載分をたまたま目にし、賞讃していたと聞きおよんで、戦後、昭和二十一年の一月に、三島がはじめて川端を訪れるきっかけとなった短篇でもある。

物語は、二十五歳で夭折した足利義尚を悼む父・義政の悲しみを描いている。義尚が陣中で亡くなり、義尚に寵愛されていた「菊若」は後を追おうとするけれど、「霊海禅師」に見抜かれ、思いとどまる。義政は、とある夕べ部屋に闖入してきた大亀にふしぎな愛着を覚えて、星を見ては涕泣する亀を抱きながら、銀河を眺めて暮らしていた。そんなおりしも、老医師「鄭阿」は不死の薬を索め旅に出る。不規則的に雑誌に発表された短篇の第四回目、つまり、戦後の三島のほぼ第一声にちかい一文は、その場面から説きおこされていた。戦後掲載分の冒頭から引用しておく。

老医鄭阿は京を出で不死の薬を求める旅に上つた。青嵐さはやかな国々を過ぎる内に、年甲斐もなく鄭阿には港を見たい心が起きた。鄭阿の身に流れてゐるのは唐の血であると人はいふ。鄭阿の祖先は海を愛した。彼らは龍をゑがいた黄色の帆をかゝげてもえるやうな夏の日に彼地を発ち、たゞよふ海の藻に秋色を卜しながら、北九州の湊々を訪れた。湊とは彼等にとり、（わけても彼等が湊々で拵へた子供にとり）、ふと縺れた運命のゆきかひが、根を限りに咲かせてみせた花の名に外ならぬ。回想の一ト隅にはげしく索められるやうな花の名であり、至つて貴重な青い花の一ト種である。鄭阿はいつか堺の町へとその足を向けたのだ。

本多秋五は雑誌「近代文学」の中心的な同人のひとりであった。後年、戦後派の歴史をめぐって浩瀚な一書を書きあげる。そのなかで本多は、「近代文学」に結集した評論家たちが三島由紀夫を理解しなかったとする世評をとり上げ、それをなかば肯定している。すくなくともじぶんは、三島由紀夫のよい読者であったという憶えがない、と本多は書いていた。短篇「中世」についても本多には「長いなあ、と思いながら忍耐して読んだ記憶」があるだけで、「どこに作者の真実のいい分があるのか、最後まで判らずじまいであった」と告白する。とはいえ、本多自身があわせて説いてもいるように、「もし『近代文学』が最初から三島由紀夫を理解したら、『近代文学』というものは存在しなかった」（『物語 戦後文学史（中）』）。本多たちは椎名の文体を受けいれて、三島の絢爛たる修辞を退けた。「近代文学」には顕らかな党派性があり、三島はその党派性の外にいたのである。

戦後派との違和と川端への接近

椎名麟三の短篇「深夜の酒宴」は「僕」の一人称で語りだされる。僕は戦前、共産党に所属し、獄中で発狂したとされ、いまは伯父のアパートに住んでいる。住人たちにも遠まきにされ、伯父の「仙三」は、僕のわずかな稼ぎをほとんど取りあげて、それを「死んだ中村」の母親に送金していると称していた。中村は僕が運動に勧誘し、獄死したかつての同志である。おなじアパートの住人に「加代」というおんながおり、むかし母親が仙三の妾(めかけ)だった縁で、そのアパートの一室を宛がわれていた。僕はいまではすべて「思想というものは愚にもつかぬものだ」と考えながら、日々「ただ堪えがたい現在に堪えて」いたけれども、加代と僕とは始終仙三の怒りを買っていて、ある日ついにふたりとも仙三から退去を言いわたされる。追いだされる前夜に、ふたりで酒を飲むが、僕はすぐに酔いつぶれてしまった。「だが酔いつぶれながら、僕はただ一つのことをぼんやり覚えていた。それは加代が酔いつぶれている僕の頭を子供のように撫でながら、脱けて来る髪を指に巻いては畳の上へ落していたことだった」。一篇のむすびである。

この耐えがたく暗く重い物語の背後には、戦前の左翼運動の悲惨と、死者たちの群れがあった。後年じっさい埴谷雄高は、柄谷行人との論争文のなかでこう書いている。「まことに私達すべては、革命運動において、戦争において物言わぬ、物言えぬ死者となつたところの《死んだ仲間》によってひたすら支えられていたのである」。埴谷は、さらに付けくわえる。「戦後文学のリアリティこそはその死者に支えられていた」のだ（「戦後文学の党派性、補足」）（柄谷との一件をめぐっては、拙著

『埴谷雄高』ならびに小谷野敦（こやのあつし）『現代文学論争』を参照されたい）。

　世代も背景もことなる三島に、こうした屈折はない。昭和二十五（一九五〇）年ごろ、すなわち、戦後の日本共産党を見舞った最初の分裂騒ぎの前後、小田切秀雄が三島に共産党への入党を誘っている。小田切は「近代文学」の一員であったが、さっそくに生じた「新日本文学」との軋みに巻きこまれ、前者にあって最初の離脱者となっていた。三島は「一瞬びつくりして、口もきけなかつたやうに記憶して」いる（「私の遍歴時代」）。電車の轟音（ごうおん）がふたりの会話を中断した、とあるが、両者を遠くへだてたのは、経験の相違と文学観の差異であったことだろう。三島には三島なりに、過ぎ去ってしまった希（のぞ）みがあり、望みが潰えたことで、いつまでも過ぎ去ることのない悔恨もあった。この件については、本書でもほどなく語るはこびとなるだろう。

　戦後派の面々と交わっていたころ、三島由紀夫はいっぽうでは既成文壇にも接近していた。とくに挙げておく必要があるのは、やはり川端康成との交流である。両者のあいだで残されている最初の書簡は、昭和二十年三月八日づけの川端の手紙で、そのなかには「義尚ハ私も書いてみたく少し調べても居ります」とあって、失われた三島の一篋で「中世」のことがしるされていたことがわかる。野田宇太郎の手引きで戦後、川端宅を訪ねた三島は、内心を先達に打ちあけるようになった。「不安な寂しさで居てもたつてもゐられません。友人を待ちます。友人は来ません。自分の腕が誰かを抱くやうに出来てゐるのを、心底から呪はしく感じます。私は手を失（な）くしたいと思ひます」（昭和二十一年三月三日づけ、川端宛て）。この訴えが、くだんの悔恨とかかわることは確実である。

おなじ年の四月、三島由紀夫は川端康成から『雪国』の寄贈をうけ、長い礼状をしたためている。書簡は末尾に『雪国』について「あまりに大きく高く、小さい私には牧童がいつかあの山へも登れるかと夢想する彼方の青いアルプの高峯のやうに仰がれるのみでございます」とあるが、感想はなぜかもっぱら「抒情歌」をめぐってしるされていた。

一篇は川端初期の代表作のひとつで、本人がもっとも愛した作品のひとつでもあった。ある女人が恋人に捨てられたのち、その死を知って、輪廻転生の悠久に救いをもとめる、という挿話を軸とし、主人公が天地万物、禽獣草木のうちに死者のすがたをみとめ、来世ではその恋人となるよりはむしろ一輪の花となりたい、とする心境に辿りつくまでを描いている。三島の一箋を引く。

三島の川端評

「抒情歌」ははじめて日本の自然の美と愛を契機として、白昼の幻想、いひかへれば真の「東洋のギリシヤ」を打建て、目覚めさせてくれたやうに思はれます。その高さ、けがれのなさ、琴にふと触れた時のあの天界の音のやうな気高い妙音——しかもそれら凡てが抽象化されたり徒(いたづ)らに壮大なものになつたりせず、微風のやうな悲しみに包まれて、いはゞ肉体の翳(かげ)にひつそりと息づいてゐるのです。(昭和二十一年四月十五日づけ、川端宛て)

つづけて「青空とそこを染める雲のやう」な「微妙な黙契」とあって、「日本人のあのさゝやくやうな「悲しみ」の秘密」ともあって、若き日の小説家はめずらしく興奮し、筆を舞わせて、川端文学の秘鑰（ひやく）について語り、ほとんどみずからの文学的な課題をもめぐって綴りかけている。

川端康成『雪国』の書きだしは、だれでも知っている。「国境の長いトンネルを抜けると雪国であつた。夜の底が白くなつた」というものだ。冒頭にはもうひとつ、人口に膾炙（かいしゃ）した表現がある。「悲しいほど美しい声であつた。高い響きのまま夜の雪から木魂（こだま）して来さうだつた」。

とりわけ「悲しいほど美しい」ということばが文学青年たちを震撼させて、その当時さまざまな同人雑誌におなじ表現が溢れかえったといわれる。三島由紀夫は後年ひとつだけいたずらを仕掛けた。昭和三十九（一九六四）年に雑誌連載された『絹と明察』は、よく知られているとおり、近江絹糸（けんし）の労働争議に材を採ったものであったが、女子工員たちを監視する舎監たちの会話を描く場面に、こういう一節がある。「まるきり白粉気のない寮母たち」はみな「険のある顔つきになりかけてゐるが、声だけは却つて一様に澄み、悲しいほどに美しい声の人がある」。

川端と三島の関係は、三島の死の直前にいたるまでいくらかの起伏をふくんでいた。昭和三十六（一九六一）年、三島由紀夫は川端康成をノーベル文学賞候補に推薦する一文を、川端自身の依頼によって、英語で書きおろす。「川端氏の作品では、繊細さが強靭さと結びつき、優雅さが人間性の深淵の意識と手をつないでいる」（佐伯彰一訳）。ここでも三島はあたかも自身について語りだしているかのようである。三島があの三島由紀夫となるみちすじを跡づけるために、私たちとしては戦後の小説家の出発点を、すこしちがう視点からも確認しておく必要がある。

戦中と戦後を繋ぐもの——『盗賊』と「岬にての物語」

川端康成への接近の
もうひとつの側面　前章でも見ておいたとおり、三島由紀夫は、戦前、昭和十九(一九四四)年十一月に、すでに処女作品集『花ざかりの森』を、七丈書院から出版していた。橋川文三の「三島由紀夫伝」は、そのころ勤労動員されていた学生たちのあいだで、三島の名が口にされることもあり、「各高校の文芸部あたりで、学習院に三島という天才少年があらわれたという妬ましげな噂があった」ことを証言している(『橋川文三セレクション』)。

橋川は旧制高校生当時、心情的には日本浪曼派に接近していた。戦後に『日本浪曼派批判序説』を著し、みずからの血肉を腑分けするように、保田與重郎ほかの所説を分析することになる。この件はともあれ、三島のなまえは戦中からあるていど知られており、狭義の戦後派の文学者たちとはことなって、三島由紀夫は戦後はじめて登場した〝新人〟というわけではない。

いうまでもなく、戦中に日本浪曼派の寵児(ちょうじ)であったという事実は、戦後の再出発にあってむしろ不利な条件となる。七丈書院は戦中、筑摩書房に吸収されており、その所縁をたどって青年作家は数篇の作品を編集部にもち込んだ。当時の「展望」編集長・臼井吉見から原稿を示された中村光夫が、マイナス百五十点という評価を与えたという逸話はよく知られているところである。川端康成が、かくてはからずも、二度目の出帆を期していた三島にとって得がたい庇護者となってゆく。

　川端は、以前から新人作家を発掘する名人として知られていた。それればかりではない。そのころ保田與重郎をはじめとして、佐藤春夫や中河与一（一八九七〜一九九四年）にいたるまで、事実上、追放命令を受けている。敗戦後のふつか目に死んだ島木健作（一九〇三〜一九四五年）を追悼する一文のなかで、康成は、じぶんは「もう死んだ者として、あはれな日本の美しさのほかのことは、これから一行も書かうとは思はない」としるして、変転する時代の動向に背をむけ、鎌倉でなかば隠棲していた。三島の後ろ盾となるのに、いわば格好の場所に位置していたのである。

　三島が野田宇太郎の紹介で、はじめて川端康成宅を訪問したのは、敗戦のほぼ半年ののち、昭和二十一（一九四六）年が明けてからのことである。その当時の川端は、鎌倉文庫という小出版社と関係しており、鎌倉文庫からは「人間」と題する文藝雑誌が発行されていた。康成の推輓（すいばん）により、いくらかの紆余曲折をへておなじ年の六月、「煙草」が「人間」に掲載されることになる。

　短篇は三島の学習院時代に取材した物語で、主人公「私」は中等科の一年生に設定されている。小篇を三島は「あの慌しい少年時代が私にはたのしいもの美しいものとして思ひ返すことができぬ」と書きはじめ、ボードレールからの引用をはさみながら「少年時代の思ひ出は不思議なくらゐ悲劇化されてゐる」と書きついでいた。語りだされてゆくのは、ひとことで言うなら、煙草を介した上級生との交渉という、それ自体としてはありふれた挿話である。作品のむすびちかくで私は、二度目の煙草に「ひつきりなしに噎（む）せ」てしまう。上級生は、私の手から煙草を奪いとって、机のへりに吸いかけの一本を押しつけた。つづけて以下のような一節があるのが、わずかに注目されるところであるかもしれない。

その夜眠れない床の中で、私はこの年齢で考へられる限りのことを考へた。誇り高い私はどこへ行つた？　今まで私は自分以外のものでありたくないと頑なに希つたのではなかつたか。今や私は自分以外のものであることを切に望みはじめたのではなからうか。漠然と醜く感じてゐたものが、忽ち美しさへと変身するやうに思はれた。子供であることをこれほど呪はしく感じたことはなかつた。

じぶん以外のものであることを切実にのぞむ欲望は、やがて『仮面の告白』で語りだされることになるだろう。その件はべつとしても、おなじ夜のこととされる火事をめぐって「火の粉が優雅に舞上る遠い火事の眺めは奇妙に謐かであつた」と書きとめながら、一篇を「だが、この記憶はいかにも不確かなので、事によるとそれはその夜の私の夢にあらはれた火事の情景であつたのかもしれない」と余韻を引いてむすぶ筆には、将来を川端に期待させるところがあったのだろう。

最初の長篇小説『盗賊』　昭和二十三（一九四八）年の六月は、国内では太宰治が死に、海外ではベルリン封鎖が話題となった月である。その年の十一月、三島由紀夫は『盗賊』を真光社から出版し、おなじ月の二十五日に、書きおろし長篇『仮面の告白』を起稿している。

三島にとって最初の長篇小説ともなる『盗賊』は、昭和二十一（一九四六）年の正月に稿が起こされた。翌年から翌々年にかけ、第一章から第五章までが順不同のかたちで各種の雑誌に分載されたうえで、出版時に第六章「実行―短き大団円」が書きくわえられて単行本となっている。発表の形式はもとより、こんにちの目からみて内容にかんしても奇妙なところがあるのを否定できない。ここで、すこしだけ小説のなかみに立ちいっておく。

物語の舞台は戦前、一九三〇年代の華族たちの社交界に設定されている。「藤村子爵家」の子息「明秀」は、国文学科を卒業して、研究室にかよっていた。ある夏、母とS高原ホテル（S高原は志賀高原に比定（ひてい）されている）に滞在中、母の旧友である「原田夫人」とその息女「美子（よしこ）」と出会う。滞在中、ふたりは密会を重ねるようになって、明秀の母親はふたりを結婚させることも考えたけれども、奔放な美子には、明秀との結婚の意志などはじめからなく、明秀は手ひどい傷を負うことになった。「最後の逢瀬に敗れて、明秀は沙漠をゆく人が烈しい渇きに水を求める如くひたむきに死を希（ねが）い、「美子への恋慕」は「見事に死へのそれに切り替へられた」。

いかにもラディゲふうな設定のなかで、ふつうはその細密な心理描写が評者の注目するところともなっている。現在ふりかえってみると、とはいえかえって印象ぶかいのは、たとえばつぎのような風景の描きかたであるかもしれない。叙されているのは、高原で明秀と美子のふたりがならんで目にすることになる、自然がたまたまあらわした、ふしぎと人工的な現象である。

霧の合間から恰(あた)かも大池周辺の景色だけがおぼろな輪郭の中に浮び出てゐた。二階の露台で見ると池はふしぎな広がりと曲線を以て望まれた。池の上には霧が、あるところは濃くあるところは稀(うす)く、ところまだらに立ち迷うてゐた。水面は亜鉛のやうな色を呈してゐた。めづらしい現象としか思はれないが、在処(ありか)のわからない月が一面に打ち沈んだ光線を漲らせ、それが移動してゆく霧に映つて池の上に幾本かの不定形な光の柱を立てたやうに見えた。そして池の水面を濃い底しれない翳と夜明けの光線のやうな鈍い明るみとがたえず入れかはつて、しかもきはめて徐(ゆる)やかに動いてゐた。

小説のなかでは、このふしぎな光景が、美子の抗しがたい魅力と重ねえがかれている。この部分だけとり出してみると、描写はあたかも、寝覚めのよくない朝方に見られた夢のような、物語全篇にただよう、奇妙な居心地の悪さを示すものでもあるかのようである。

川端康成の『盗賊』評

明秀はあるとき京都で祖父の法要に出席して、「山内男爵」と会う。帰京したのち、明秀は男爵と再会して、むすめの「清子」をある倶楽部に連れていってほしい、と依頼される。じつは清子も手痛い失恋を経験していたのであった。ふたりはそれぞれが愛したひとのこと、その忘れがたいおもざしを繰りかえし語りあって、やがて傍目からは欠けるところのない恋人どうしのごとく映るようになる。明秀の母は、山内男爵とかつて愛しあった記憶を隠しもっていたがゆえに、ふたりのつき合いにためらうところもあったけれども、周囲の協力もあって、明秀と清子との結婚話はすすんでゆく。

清子と明秀は結婚式のその夜、心中して果てた。友人たちの目からは、「死ぬべき理由と云つたら、彼らが幸福でありすぎたといふことの他には見当らなかつた」。事件ののち、美子と「佐伯」（清子の相手である）はクリスマスを祝うダンスパーティで顔をあわせる。「美子は顔をあげてはじめてまじまじとこの類ひまれな美貌の青年を見詰めた」が、しかしふたりは恐ろしいことに気づいてしまう。美子のほうが、さきに戦慄と恐怖にとらわれて、ようやくのこと二歩、三歩あとずさりする。「二人は同時に声をあげてこの怖ろしい発見を人々の前に語りたい衝動にさへ駆られてゐた。今こそ二人は、真に美なるもの、永遠に若きものが、二人の中から誰か巧みな盗賊によつて根こそぎ盗み去られてゐるのを知つた」。はじめての長篇をむすぶ、最後の段落である。

川端康成が、単行本に「序」を寄せていた。「三島由紀夫君は現在最年少の作家であるかと思ふ」とはじまる一文のなかで、川端は、「自殺する二人が盗み去つたものはなんであるか。すべて架空であり、あるひはすべて真実であらう」としるしたそのあとに、こう書きたしている。

私は三島君の早成の才華が眩しくもあり、傷ましくもある。三島君の新しさは容易に理解されない。三島君自身にも容易には理解しにくいのかもしれぬ。三島君は自分の作品によつてなんの傷も負はないかのやうに見る人もあらう。しかし三島君の数々の深い傷から作品が出てゐると見る人もあらう。この冷たさうな毒は決して人に飲ませるものではないやうな強さもある。この脆(もろ)さうな造花は生花の髄を編み合せたやうな生生しさもある。

三島の才能が眩しく見えるとは、そのままの印象だろう。三島由紀夫のあたらしさが理解しにくいものであるとは、その作品には戦後の意匠と相いれないところがあるのを、この戦前からの大家が了解していたことを意味する。「この冷たさうな毒」とか「脆さうな造花」という表現からは、練達の小説家がとうぜん、この若手作家の新作が奇妙に人工的で、不自然なところをふくんでいるのを読みとっているしだいも窺われることだろう。

『盗賊』の不自然さ

注意しておきたいのは川端康成がここで、三島由紀夫の才能が傷ましいとも言い、くわえてひとによっては「三島君の数々の深い傷から作品が出てゐると見る」ことだろう、と語っていることである。川端は、『盗賊』という奇妙な物語、それを紡ぎだし、語りだす三島のなかに、血を流しつづける疵痕(きずあと)をみとめる。青年はかつて二十五以上も歳のはなれた先達にむかって「自分の腕が誰かを抱くやうに出来てゐるのを、心底から呪はしく感じます」と嘆き、「私は手を失くしたいと思ひます」と訴えた(本書、八二頁)。川端の評はその記憶に起因するもので、とはいえおそらくはなにより、この年長の文学者の慧眼(けいがん)にも由来するものだろう。

三島にとって最初の長篇小説ともなった『盗賊』の奇妙な不自然さは、それぞれが恋人を失ったふたりが心中する設定のうちにある。両人がこもごも、喪った愛を語る場面を引いておく。「二人の話柄は二人がかくも愛してゐる人の物語へ自づと移つた。羞らひもなく妬みもなく二人はこの奇しき愛の来歴と忘れがたい面影とについて繰返し語つた。話しながら二人の目には言ひがたい涙が点ぜられた。忽ち明秀の目には清子が、清子の目からは明秀が消えるのだつた。彼らは誰憚らず各々の心に任せて咽び泣いた」。これはやはりひどく自然らしさを欠いて、読者の共感を得にくい場面であることは、否定しがたい。――作者はおそらく、純粋な情死、「真に美なるもの、永遠に若きもの」を保証する無垢な心中という観念に取りつかれているように見える。そのぶん読む者にとっては、死へといたる登場人物たちの感情が、にわかには辿りがたいものと映ってしまうのだ。

「軽王子と衣通姫」

三島はこの長篇のまえに、心中を主題として、ふたつの短篇を書いていた。「軽王子と衣通姫」、ならびに「岬にての物語」の二作品である。

「軽王子と衣通姫」は、父帝の寵妃である叔母とその甥である王子の愛の物語である。『古事記』と『日本書紀』に取材した一篇であるけれども、設定には三島独自のくふうが見られる。

物語は、先皇「雄朝津間稚子宿禰天皇」の皇后が先帝の陵墓にむかうさい、妖しい火がかき消えたのを見るところからはじまる。火の滅したところに、白い裳の美しい女性が立っている。女人は皇后のいもうと、先皇に寵愛された「衣通姫」だった。姫は、伊余に流された「軽王子」を追ってゆくまえに、先帝の陵墓に別れを告げに来たところだったのである。

美しき人の面影はゆらめく焔の火影に、たとへば生絹にゑがかれた絵姿が風にゆらぐかのごとく立ち現はれた。豊葦原中国にこれにまさる美顔はなかつた。高く結ひ上げた豊かな黒髪は夜が丹精をこらしてその最も精妙な部分を磨き上げ姫の頭上に贈つたもののやうに、神殿の奥、殊更神の身近にたゞよふつややかな闇の化現であつた。その下にはえもいはれぬ、新月のやうに澄んだ額があつた。しづかな若草の眉があつた。そしてもえさかる松明を映して煌めくならびなき双の瞳が見られた。わけてもその姿に霊が宿るかと思はれた美しさは、白い裳が松明の影と光にかかはりなく、内からの光輝で曙いろに照り映えたさまである。その身の艶色が衣を通して晃るのであつた。

『古事記』は姫の名の由来を「その身の光、衣より通り出づれば也」と解いて、『日本書記』には「容姿絶妙無比、その艶色衣を徹して晃り」とある。三島の描写のいわば典拠である。引用部分にはたしかに、本多秋五が打ってかわってそう評価したとおり、芥川龍之介（一八九二〜一九二七年）の「歴史小説に伍して毫も遜色のない」（本多、前掲書）才筆が見えている。

先帝に愛されて側室となった衣通姫を、皇太子・軽王子もまた愛した。皇位は弟宮である「穴穂王子」にうつり、軽王子は捕えられて、伊余に流される。衣通姫は、亡き先皇の陵でゆくりなくも久しぶりに姉君に出遭い、じぶんも王子の配流先へとむかう決心を告げたのであった。

　ふたりは伊余の地で、だれはばかることなく愛に溺れた。軽王子に忠実な臣「石木」は、しかし姫に説いて、王子を天皇位につけるために、みずから死をえらぶように懇願する。「衣通姫の亡骸は月光が凝つて出来たもののやうに見えた」。愛する者のむくろを目にした王子も、じぶんの咽喉を剣で貫いて果てたのだつた。「愕いて飛翔たうとした大鷹の白い翼にも、つかのまに紅ゐの繁吹が斑らをゑがいた」。結末は、こうである。短篇の末尾にほどちかい箇所を引く。

> 　大和の群山に残雪がかゞやくころ、都は石木の臣の叛乱の報にをののいたが、むかへ撃つた穴穂天皇の軍のために、かれらはすでに海上で散々に討ちやぶられた。
> 　衣通姫の姉君・軽王子の母尊・先皇雄朝津間稚子宿禰天皇の皇后には思ひあたるふしがあつた。先頃、萌えそめた若菜をたづねてひとりもとほつてゐた園で、皇后は片羽に黒赤色の斑らを持つた白い大鷹が、羽音も荒々しく下り立つて、愕くひまもなくとびさるのを見たのだつた。ひそかに陸に上つた石木の臣は忽ち捕へられて首を刎ねられた。

戦中と戦後を繋ぐもの

　本多が感嘆していたとおり「軽王子と衣通姫」は、当の一篇のみを読むかぎりでは文辞がととのい、華麗に仕上げられた珠玉の歴史小説であった。心中という結末も滅亡という終幕も、説話のうちに塗りこめられた寓意以上の響きをもたないかもしれない。

　ここであわせてかえりみておく必要があるのは、おなじく『盗賊』にさきだち心中を主題とした短篇「岬にての物語」である。三島は戦争の末期「一作一作を遺作のつもりで」書きつないでいたと回想しているけれども、とりわけこの一篇は、八月十五日をはさんで書きつがれたものとして、作家自身にとっても、とくべつな意味をもっていた（「私の遍歴時代」）。三島文学を考えようとする場合、作品は、小説家の戦中と戦後をむすぶものとして、とくに注目しておくにあたいする。物語のすじみちを、以下すこしばかり辿ってみよう。

　少年時代の「私」は、醒めてみられた夢を追って明け暮れ過ごしてしまうようなたちであった。十一歳になった夏、私は母と妹とともに、房総半島の鷺浦という海岸で、避暑と水練の日々を送ることになる。父は書生の「小此木（おこのぎ）」を水泳教師としてえらんで、私は書生を「オコタン」と呼んでいた。私は、とはいえ海を眺めるばかりで、いっこうに泳ぎを覚えようとせず、オコタンもやがて訓練をあきらめてしまった。そんなある日のこと、オコタンの目をぬすんで私は、ふとした冒険心から東を目ざして歩きだし、岬へと向かうことになる。

　岬の頂きには、荒れはてた洋館があり、なかからオルガンの音が聞こえてきて、ちかづくと若い女性の歌声も耳に入ってきた。私は館にはいり込み、椅子に腰かけて音楽に耳をかたむける。と、部屋から二十歳（はたち）まえくらいの「美しい人」が、微笑みながら顔をだした。「私は目の前の美しい人のこと、その身の上その運命、その身にやがて起るべきこと」を思いめぐらし、ふと「彼女を鹿の精ではないかと疑つた」。急にとびらが開いて、入ってきたのは、これも顔だちのととのった青年で、「青年と少女は眼の涼しさを争つて」いるかに見えたものである。
三人はそろって岬に散歩に出かけ、少女がかくれんぼをしようと提案する。私が鬼になり、目をつぶって、数を数えた。私は美しいひとのことを考え、数えている数さえも忘れそうになる。

しかし私の耳ははつきりときいてゐた。下草を風がわたるのを。梢高く松笠がすれ合ふのを。それらの底に意識するたびに高まるやうな気のする深い潮騒を。彼等の跫音も笑ひ声もたえてきこえることはなかつた。沈痛な蟬の声が遠く耳にとどくばかりだつた。かうした刹那刹那が何事もなくすぎたあと、（確かに何事もなく、だが、一枚一枚と紙を剝ぎとるやうなおそろしい緊張にみちて経過した時）、突然私は鳥の声に似たものをきいたのである。

あれは鳥ではない。断崖の方向に、「悲鳴に似た微かな短い叫びがきかれたのである」。それは、しかし悲鳴というより、むしろ「神々が笑ひたまうた御声」であったかとも思われた。
翌日、私は発熱し、東京の家にかえる。父はもしかすると、水泳も覚えずにひと夏をすごした私に立腹するかもしれない。それでも、私は満足していた。「人間が容易に人に伝へ得ないあの一つの真実、後年私がそれを求めてさすらひ、おそらくはそれとひきかへでなら、命さへ惜しまぬであらう一つの真実を、私は覚えて来たからである」。

「岬にての物語」――三島文学の原型として

当時、野田宇太郎が「岬にての物語」の原稿をわたされて、感想を求められた。野田は「器用で、文壇にはすぐに通用する作品かもしれないが、そんな手先の器用さよりも、もつと本質的なものの方が僕には大切だと思う」と答える。若い作家は不服そうで、そののち野田と三島のあいだは急速に冷えきっていった（野田『灰の季節』）。

三島本人にとっては、一篇は忘れがたく重要な作となった。昭和四十三（一九六八）年、小説家は、蕗谷虹児の挿絵をそえて豪華限定版を刊行する。刊行にさいして草された一文で作者は、虹児の少女像にふれて「はかない美しさ、憂愁、時代遅れの気品、うつろひやすい清純」「どこかに漂ふかすかな「この世への拒絶」」といった語を筆にしているけれども、それらのことばは同時に自作のモチーフをあらわにするものであったことだろう（「蕗谷虹児氏の少女像」）。野口武彦の評をかりていえば、あらわれているのは「三島文学の根底にある形而上学の原型」であり、「死」―「夏」―「海」が、以後の三島の作品をつらぬく「主導的な和声構造」となるだろう（『三島由紀夫の世界』）。

もう一点だけ注意しておきたいことがある。「私」と「少女」との出会いにふれて、小説家は、こう書いていた。「私の目には眩ゆいほど美しくみえたその人は屹度二十を超えてはゐなかつたが、遠い未来に私を訪れる花嫁はさういふ人でなければならないと、心にいつしか描き定めた面立ちによく似てゐた」。――これはふしぎな一文である。奇妙な言いまわしのうしろに隠されたなにごとかは、『仮面の告白』ではじめてあかされることになるだろう。

青春のおわりと『仮面の告白』

法学部生・平岡公威　平岡公威は敗戦の前年、東京帝大の法学部に推薦入学したものの、戦中の学生生活のほとんどは、勤労奉仕に費やされた。動員先のひとつが群馬県の中島飛行機小泉製作所で、そのけっか将来の小説家が東京大空襲による罹災を免れたことも、すでにふれておいたところである（本書、六七〜六九頁）。

東大法学部に在籍していたという三島の経歴は、日本近代の小説家のなかで、めずらしいといえばめずらしい。同学年には知名の士も多く、卒業時の席次は、後年の文学者にして活動家のいいだもも（一九二六〜二〇一一年）が一番、公威は二番であったといわれる。そのほか映画監督となった増村保造も同学年、三島はのちに「からっ風野郎」に主演しているけれど、増村は、しろうとの、しかも大根役者を徹底的にしごいた（関川夏央「増村保造と三島由紀夫」）。

昭和三十六（一九六一）年になってから小説家は、法学部の学友会（緑会）誌に「法律と文学」と題する短文を寄せている。一文の書きだしは、こうである。「本学の法科学生であつたころ、私が殊に興味を持つたのは刑事訴訟法であつた。団藤重光教授が若手のチャキチャキであつた当時のこととて、講義そのものも生気溌剌（はつらつ）としてゐたが、「証拠追求の手続」の汽車が目的地へ向かって重厚に一路邁進するやうな、その徹底した論理の進行が、特に私を魅惑した」。おなじく手続法であっても、民事訴訟法とはことなって、刑事訴訟法は「人間性の「悪」に直接つながる」。小説を書く法学部生をも引きつけたのは、「「悪」といふやうなドロドロした、原始的な不定形な不気味なものと、刑訴法の整然たる冷たい論理構成との、あまりに際立つたコントラスト」なのであった。短文中で、三島はたしかにみずからの文学の一面にもふれている。――三島の戯曲を、評者の一部はその小説よりもたかく評価する。脚本作家としての由紀夫は終末部での決め台詞を確定してはじめて、最初の一行を書きはじめるといわれていた。三島由紀夫のそうした実作作法と刑事訴訟法的な思考の相似に、近年では島内景二があらためて注目している（『三島由紀夫――豊饒の海へ注ぐ』）。

おなじころ東大法学部に在籍していた学生のひとりが、山崎晃嗣である。山崎は、在学中の昭和二十三（一九四八）年に「光クラブ」を設立し、多額の資金を調達して、高利で貸しつけた。事業は話題となって、急速に拡大するものの、翌年に晃嗣が物価統制令違反で逮捕されたことで、業績が急激に悪化、山崎は三千万余の債務を履行できなくなり、同年の十一月二十四日深夜、青酸カリをあおって服毒自殺する。遺書の末尾に「貸借法すべて清算借り自殺」とあり、いわゆる「アプレゲール犯罪」、無軌道な戦後青年の犯罪の典型とも目された。

事件の一年後、昭和二十五年になってから、小説家としてすでに名をなしつつあった三島由紀夫は『青の時代』と題する一篇を発表する。「光クラブ事件」に取材した長篇小説、発表当時、山本健吉は「山崎をモデルにした作品の適任者をあげるとなれば、三島をおいて外にない」とも評していた（『文藝時評』）。三島自身が、そのころは、「アプレゲール作家」の典型のひとりとみなされていたことがわかる。小説家は、じっさい、昭和二十三年のあるエッセイで「われわれの年代の者はいたるところで珍奇な獣でも見るやうな目つきで眺められてゐる。私の同年代から強盗諸君の大多数が出てゐることを私は誇りとするが、かういふ一種意地のわるいそれでゐてつつましやかな誇りの感情といふものは他の世代の人には通ぜぬらしい。みだりに通じてくれては困るのである」とも書いていた（「重症者の兇器」）。

『青の時代』とその陰翳

三島には世上さわがれた事件を素材とした小説が存外おおい。その最高傑作とされることもある『金閣寺』がそうであり、さきに言及した『絹と明察』も時事に取材した作品、日本最初のプライバシー裁判を引きおこして、ある意味では文学者の転機ともなった、『宴のあと』もまたモデル小説である。『青の時代』はこの作品系列の嚆矢となったものであるが、文学的な評価についていえば、発表当時も現在もおおむね低調である。

いま読みかえしてみると、主人公の旧制第一高等学校時代が、比較的おもしろく書けている箇所かもしれない。そこにはあるいは、一高に進学しようとして叶わなかった作者の屈折した思いが、やや反映しているふしがあるとも推測される。一高生の生態を描きとる叙述のなかで、三島が親しんだドイツ的思考が揶揄の対象となっていることも、あわせて興味を呼ぶところだろう。「ドイツの哲学は安全弁をもたない哲学であつて、決してブレーキが利かないのである。また、この大建築には厠(かはや)がついてゐないので、一朝事あるときには、あわてて庭の木蔭へ駈けつけるか、隣家の厠を借りにゆくより他はない。高等学校の不潔な蛮風——たとへば寮雨——は、日本の高等学校教育におけるドイツ哲学万能の影響である」。寮雨とは学生寮の階上から階下にむけ放尿する悪習のことである。寮の先輩の、こんな発言もある。「つまり独乙の文化の歴史はね、文化の現象学的還元が現象自体にいつも裏切られて来た歴史なんだよ」。たとえば「フィヒテは有名な愛国的演説でナポレオンの忌諱(きき)には触れなかつた代りに、あとで却つて独乙の政府から睨まれる羽目になつたのさ」。

こうしたほとんど無意味なペダントリーが、光クラブ事件の背景と時代の様相を文学的に解説してみせている箇所は、それなりに注目にあたいするかもしれない。引用しておく。

> 一九四〇年代の後半は生活の時代であつた。人々は生活を夢みてゐた。インフレーションとは、貨幣が空想過剰に陥つて、夢みがちになる現象である。夥(おびただ)しい不換紙幣も生活を夢みてゐた。戦争のおかげで永保ちのする夢想を失つた人たちが、今日買へば明日腐るかもしれない果物のやうな夢想のための、理想的な一時期をもつたのであつた。明日をも知れぬものはかなげな紙幣の風情が、明日をも知れぬ欲望にとつてふさはしい道連れのやうに思はれた。

ちなみに、事件をあらためて検証してみせた保阪正康が、いくつかの傍証を積みあげて、山崎と三島とが法学部時代に、顔見知り以上の関係であった可能性を示唆している。作中に山崎の実家の二階から眺められる風景の正確な描写があり、また晃嗣の軍隊時代の体験をめぐる立ちいった回想が見られるといった消息に、保阪は注目するわけである（『眞説 光クラブ事件』）。その当否については措くとして、前頁の引用につづく一節――「紙幣は胸を病んで余命いくばくもない佳人の流し目をもつてゐた。絶望といふものがこの世の最も静謐な感情であることを知らずに、人々は騒々しい「絶望祭り」をやらかした」――は、これも諧謔を弄ぶ一文であるかにみえて、奇妙に生々しく、与える印象はふしぎと痛切に傷ましい。小説家はやはり、あるいは知る辺であった同世代の青年の命運を、どこかふかく悼んでいるようにも思われる。

大蔵官僚・平岡公威　昭和二十二（一九四七）年の十一月に、平岡公威は、東京大学の法学部法律学科を卒業する。先だつ七月には、住友と日本勧業銀行の入社試験に失敗しているものの、二月に高等文官試験行政科に合格して、十二月二十四日に大蔵事務官に任官、銀行局国民貯蓄課に勤務した。

三島由紀夫の官僚生活は、けれども、ほんの九か月、翌二十三年九月には大蔵省を依願退職している。父・梓は、むすこの大蔵省入りをつよく望んでいた。いまや期待の星となった長男は、とはいえ役人と小説家との二重生活に疲弊して、駅のホームであやうく列車事故に巻きこまれかける。見かねた父親が辞職をゆるしたのが、退職にいたった背景のひとつである。もうひとつの理由は、河出書房の編集者、坂本一亀（音楽家・龍一の父親である）が、新進小説家に書きおろし長篇小説を依頼したためである。平岡公威が職業作家・三島由紀夫となったきっかけにほかならない。官僚としての公威の能力がどのくらいのものだったかについては、評価がわかれるところである。一方では、三島の死後たとえば、京大法学部出身の大島渚がこんなことを書いている。

しかし、大学の法学部、ことに官立大学の法学部にはこういうタイプの人間はいるのである。成績はよく出来るけれど、人間的には余り面白くない、芸術オンチ、スポーツオンチ、遊びオンチ、つまり人間オンチの人間が居るのである。三島さんは東京大学法学部法律科を大へんよい成績で卒業されたようだが、官界へあのまま残っても大して出世はしなかったろう。殊に政治家にはなれなかっただろう。総理大臣には、そんなに成績はよくなくとも、遊び好き、人間好きの佐藤栄作のような人がなるのである。(『同時代作家の発見』)

三島は生前、この映画監督と対談したとき、大島にむかって「何故美男美女を使わないのか」と問うていた。エピソードを紹介しながら大島は、三島の美意識はきわめて通俗的なものであって、本質的には藝術音痴ですらあった、と断じているわけであるけれども、その評価はともあれ、三島には官界で出世する素質はなかったろうとする判断はおもしろい。

たほうヘンリー・スコット＝ストークスは、「三島は、性格的にも行政官僚の素質があり、大蔵省に残っていればトップまで行ったはず」であって、「事務処理の能力は抜群だし、同僚の間でも人気があった」としるしている。ストークスは「省内では、公務と文学を両立させようとする青年事務官の真剣さが、好意をもって迎えられ」ていたとも書いているけれど、そのどちらの判断にもあまり根拠がないようである。ただし、この伝記作家がつたえる「ただ、起草を命じられた大臣の演説草稿にウィットがありすぎ、課長に赤鉛筆でバッサリやられるような皮肉な出来事はあった」といった挿話には興味ぶかいところがある（『三島由紀夫　死と真実』）。――じっさい、当時の三島には「大臣」という小篇があり、おそらくはこのエピソードが一篇の下じきとなっていた。短篇の末尾を引いておこう。とある「老事務官」が、資料をガリ版で作成しているようすの描写である。


　席へかへつて来ると、口のなかで、「誰だつけな、今度の大臣は」

　それはたださう言つたにすぎず、好奇心のわづかなゆらめきも窺へない。そしてまた、いつ終るともしれぬ仕事にとりかかつた。

「ガリ〳〵〳〵、○○（マルマル）一八六三なあり」

「ガリ〳〵〳〵、○○（マルマル）一七九一なあり」

「ガリ〳〵〳〵、○○（マルマル）一五三六なあり」

……手もとの机の上に、閣僚の一覧表と記念写真の掲載された、明らかに今朝のとわかる新聞がおいてあるのに、それを手にとつて見るでもなかつた。

「大臣」は昭和二十四（一九四九）年に発表された。高級官僚と政治家とのあいだの微妙な関係を描いた小説である。右の引用に見られるとおり、三島由紀夫は一篇の末尾に、下級官吏の政治的無関心（アパシー）と無感動（アパテイア）とを書きたした。短篇が平岡公威の役人生活から生まれたものであるとするなら、官僚と文学者とのあいだの隔たりは、やはりちいさなものではなかったようである。

『仮面の告白』―その（一）―

三島にとって最初の書きおろし長篇小説となった『仮面の告白』にもどろう。三島は、大蔵省を退官した九月のすえから構想を練りはじめ、およそ三か月の時間を準備にかけている。起稿は昭和二十三年の十一月二十五日、奇しくも、由紀夫が自決する、ちょうど二十二年まえのことである。その数週間以前に、小説家は担当編集者にむけた手紙のなかで「今度の小説、生れてはじめての私小説」であり、「自分で自分の生体解剖をしようといふ試み」であると書いている（十一月二日づけ、坂本宛て）。同年六月十三日に太宰治が心中して果て、その死後『人間失格』がたちまちベストセラーとなったことが、三島の構想になんらかの影響を与えていたと見るのは、たとえば猪瀬直樹も披歴しているひとつの解釈であるけれども（猪瀬、前掲書）、これはすこし悪意をふくんだ見かたであるかもしれない。――なお二十三歳の若き小説家が、作品の挾みこみ（月報）にしるしたところではこうである。「この本を書くことは私にとって裏返しの自殺だ」。つまり、小説を書くことで、三島はむしろ生き延びようとしたわけである。執筆は作家にとって一箇の「生の回復術」なのであった（「「仮面の告白」ノート」）。

おなじ文章のなかで三島由紀夫は、「告白の本質は「告白は不可能だ」といふことだ」とも書いていた。『仮面の告白』はみずから「私小説」とも称し、じっさい、すでに見ておいたとおり（本書、二八頁以下）、その背景が三島自身の伝記的な事実と符合する作品である。素顔を覆う仮面が告白するという逆説的な構成にことよせて、平岡公威はなにごとかをあきらかにし、同時にまたおなじなにかを隠そうとしていた。三島が顕示することで隠蔽しようとし、覆いかくすことによってあかるみに引きだそうとしたものは、いったいなんだったのだろうか。――多くの文学者にとって重要な最初の作品は、若い日々との悲別によって生まれるといわれる。青春が死に、文学が誕生する。公威がそれを描くことで若さと訣別しようとした一件とは、どのようなものであったのか。

発表の当時から現在にいたるまで多くの論者が注目してきたのは、たとえば小説の冒頭ちかくに置かれたエピソードである。すでに引いた「盥」の挿話（本書、二六頁以下）、祖母の病室での生育、病弱であった、幼少期の回想につづけて、「私」は「最初の記憶、ふしぎな確たる影像で私を思い悩ます記憶が、そのあたりではじまつた」、としるしはじめる。「手をひいてくれてゐたのは、母か看護婦か女中かそれとも叔母か、それはわからない。季節も分明でない」。「私」がだれかに連れられて家への坂を上っていたときに、向こうから降りてくる影があり、保護者のおんなはそのおとこを避けるかのように「私の手を強く引いて」、道をあけた。一段落おいて引用する。

> 坂を下りて来たのは一人の若者だつた。肥桶（こえをけ）を前後に荷ひ、汚れた手拭で鉢巻をし、血色の

よい美しい頬と輝やく目をもち、足で重みを踏みわけながら坂を下りて来た。それは汚穢屋（をわいや）――糞尿汲取人――であつた。彼は地下足袋を穿き、紺の股引を穿いてゐた。五歳の私は異常な注視でこの姿を見た。まだその意味とては定かではないが、或る力の最初の啓示、或る暗いふしぎな呼び声が私に呼びかけたのであつた。

そのすがたに「私」は「ひりつくやうな」欲望を予感する。「『私が彼になりたい』といふ欲求、『私が彼でありたい』といふ欲求が私をしめつけた」。

『仮面の告白』――その（二）――

いま読みなおしてみると、右の描写が、まず文学的な意味で成功しているとは思われない。回想に付けくわえられている「糞尿は大地の象徴」であって、「私に呼びかけたものは根の母の悪意ある愛であつた」とする理路自体はむしろ凡庸であること、またつづけて語りだされる「悲劇的なもの」――「そこから私が永遠に拒まれてゐる」もの――の説明が説得的ではないこと等々はべつにしても、私には、体験そのものがそれほど特異なことがらとも考えられない。じっさい「私」がそのとき感じた「情緒と同じ主題」は、「花電車の運転手や地下鉄の切符切り」のうえへと移されてゆくことを、作者は語りくわえてゆく。そうなれば、この挿話から読みとられるものは、せいぜいのところ、「私が彼でありたい」という（「私」がそこから隔てられているがゆえに）悲劇的で、それゆえひりつくような欲望という一点にかぎられてゆく。

　このあとにつづく、たとえば、ジャンヌ・ダルク像への憧憬と失望――「彼だと信じてゐたものが彼女なのであつた。この美しい騎士が男でなくて女だとあつては、何にならう」――にしても、あるいは「松旭斎天勝（しょうきょくさいてんかつ）」のはなやかな舞台を目にしたあとの、女装への憧れにしても、あるいはまた（やがて聖セバスチャンの殉教図への執着につながってゆく）「殺される王子」の幻影への愛着にしても、作家がこれ見よがしに繰りひろげる〝倒錯〟の絵物語には、現在の目からみるなら、それほど衝撃的なところはない。性的な少数者への視線が今日とはくらべようもないほどに偏ったものであった、長篇発表当時の世相を考えあわせれば、これらの描写はそのころたしかに一定の衝迫力をともなっていただろうけれども、ふつうに考えてそれらは、幼少年期に体験されてふしぎはない、あえて言ってみればありふれた光景である。――主人公の中学生時代を彩る、不良がかった同級生「近江」への好意はどうだろうか。たとえばつぎのような一場をとり上げてみよう。「適度に揺れてゐる遊動円木から墜落させ合ふ」、一年生をまえにして、上級生の、すこしばかりの〝雄々しさ〟と〝暴力性〟とを競いあう、紀元節の祝賀式典をひかえた二年生たちの遊戯の場面である。

　近江は膂力（りょりょく）にもすぐれて、立ちむかうだれも、かれを円木から落とすことができない。近江は、勝ちのこりつづけて「遊動円木の上で軽く体を左右へ揺りながら白手袋の両手を腰にあててゐた」。祝賀のある日には、白手袋をはめて登校するのが、そのころの学習院の習慣である。手袋はあくまで白く、ぼうしの徽章が陽に耀いている。主人公はこの大人びた同級生のことを、心底うつくしいと思う。「私」はやがて、「何だい。弱虫ばつかり揃つてゐやがるなあ。もうゐないのかい」という近江の挑発にのって、「僕がやるよ」と口にしてしまう。一節を引用してみる。

> 近江はおどけた顔をして私を迎へた。彼はせい一杯道化(おど)けてみせ、足を辷らせる真似をしてみせたりした。また、手袋の指先をひらひらさせて私をからかつた。私の目に、それはともすると私に突き刺さる危険な武器の切尖のやうに見えた。
> 私の白手袋と彼の白手袋が、幾度か平手を打ち合つた。そのたびに私は彼の掌の力に押されて身を泳がせた。彼は私を心ゆくまでなぶりものにするつもりか、私の敗北が早すぎないやうに、故(ことさ)ら力を加減してゐる様子が見てとれた。

『仮面の告白』—その（三）— この有名な挿話は、とはいえどこか既視感をともなっていないだろうか。だれもがおそらく思いつく翻訳小説の一場面があるだろう。コクトーの『恐るべき子どもたち』中のエピソードである。「近江」に対する『仮面の告白』の主人公の思いは、想うに、「ダルジュロス」に向けられた「ポール」の感情をなぞっているのだ。

かつて磯田光一が論じていたように、知的で透明な、しかし乾燥した格調ある文体で紡ぎだされた、三島の「ヴィタ・セクスアリス」が、森鷗外（一八六二〜一九二二年）のそれを超えて、ひとびとに「三島という独自の個性」を認識させたことはたしかなところだろう（『殉教の美学』）。だがおなじ論者が指摘していたとおり、読者たちが目を瞠(みは)った『仮面の告白』の新鮮な印象はたとえばまた、つぎのような風景描写にもあったように思われる。

　夏の午さがりの太陽が海のおもてに間断なく平手打ちを与へてゐた。湾全体が一つの巨大な眩暈（めまひ）であつた。沖にはあの夏の雲が、雄偉な・悲しめる・預言者めいた姿を、半ば海に浸して黙々と佇んでゐた。雲の筋肉は雪花石膏（アラバスター）のやうに蒼白であつた。

　人影と云つたら、砂浜のはうから乗り出した二三のヨットや小舟や数隻（すうせき）の漁船が沖のあたりにためらふやうに動いてゐる・その乗り手のほかには見当らなかつた。精緻な沈黙がすべての上にあつた。微妙な思はせぶりな秘密を告げ顔に、海の微風が快活な昆虫のやうな見えない羽搏（ばた）きを、私の耳もとへ伝へて来たりした。このあたりの磯は、海へ傾（かし）いでゐる平たい柔順な岩から成立ち、私が腰かけた巌のやうな険しい姿は、他に二三見られるにすぎなかつた。

　やや意表をつく豊富な比喩、にもかかわらず装飾過剰には流れない、むしろ清楚な文体の背後に感じられるのは「純潔な青年の肉体」であり「知的な抒情」である。磯田が確認しているとおりだろう。――もうひとつ感じとられることがある。右の引用からも溢れだしている或る哀しみである。その悲哀がおそらくまた三島文学の魅力の核心にあるものだ。「人は、最初に、三島由紀夫の玻璃（はり）のような文体に驚いて見惚（みと）れ、やがてはその空疎に呆（あき）れ、そして最後に、空疎の背後深く隠された悲哀に気づいて胸を衝かれる」。三浦雅士が説いているところである（『青春の終焉』）。

『仮面の告白』―その（四）―

「玻璃のような文体」については、引用に見られるとおりである。私としては『仮面の告白』の「空疎」は、みずからの〝倒錯〟をめぐる、おそらくはこれ見よがしの羅列にあると思う。上野千鶴子は、仮面の告白のうちにかえって「無防備な正直さ」を見て、「痛ましさ」を覚えた、と語っているけれども（上野他『男流文学論』）、いまあらためて読みなおしてみると、「なんともいえない痛ましさ」（上野）、「空疎の背後深く隠された悲哀」（三浦）はむしろ作品の後半部にみとめられるように思われる。

長篇の後半をめぐっては、前半にくらべて「荒つぽさ」が目だつと発表当初から指摘されており、作者本人がその瑕瑾を「単純な技術的失敗」に帰し、「〆切を気にしすぎたことから起つた」ものとも説明していた（「私の遍歴時代」）。小説の後半部の女主人公といってもよい「園子」をさして、「日本文学史上最も魅力のないヒロイン」と断定するむきもある（橋本治『「三島由紀夫」とはなにものだったのか』）。だが、そうだろうか。橋本治（一九四八～二〇一九年）の三島論は、ほかの点ではいくつもの創見にもみちた興味ぶかい論考であるけれども、『仮面の告白』の後半部にかんしては、なにかしら本質的な見まちがいを犯しているかに見える。

『仮面の告白』の後半部分（第三章以下をそう呼んでおく）は、園子と「私」との恋物語である。園子のモデルは、三島の親しい友人だった三谷信のいもうとで、現在では実名もあきらかにされているとはいえ、以下でも「園子」で通しておくことにしよう。

高校の卒業を間近に控えて、「私」は友人の「草野」の家で、さして上手とも言えない、ピアノの音を聞く。草野のいもうと、園子のピアノであった。草野は特別幹部候補生として入隊し、私はその家族と待ちあわせて、連隊に面会しにゆくことになる。草野のこの経歴は、三谷信のそれとも一致する（本書、六八頁）。「私は私のはうへ駈けてくるこの朝の訪れのやうなものを見た」。園子のことである。私を襲ったのは「居たたまれない悲しみ」であり「私の存在の根柢が押しゆるがされるやうな悲しみ」であった。それは「罪に先立つ悔恨」のようであり、「罪の予感」のようですらあった。ともあれ園子と私はたがいに淡い好意をもち、交際は徐々にすすんでゆく。

私はやがて、草野家の疎開先（軽井沢）に招かれ、ふたりで高原を散歩中、園子にキスすることをこころみる。私はあらかじめ周到に状況をととのえて、せりふを考え、万全の演出を準備した。「愛も欲望もあつたものではなかつた」。

> 園子は私の腕の中にゐた。息を弾ませ、火のやうに顔を赤らめて、睫をふかぶかと閉ざしてゐた。その唇は稚なげで美しかつたが、依然私の欲望には愬へなかつた。しかし私は刻々に期待をかけてゐた。接吻の中に私の正常さが、私の偽わりのない愛が出現するかもしれない。機械は驀進してゐた。誰もそれを止めることはできない。
>
> 私は彼女の唇を唇で覆つた。一秒経つた。何の快感もない。二秒経つた。同じである。三秒経つた。——私には凡てがわかつた。

じぶんが女性に無関心であり、したがって不能であることを、主人公に決定的に知らしめた体験として描かれ、そのような描写として言及もされてきた一節である。そうだろうか。叙述の背後にあるのはむしろ、ありふれているとはいえ、作者にとってかけがえもなく痛切で、甘美な記憶ではないか。たとえば、わけても私小説の読み巧者としても知られていた平野謙は、発表の当時から、この不能こそがかえって「三島の「仮面」」ではないか、と疑っていた（『文藝時評 上』）。

昭和三十（一九五五）年になってから、その肉筆写真版が限定出版された『創作ノオト「盗賊」』は、三島の最初の長篇の構想がしるされた手帖で、昭和二十一年に作成されたものとされている。そのあいまに小説の準備とは直接にはかかわりない断片が挿入されていて、そのひとつに「園子」との接吻の情景が書きとめられていた。おなじ年の五月に「園子」はべつの男性と結婚しており、断章はその後に書かれたものである。「彼女はレインコートさへ脱ぎたがらなかつた。まるでそれが下着ででもあるかのやうに」。ことがまだ生々しい体験であった時期に、三島はさらに「彼女は、唇を吸ふにまかせて自ら吸はうとしなかつた」とも書きつらねてゆく。三島の死後、ノートの記述と小説の描写のあいだの落差にあらためて注目したのは、村松剛である（村松、前掲書）。

『仮面の告白』小説中で「私」は、草野家からの結婚の申し出をことわる。草野家を代表して
――その（五）―― あいだに立ったのは、親友の草野自身で、友は友に、真情に溢れた慫慂（しょうよう）の手紙

を書いてよこした。「みんな君に信頼してゐる。園子はもとよりのことだ」。実話であるにしても、フィクションであったとしても、三谷『級友 三島由紀夫』には一箋について言及はない。「私」はじぶんの母にも「そんなに本気ぢやなかつたんだ」と言いわけし、婉曲に申し出をしりぞけた。

戦後まもなく他の男と結婚した園子と「私」は、ふとしたきっかけからなんどか逢引きを重ねてゆくことになる。最後に逢ったおりのこと、まだ日も高く入ったダンスホールで、一組の若者たちが戸外で「人もなげに談笑してゐた」。そのひとりに、私の視線は釘づけとなる。

　のこる一人に私の視線が吸ひ寄せられた。廿二三の、粗野な、しかし浅黒い整つた顔立ちの若者であつた。彼は半裸の姿で、汗に濡れて薄鼠いろをした晒（さらし）の腹巻を腹に巻き直してゐた。たえず仲間の話に加はりその笑ひに加はりながら、彼はわざとのやうに、のろのろとそれを巻いた。露はな胸は充実した引締つた筋肉の隆起を示して、深い立体的な筋肉の溝が胸の中央から腹のはうへ下りてゐた。

その「引締つた腕にある牡丹（ぼたん）の刺青（いれずみ）」を目にして私は、若者が匕首（あいくち）で刺されて、血まみれになるすがたを想いえがく。と、「あと五分だわ」という園子の哀切な声がして、ふり向いたその瞬間、私が見たのは「私といふ存在が何か一種のおそろしい「不在」に入れかはる」さまであった。

この場面は作者が、地下足袋の青年の挿話（本書、一〇六頁以下）と平仄をあわせるためにだけ、描きこんだものであるかに見える。読むべきは、恐ろしい不在がしめす深い喪失感なのである。

『仮面の告白』が埋葬したもの

女性経験の有無を問う園子に私はうそを吐く。相手はさらにそのひとのなまえを問い、私は「きかないで」と哀れな声をあげてしまった。気づまりな時間が流れて、「私と園子はほとんど同時に腕時計を見た」。最終場面は、こうである。「私は立上るとき、もう一度日向の椅子のはうをぬすみ見た」。一団はすでに席をたち、「卓の上にこぼれてゐる何かの飲物が、ぎらぎらと凄（すさ）まじい反射をあげた」。

空襲下の東京で、園子と私とのあいだに、こんな会話が交わされたことがある。「僕たちだつて」「いつまで生きてゐられるかわからない」。「どんなにいいかしら」「何かかう……、音のしない飛行機が来て、かうしてゐるとき、直撃弾を落してくれたら、……さうお思ひにならない？」

長篇の末尾にはふかい寂寥（せきりょう）がただよう。物語の流れのなかで、それは主人公の性的傾向から由来するものであることになるだろう。作者はしかし、べつのなにかを注意ぶかく覆いかくそうとしていたように思われる。三島が蔽いをかけようとしたものは戦時下の愛の思い出であり、「未来に私を訪れる」はずだった花嫁のすがた（本書、九七頁）であり、「自分の腕が誰かを抱くやうに出来てゐるのを、心底から呪はしく感じ」（同、八二頁）たほどの喪失感であった。職業作家として立つにあたって作家は、みずからの初恋と青春をひそやかに葬送している。仮面の告白のかたわらで埋葬されたものは、不幸と死との影が美しく落ちる、最初の恋であったのである。

若き花形作家——『純白の夜』『愛の渇き』から『禁色』へ

初の連載小説『純白の夜』　三島由紀夫最初の書きおろし長篇小説となった『仮面の告白』は、やがて諸家の高評をえて、商業的にも成功し、三島は職業作家、しかも華やかな若手小説家としての地位を獲得してゆく。ほどなく由紀夫は商業誌上ではじめての連載を開始した。先にふれたとおり（本書、五六頁）、掲載誌は婦人雑誌（「婦人公論」）、おなじ昭和二十五（一九五〇）年の十二月に単行本としても刊行されて、翌年には松竹映画となっている。人気作家としての三島の地位を確立した作品、『純白の夜』である。

物語は、昭和二十三年の秋からはじまる。「郁子」は、銀行員の夫（恒彦）と、その同僚「沢田」とともに、ドラクロワのデッサンを見に、画廊に立ちよった。デッサンはすでに売約済みとなっている。買主は恒彦の学友、現在では取引相手でもある「楠（くすのき）」だった。ともに既婚者である、郁子と楠がやがて出逢い、惹かれあうようになるまえの、ちいさなすれ違いである。

作品については、その発表当時から、綿密な心理描写と緻密な構成があげつらわれてきたけれども、これもすでにふれておいたように（本書、同頁）、現在よみなおしてみると、描かれた心理は、どこか精巧なつくりものめいたところ、こころの贋物じみた感じを免れないように思われる。作家が、一篇にあっておそらくは典型的な筆の動きかたを示している場面を引いておく。『仮面の告白』にも見られ、以後も三島の多くの小説で描かれることになる、接吻の挿話である。唇と唇との接触をめぐる、文学者に固着した観念めいたものが仄みえる。

楠の巧者な接吻は、やはらかで温かい緩慢な龍巻のやうである。それは渦巻き、吸ひあげ、惑乱させる。……郁子の無抵抗が却つて彼を気味わるがらせた。彼女は楠の腕のなかで、たつた今死んでしまつた女のやうに見えた。

抱きしめられながら、顔や項(うなじ)のいたるところに火の粉のやうにふりかかる接吻を感じながら、彼の雨後の若葉のやうな髪油の匂ひをかぎながら、その猟犬のやうな息づかひをききながら、郁子は目をつぶつて、まるで黒板の前に立たされた生徒のやうに、声にこそ出さね、心に暗誦した。『これも同じだ。この接吻ももう知つてゐる。……これも知つてゐる。既知の私には罪がないのだ。私が既知の私であるあひだは、まだ罪を犯してなぞゐはしないのだ。……』

引用末尾の郁子の内語は、快楽は、それが未知の領域にわたってはじめて不倫と呼ばれるという観念をふくんでいる。その想念自体は、ここでもやや人工的な心理描写とは独立に、すこし興味を引きうるところかもしれない。

ともあれ、作品は悲劇によって幕を閉じる。梅雨もあけようとするころ、楠は強引に郁子を鎌倉の「懐風苑」という宿へ連れてゆき、家に電話を入れるという郁子に、じぶんと一緒にいることを恒彦に告げるよう命じた。楠は、さからって電話でうそを吐いた郁子に腹をたて、郁子をのこし、宿を出てしまう。郁子は、たまさか持ちあるいていた青酸カリを飲む。服毒する直前、夜中の三時に、かの女は夫に電話をかけていた。「今懐風苑にゐます。さつきのはうそよ。楠さんと一緒なの。あたくしむりに連れて来られたの。でもあたくし楠さんを愛してをりますの」。泣きじゃくる郁子の電話は、混乱してゆく。「それなのに、楠さんはあたくしをお捨てになつたの」。「あたくし一人ぼつちなの。あしたの朝一番の電車で迎へにいらして」。——楠が翌朝、郁子がまだ宿にいるようなら、郁子を許してやろうかと懐風苑に立ちよったとき、宿の入口には警官がふたり立っていて、郁子がいるはずの離れでは、夫の恒彦が声をあげて泣いていたのであった。

終局へとむかうまえに物語は、いくつかの挿話、たとえば楠の恋文を夫に見せる郁子のふるまいや、恒彦と郁子の家に沢田が転がりこみ、恒彦の出張中に、郁子がふと沢田と関係をもってしまう事件やらをはさみ、楠と郁子とがやがてのっぴきならない関係に嵌まりこんでゆくさまへと及んでゆく。一篇のすすみかたには通俗小説めいたところがあり、『純白の夜』はむしろ、三島がその後、主要な作品の系列とはべつに書きつづけてゆく「エンターテイメントもの」——たとえば題名そのものが流行語ともなった『永すぎた春』や、フロイトの精神分析への皮肉な敵意にみちた『音楽』など——のはじまりに位置するものと見ておいたほうがよいかもしれない。

物語の末尾はこうである。引用しておく。

郁子の葬ひがすんだときに恒彦はかたはらの沢田にかうたづねた。これはもつとも愚直な、またもつとも当然な質問である。

「僕がひとつ疑問に思つてゐることがある。郁子は楠とほんたうに一度もまちがひを起さなかつたのかしら」

するとこの信頼のおける親友はたのもしげに答へて、憐れな良人（をつと）を慰めた。

「そりやあさうだ。郁子さんはそんなことのできる人ぢやない。これだけは僕が太鼓判を押すよ。君の家に置いてもらつたおかげで、僕にもいくらか郁子さんといふ人はわかつてゐるつもりだ」

このむすびは、フランス文学にいう「小咄（コント）」を想わせる。三島自身がじゅうぶん意識するところだっただろうが、皮肉が効いているというよりも、やや軽薄に流れている。

『愛の渇き』の冒頭について

『純白の夜』はある意味で、小説家が少年時代いらい手なれていた心理小説の手法を反復したものでもある。奇妙なかたちで入りくんだ心裡の襞（ひだ）を描きこむこの作家の悪癖は、少年時代の習作「彩絵硝子」このかたみとめられる（本書、五五頁以下）。それは、三島由紀夫の文学的生涯を閉じる遺作『天人五衰』まで持ちこされてゆくことになった。

昭和二十五（一九五〇）年六月、三島由紀夫は『愛の渇き』を発表した。三島にとって二作目の書きおろし長篇小説は、こんどは新潮社から出版される。文学者としての由紀夫の評価を決定するものともなった作品には、『青の時代』とはことなった意味で、戦後まもないこの国の世情が反映していた。

物語の冒頭、女主人公「悦子」は、大阪・梅田の阪急百貨店に亡夫の仏前に供える果物を買いにきて、しかし目あての品物はなく、そのかわり「半毛の靴下」を二足買う。男物の「質素な無地の靴下」である。悦子は未亡人、生前の夫にはやみがたい浮気癖があり、悦子は嫉妬に苦しんだこともある。――ひとしきりヒロインの背景を説明したあと小説家はこう書きくわえていた。「悦子は妊婦のやうな歩き方をする。誇張したけだるさの感じられる歩き方をする。彼女自身はこれを意識してゐなかつたし、注意して矯(た)める人もなかつたので、その歩き方は、悪戯小僧が友だちの襟首にそつとぶらさげる紙のやうに、彼女の強ひられた目じるしになつた」。

この描写はいっとき人口に膾炙した。じっさい一節は、小説全体のどこか気怠(けだる)い空気をさきどりしているとともに、女主人公の不安定な境遇と、心裡のたゆたいを予示するものとなっている。

夫の「良輔」がチフスに罹患して死んだあと、悦子は良輔の父の「彌吉」の屋敷に住んでいた。彌吉は退職後なかば隠居しながらも果樹園をいとなむ小金もちで、亡き良輔は二男、屋敷には長男の「謙輔」とその妻のほか、シベリアに抑留されてなお帰国しない三男の「祐輔」の妻と、ふたりの子どもも寄食している。悦子は、義理の父に抱かれるようになっており、ひとつ屋根に同居している義理のきょうだいたちにも、一件は知られていた。そうでなくとも、老境の舅（しゅうと）との交わりは、陰惨な色をおびている。触覚的な生理的嫌悪感を描いた、三島の小説のなかでほかにあまり多くはない描写を引いておく。

　悦子の全身は、今もつて、彌吉の頑なな節くれだつた乾燥した指の触覚に包まれてゐた。一二時間の睡眠でそれは拭ひ去られはしない。骸骨の愛撫をうけた女は、もうその愛撫からのがれることはできない。悦子の全身には、蝶が脱ぎ去らんとしてゐる蛹（さなぎ）の殻よりもさらに薄い、或る目に見えない絵具を塗られたあとのやうな、生乾き（なまがわき）の、透明な、皮膚の上の仮想の皮膚の感触がのこつてゐた。身うごきするとそれが闇のなかで一面にひびわれるさまが目に見えるやうだ。

火祭りと鮮血のエロティシズム

そうした気怠く、気塞（きふさ）ぎな日々のなかで、悦子を「明日に繋ぐべき希望」は、果樹園に雇われた園丁、「三郎」という若者であった。大阪で購入した靴下も、この若者に与えるつもりで手にいれたものなのだった。同居している親戚たちは、だが悦子のこの思いすらも知りつくしていたのである。

　十月十日は秋祭りの日で、三郎も青年団の若者たちに誘われるがままに、祭礼に参加している。夕食のあと、彌吉と悦子、謙輔夫婦は、これも雇人の「美代」を連れて、見物にでた。美代も三郎を好いている。悋気に駆られた美代が、悦子が三郎に与えた靴下を、ごみ箱に棄ててしまう事件もあり、悦子は美代を「薄ぼんやりした娘」と軽んじながらも、しだいに嫉妬に苦しめられはじめていた。

日の暮れから遠近に太鼓がひびき、暮れかけた道を一行は提灯のあかりを頼りにすすんでゆく。やがてアセチレン・ランプに照らされた夜店の賑わいがあらわれて、五人は社にむかう。ようやく到着した拝殿の前面には火が燃え、叫喚が轟いていた。篝火はときに火勢をまして、焔はとつじょ勢いをえて、大気に散る。揉みあう群衆の中心では、「緑いろの母衣の鬣」をなびかせた、「一頭の獅子頭」が、歯噛みをしながら、人波を切るようにして狂奔している。獅子頭は交替に三人の若者たちが操っていて、そのまわりには百人からの若者たちが「手に手に白張の提灯をかかげて追ってゆく」。悦子は群れのなかに三郎のすがたをもとめ、悦子の目はやがてそれを捕捉した。

三郎は悦子の視線に気づいていない。悦子の目のまえで三郎の上半身が躍動して、「その肩胛骨のあたりの肉の揺動」が「羽搏いてゐる翼の筋肉のやうに」悦子の眼をとらえる。「悦子の指はそれに触れたいとひたすらにねがつた」。その欲望がどのような種類のものなのか、悦子自身にすらわからない。悦子はあるいは三郎の「背中を深い底知れない海のやうに思ひ、そこへ身を投げたいとねがつた」のかもしれない。それはとくだん、「死」の願望であるとはかぎらない。「投身のあとに来るものが、今までと別なもの、兎にも角にも別の世界のものであればよいのである」。

このとき群衆の中に或る強い波動が起つて人々を前へ押しやつた。半裸の若者たちはこれと反対に、気まぐれな獅子の動きにつれてうしろに退(すさ)つた。悦子はうしろから押されてつまづきかけたときに、のしかかつて来る熱い火のやうな裸の背中に前から襲はれた。彼女は手をさしのべて、これを支へた。三郎の背中である。悦子の指は、やゝ日を置いた餅のやうな背中の肉の感触を味はつた。その荘厳な熱さを味はつた。……うしろの群衆がさらに押してきたので、彼女の爪が鋭く三郎の肉に立つた。昂奮(かうふん)から三郎は痛みも感じない。この狂ほしい揉み合ひのなかで自分の背中を支へてゐる女が誰であるかをも知らうとしない。……悦子は彼の血が彼女の指のあひだに滴(したた)るのを感じた。

『愛の渇き』の文学的な成功

しばしば引かれるこの場面は、いってみれば三島由紀夫がはじめて筆にした、男女の全身的な交わりの描写である。火と血とに彩られたエロティシズムが、エロティシズムそのものに本質的にまとわりつく〝無名性〟のけはいとともに描きとられている。新人小説家としては、そのうえこの一場が、女性の側から描きだされていることもまた重要なのであった。異性を書くことのできない作家はやがて飽きられて、それればかりか文学者として一流ではないとも見なされるからである。吉田健一は新潮文庫版に「解説」を寄せて、『愛の渇き』が三島の作品のなかで「最も纏ったものの一つである」、「この作品は、我々に小説というものそのものについて考えさせる気品を備えている」と評している。気むずかしい批評家はのちに『鏡子の家』の評価をめぐって小説家と訣別することになるが、吉田健一が三島に与えた、おそらくは最高の褒辞となった。

物語のなかで美代は三郎の子を身ごもり、悦子の精神の均衡はしだいに喪われてゆく。そのような状態に倦んだ彌吉は、隠居生活を切りあげて、東京で悦子とともにあらたな生活をはじめることにした。悦子は東京へ旅立つ条件として、美代を辞めさせることを彌吉にもとめる。驚いたことに三郎は、美代の不在にすこしも動じるところが見られなかった。三郎にはもともと、愛の観念なぞ存在しなかったからである。

東京へ出発する直前の深夜、悦子は葡萄園に三郎を呼びだした。悦子は「それではあなたは一体誰を愛してゐたの？」と三郎を詰問する。愛などという余計な感情と無縁な三郎は、ただあつかいがたい相手のこころを汲み、「奥様、あなたであります」と答えた。ありありとうそが透けてみえる返答に悦子は失望し、帰ろうとする悦子に三郎ははじめておんなを感じ、主人に襲いかかった。悦子は抵抗し、叫び声をあげて、驚いた三郎は逃げ、逆に悦子がまた追いすがる。と、鍬(くわ)をもってあらわれた彌吉から鍬を奪いとり、悦子は三郎の頭上に振りあげた。「鍬のよく洗はれた白い鋼(はがね)は、肩を外れて三郎の頸筋(くびすじ)を裂いた」。

ふたりは穴を掘り、三郎の遺体を遺棄する。血と土に汚れた手を洗おうとして、彌吉は手が震えて洗うことができない。悦子の手はすこしも慄(ふる)えていなかった。ふたりはそれでも、一室でともに眠りにつくことになる。「床に就いた悦子を、突然恩寵のやうに襲つた眠りを何に譬へよう。彌吉は愕(おどろ)き呆れて傍らの悦子の寝息を聴いた」。
悦子は「無垢な眠り」をねむり、やがて目を覚ます。彌吉はなお怯(おび)えて起きていた。ふかい闇がひろがり、なにも見えない。幸不幸のゆくえすら、悦子には見ることができない。

きこえるのは遠い鶏(にはとり)の鳴音(なきね)である。まだ夜明けには程とほいこの時刻を、鶏が鳴き交はしてゐる。遠くの、いづこともしれぬ一羽が鳴く。これに応ずるやうに、また一羽が鳴く。また一羽が鳴く。また別の一羽が鳴く。深夜の鶏鳴(けいめい)は、相応じて、限りを知らない。それはまだつづいてゐる。際限なくつづいてゐる。……

……しかし、何事もない。

なにごともおわっておらず、しかしまたなにごともはじまっていない。ただ鶏がつぎつぎと時をつくる。三島由紀夫がはじめて大きな破綻なく仕上げた、長篇小説のむすびである。

埴谷雄高の『禁色』評　つづけて三島が発表した大作『禁色(きんじき)』は、小説家にとって転機となった小説であるとともに、世評がわかれた作品でもある。注目されるのは、当の一作が、それまでこの恐るべき新人に関心をもちながらも、評価をためらっていた、狭義の「戦後派」のひとびとの一部にとって、世代をことにする若い作家に正面から向きあうきっかけとなったことである。

作家の「檜(ひのき)俊輔」は、女性に裏ぎられつづけて老境をむかえている。ふとした縁からたぐいまれな美貌にめぐまれた同性愛者「南悠一」と出会った檜は、悠一に金を与え、その美貌を利用して、女性たちへの復讐をくわだてた。「瀬川康子」は青年と結婚させられ、愛のない結婚生活を強いられる。「鏑木(かぶらぎ)夫人」と「穂高恭子」は、悠一をめぐり競いあって、競争心と嫉妬心の虜(とりこ)となった。悠一自身は、しかし、やがて俊輔のおもわくと独立に動きはじめ、妻とのあいだに子どもをもうけながら、一方では同性愛者の世界を美貌を武器に泳いでゆき、経験をかさねてゆく。俊輔そのひとも悠一を愛しはじめ、その復讐のこころみは挫折してしまう。老作家は遺書をのこして、美青年に莫大な遺産を与えることを約して、自殺する。

たとえば埴谷雄高が、三島由紀夫の作品をめぐって、はじめて長い書評を文藝雑誌（『群像』）に寄せている。埴谷は評をつぎのように書きはじめた。「一読しただけで同質を感ずる作品と、直ぐには説明しがたいような異質なものが私達と作品のあいだを隔てていて、容易にとりつき難く思われる種類の作品とがある。どちらかと云えば、私にとつてこれまで三島由紀夫の作品は後者に属していて、しかも彼の作品と私とのあいだを隔てていると見える一種説明しがたい異質なものについて考えてみるといつた機会もなかつた」（「『禁色』を読む」）。

あえて考えてみようともしなかったのは、と作家はつづける。埴谷が三島の作品に「感動」したことがなかったからだろう。埴谷は慎重にそのことばを避けているけれど、戦後派を代表するこの小説家は三島のこの大作に関心をもち、いたく感心して、おそらくはどこかで感動し、しかもなおつよい違和感をも覚えている。おなじ書評の一節を引用しておく。

恐らく、『禁色』は悲痛な作品である。私がこの作品からまず連想したのは、老人の顔と輝かしい青年の顔が互いを眺めあう〔オスカー・ワイルドの〕『ドリアン・グレイの画像(ママ)』であったが、さながら老境と青春について逆説が弄されるごとくに、『禁色』のなかでは、すでに古くから魅惑の能力を喪つた老作家のみがまがいもない不遜さに生き、他方、その存在自体がひとつの魅惑である輝かしい美青年は、恋着されるたびに色褪(あ)せるのである。そのような意想外の逆説が『禁色』に生ずる理由は、要約すれば、後者に何らかを追求してゆく意味の精神性がなく、また、前者には鋭い鋼鉄線となつたような精神性しかないからである。

埴谷は、三島が華麗な筆をふるう場面にかぎって、むしろ「数瞬瞑目する」ほどの悲痛をおぼえる。悲痛の思いは、どこから生まれてくるのか。一大観念小説として知られる『死霊』の作者は、『禁色』の観念性をむしろ高く評価している。問題はその観念性の水準であり、『禁色』という作品がしめした構図はあまりに硬直していて、図式のなかで登場人物たちが死んでいるのだ。

『禁色』の観念性――その一例　『禁色』は、三島由紀夫そのひとにとっておそらく、作家としての意気ごみにあふれる一作であった。思弁の一例を見てみよう。俊輔の述懐から引用する。

その時刻のルドンは、この社会の暗い賑はひが今しもたけなはな様を示してゐた。（中略）ルディーは一日おきに彼の年少の恋人が来る午後十一時の約束の時間を待ちかねて、あくびを噛み殺しながら、扉口のはうを何度も見た。誘はれて俊輔も欠伸（あくび）をした。この欠伸は明らかにルディーの欠伸とはちがつてゐた。むしろ痼疾（こしつ）といふべき欠伸である。口をつぐむときに入歯がかち合つた。彼は自分の肉体の内部に暗く響くこの物質的な音をいたく怖れた。彼の肉体を内側から物質が犯してゆく不吉な響をきくやうな気がしたのである。肉体はもともと物質であり、入歯のかち合ふ音は、肉体の本質のあからさまな啓示に他ならない。

『俺の肉体ですら既に俺とは他人だ』と俊輔は考へた。『ましてや俺の精神は』

　彼は悠一の美しい横顔をぬすみ見た。

『しかし俺の精神の形態はこんなにも美しい』


　哲学者の中島義道が、場面の最後に展開されている、俊輔の思考を読みといている。悠一は若く美しい肉体を所有していながら、みずからの美しさを認識していない。俊輔自身は、老いて醜悪な肉体しか所有していないものの、悠一の美しさをじゅうぶん認識している。悠一にとってみずからの美はみずからに疎遠であり、それはむしろ俊輔の精神に対して存在する。俊輔に対してじぶんの肉体はもはや疎遠であり、その精神はかえって悠一の肉体の美を認識するところにのみ存在する。

かくて「俊輔の精神こそが悠一の肉体という形態を「存在させている」意味で、それはむしろ俊輔の「精神の形態」である」(『哲学の教科書』)。

引いておいた場面は『禁色』の物語全体の設定にかかわって、それをもっとも典型的に表出している一場である。俊輔のがわからする悠一への同一化の、いわば観念的な根拠が述べられているのだ。中島は、哲学者らしくその論理を周到に嚙みくだいているわけであるけれども、ただし哲学者の認定は、三島の論理は「それなりに明断」であるとはいえ、それがだんじて哲学的な思考の論理ではない、とするものである。そこでは「すべてが素朴な精神と肉体の二元論に乗っかっている」からである。――中島義道の判定は、おそらくは正しいものだろう。ただ、作品を評価するうえでより主要なことがらは、右の思弁をささえる論理が空疎であり、その論理の不毛が作品そのものの決定的な空虚さとむすびあっていることである。

風俗小説作家としての三島由紀夫

ふたつのあらたな固有名が前頁の引用にはふくまれている。そのうちで男性同性愛者があつまるゲイバーという設定の「ルドン」は、作中では有楽町にあるとされているが、じっさいには銀座五丁目にあった「ブランスウィック」をモデルとするもので、「ルディー」は四十歳代のクォーターという造型の、ルドンの店主のなまえである。

長篇発表当時、ゲイバーに代表される文化は、ごく一部のひとびとにのみ知られており、三島はその小説を準備する過程で精力的にその取材をかさねたといわれている。同時代の読者たちは、三島の作品をつうじて当の文化の世界に目を開かされ、一部の人間たちのものであった領域がひろく一般に知られるようになった。呼びさましたのは、むしろ好奇の視線にすぎなかったかもしれないけれども、花形作家の作品がもたらした歴史的な効果のひとつである。

斎藤美奈子が、直接には『宴のあと』の一節にふれ、女主人公の「かづ」が恋人「野口」と旅に出るときに和服の装いにもくふうを凝らし、「黒の鶉縮緬に白抜きで土筆と蒲公英を附下げに染め、それに金泥で陰翳をつけ」、「雲繝模様の帯留」をそえた、といった叙述を引いて、「三島由紀夫という人は稀代の風俗作家ではなかったか」とも書いている（『文学的商品学』）。和服をめぐる三島の蘊蓄は、すでに『沈める瀧』（一九五五年発表）の「顕子」の描写に見られるところであった。たとえば「昇」との待ちあわせにあらわれた、顕子の装いは「絵羽染の一越縮緬の着物であるが、白地に肩からは藤の花房がいくつも垂れ」て、「金銀の大きな市松のつづれ帯に、紅白の水引の帯留を締め」る、というものである。岩下尚史が近年あきらかにしたように、叙述の背景には、当時つきあいを深めていた料亭の令嬢の存在もあったことだろう（『直面（ヒタメン）三島由紀夫若き日の恋』）。

『禁色』は、風俗作家としての一面が三島にとって非本質的なものではなく、その一面がまた、三島の文学の価値をなにほどか毀損していることをあらわにした、最初の長篇でもある。埴谷雄高の評をあらためて引けば、ある種の現実に足をとられて、風俗の紹介者としてふるまえばふるまうほど「さながら椎名麟三が現実に即応したリアリティをもてばもつほど作品を汚されると同じような意味で」、三島由紀夫も「またそのとき現実に汚されるのである」。

『禁色』のギリシア趣味

問題はそればかりではない。『禁色』には、設定そのものをふくめ、随所に作者に芽ばえたギリシア趣味が垣間みられる。とはいえ、そのギリシア趣味自体が、ひどく紋切型なものなのだ。一例として、俊輔が悠一とはじめて出遭う場面を引いてみよう。

> それは愕くべく美しい青年である。希臘古典期の彫像よりも、むしろペロポンネソス派青銅彫像作家の制作にかかるアポロンのやうな、一種もどかしい温柔な美にあふれたその肉体は、気高く立てた頸、なだらかな肩、ゆるやかな広い胸郭、優雅な丸みを帯びた腕、俄かに細まつた清潔な充実した胴、劔のやうに雄々しく締つた脚をもつてゐた。

このあとにも「肩のやさしい丸み、その胸のあまりに露はな無垢」といったことばがつづいて、ウォルター・ペーターの「文藝復興期の早期の甘さ」という表現が引かれてゆく。とはいえ、作家の描写は主人公の魅力をあきらかにするのに、すこしも成功していない。悠一は、その後の展開にあってもそうであるように、むしろ生彩を欠いた木偶のようにしか見えはしないのだ。

『禁色』第一部は昭和二十六（一九五一）年の一月から十月にかけて、雑誌「群像」に連載されている。六月三日に近江絹糸工場で火事があり、女工二十三人が死亡した年である。すでにふれたとおり、三島はやがて、この一件を『絹と明察』でとり上げることになるだろう。『禁色』の第二部は掲載時には「秘薬（ひぎやう）」という題名で、翌二十七年の八月から、今度は「文學界」誌上に発表された。第一部と第二部とのあいだに、小説家にとって重大な意味をもつにいたった事件、北米・南米ならびにヨーロッパへの長期旅行がはさまっている。三島は、はじめてギリシアを、みずからの「眷恋（けんれん）の地」を、その眼でとらえることとなった。旅行記から、有名な一節を引用する。

今、私は希臘にゐる。私は無上の幸に酔つてゐる。（中略）
私は自分の筆が躍るに任せよう。私は今日つひにアクロポリスを見た！　パルテノンを見た！　ゼウスの宮居を見た！　巴里（パリ）で経済的窮境に置かれ、希臘行を断念しかかつて居たころのこと、それらは私の夢にしばしば現はれた。かういふ事情に免じて、しばらくの間、私の筆が躍るのを恕（ゆる）してもらひたい。（『アポロの杯』）

ギリシア経験は小説家に『潮騒』を書かせ、さらに『金閣寺』をも執筆させた。ただし、ふたつの作品にギリシアへの傾倒が、生のままに登場するわけではない。ギリシアをその目で見た感動を背景とした作品群のまえで、『禁色』に見られた抽象的なギリシア趣味は色あせてゆくことだろう。その時点からかえりみるならば、量的にはそれまでのどの小説よりも長大なものとなった、三島の力作は、一方ではあまりに装飾的な文体でつづられ、他方で観念的にすぎる思弁を展開した欠点を覆いかくすことができなくなるはずである。

第Ⅲ章…古典主義とロマン主義とのあいだで

（所蔵：山種美術館）
「炎舞」（速水御舟画、重要文化財）

　かくて金閣の美、かくてまた世界の構造の秘密のすべてが解かれたその決定的な時点で、一篇の主人公は金閣に火を放つ。　　　　　（本書、165頁）

古典古代への憧憬――『潮騒』執筆の背景

吉本隆明の「海」　詩人・批評家の吉本隆明（一九二四～二〇一二年）は、六〇年安保の翌年の九月から、雑誌「試行」の刊行を開始した。その創刊号に『言語にとって美とはなにか』を連載しはじめ、昭和四十（一九六五）年の六月、「試行」第十四号まで掲載しつづける。第Ⅰ章「言語の本質」から第Ⅶ章「立場」にいたる、文藝批評の原理論的な展開である。

吉本による言語の本質論は、「指示表出」と「自己表出」との峻別によって知られ、文学表現にとっての後者の優位性をつよく主張したことによっても知られている。隆明はその硬質な詩篇の数々とともにすでに知られていた。吉本隆明の言語・文学論によれば、言語に美がやどり、かくて言語藝術が可能となるのは、そもそもことばには自己表出が付きしたがっているからなのである。

第Ⅰ章の一節から引用してみる。一文は言語の発生を問題とする論脈で、指示表出と自己表出が重なりあいながら結晶化してゆくさまを辿ろうとするものだった。

たとえば狩猟人が、ある日はじめて海岸に迷いでて、ひろびろとした青い海をみたとする。人間の意識が現実的反射の段階にあったとしたら、海が視覚に反映したときある叫びを〈う〉

なら〈う〉と発するはずである。また、さわりの段階にあるとすれば、海が視覚に映ったとき意識はあるさわりをおぼえ〈う〉なら〈う〉という有節音を発するだろう。このとき〈う〉という有節音は海を器官が視覚的に反映したことにたいする反映的な指示音声であるが、この指示音声のなかに意識のさわりがこめられることになる。また狩猟人が自己表出のできる意識を獲取しているとすれば〈海〉という有節音は自己表出として発せられて、眼前の海を直接的にではなく象徴的（記号的）に指示することとなる。このとき、〈海〉という有節音は言語としての条件を完全にそなえることになる。

この一節を、三島由紀夫の小説にくりかえし登場する、海への憧憬という心像とかさね合わせてみることもできる。ここでは、とはいえしばらく、吉本の言語・文学論の枠内にとどまろう。

引用から窺われることがらは、二重である。ひとつはこの批評家が、交通の手段としてのことばの機能と、表現そのものとしての言語のはたらきが重なりあう場面をとらえようとしていることである。もうひとつは、ことばの藝術の可能性を普遍性の水準において索めようとする詩人が、指示表出と自己表出という二元性を、やがて鞏固な二元論へと転化させてゆく傾向をすでに示している消息にほかならない。劇作家の菅孝行が周到に分析してみせた議論の横すべりにかんして、ここでは措こう（『吉本隆明論』）。「社会が、ますます機能化と能率化を高度におしすすめてゆくとき、言葉は言葉の本質の内部では、ますます現実から背き、ますます現実からとおく疎遠になるという面をもつ」。連載が終了するころ発表された別稿「自立の思想的拠点」の一節である。ことばはかくて「沈黙に似た重さをその背後に背負おうとする」。かくてまた言語は「コミュニケーションの機能であることを拒否しようとする」のである。自己表出の優位とはたんなる言語本質論ではなく、同時にすぐれて吉本による現状の認識とその批判との次元を示すものでもあった。自己表出の準位が、さらに吉本にとって、文学史を測る基準をも与えることになる。自己表出の水準が高度化することが、隆明の文学理論にあって言語藝術としての作品の深化を測定する尺度となるわけである。

吉本隆明の三島観　『言語にとって美とはなにか』が戦後文学の最高水準を示すものとして挙げる作品、「戦後文学体の表出を現在までかんがえられる山稜のところまで転移させた作品」とみとめる小説は三島由紀夫の『金閣寺』にほかならない。『金閣寺』は「三島由紀夫の最上の作品」であるばかりでなく、第一次戦後派と対立した三島が、戦後派を超えて「はじめて完全に思想性を統一してあらわれた」傑作なのだ。

吉本隆明は、一書中の引用文が最良の作家の最良の部分を論じたものであり、同書のなかで引用するために読んだ小説は四百冊におよぶと語っている。三島由紀夫『金閣寺』から引かれたのは、その半ばの、以下のような部分であった。――すこし切りつめて引用しておく。寺中が寝しずまるのを待ち、「私」は金閣をおとずれた。「私はただ孤(ひと)りをり、絶対的な金閣は私を包んで」いる。私は金閣を所有し、また金閣に所有されていた。主人公はひとり究竟頂(くきょうちょう)にのぼる。

究竟頂の勾欄（かうらん）にもたれて立つてゐる。風は東南である。しかし空にはまだ変化があらはれない。月は鏡湖池（きやうこ）の藻のあひだにかがやき、虫の音や蛙の声があたりを占めてゐる。

最初に強い風がまともにわが頬に当つたとき、ほとんど官能的と云つてもよい戦慄が私の肌を走つた。風はそのまま劫風（こふふう）のやうに無限に強まり、私もろとも金閣を倒壊させる兆候のやうに思はれたのである。私の心は金閣の裡（うち）にもあり、同時に風の上にもあつた。私の世界の構造を規定してゐる金閣は、風に揺れる帷（とばり）も持たず、自若（じじやく）として月光を浴びてゐるが、風、私の兇悪な意志は、いつか金閣をゆるがし、目ざめさせ、倒壊の瞬間に金閣の倨傲な存在の意味を奪ひ去るにちがひない。

吉本によれば『金閣寺』は「たんに表出史上の意味だけではなく、作品としても卓越している」。作家自身にしても、この作品以前にも以後にも、ここまで現実の表現と美意識とを調和させたことがない。この卓越した文学理論家の見るところでは、それは「この作品のモチーフに三島の存在を動かす思想的倫理性がかけられているから」なのである（吉本、前掲書）。

吉本隆明は、『金閣寺』の表現を「意識の〈時間〉の面にえがかれた想像の壁彫刻」にたとえて、その文体が「この〈時間〉の面に沿って凹凸をもち遠近をもっている」ことを指摘していた。――文体にかんしていえば、この批評家の目を逃れていることがひとつある。それは『金閣寺』を執筆する前後からはじまって、前頁の引用中でも顕著に窺われる、森鷗外からの影響である。

　ドナルド・キーンによると、三島における鷗外からの影響は、その時点を精確に指摘することができる。それは、三島の短篇に、現在形が頻用されるようになった時である（徳岡孝夫／ドナルド・キーン『悼友紀行』）。じっさい、「海と夕焼」（一九五五年発表）は「文永九年の晩夏のことである。のちに必要になるので附加へると、文永九年は西暦千二百七十二年である」と書きはじめられて、「鎌倉建長寺裏の勝上ヶ獄へ、年老いた寺男と一人の少年が登つてゆく」と書きつがれる。「女方」（一九五七年発表）の場合はこうだ。「増山は佐野川万菊の藝に傾倒してゐる。国文科の学生が作者部屋の人になつたのも、元はといへば万菊の舞台に魅せられたからである」。

　鷗外の短篇「ぢいさんばあさん」を引く。「二人は富裕とは見えない。しかし不自由はせぬらしく、又久右衛門に累を及ぼすやうな事もないらしい。殊に婆あさんの方は、跡から大分荷物が来て、衣類なんぞは立派な物を持つてゐるやうである」。

古典主義とロマン主義とのあいだで

影響は文体にとどまらない。文体とは思考の水路であるからだ。鷗外の文体を受けいれた三島由紀夫は、同時にまたそれ以後、ロマン主義と古典主義のあいだを彷徨しつづけることになるだろう。ただしこの場合のロマン主義とは、現実から疎外されているがゆえに憧憬を語ることができるというイロニーを基軸とし、またその対極にあるかにみえる古典主義とは、なによりまず端正な文体の美を意味するものなのであった（安藤、前掲書）。

持続的に作品を生みだしつづけた文学者が、意識的に文体をかえ、また自己改造を図ろうとするのは、かならずしも珍しいことではない。三島由紀夫にあって、その志向が特異なかたちを取ったのは、改造へのこころみが、みずからの身体そのものを変容させるくわだてと、表裏一体のものとなったことにある。きっかけのひとつ、決定的な一箇の機縁となったのは、前章の末尾でもふれたように三島にとって最初の外遊であり、とりわけギリシアの陽光との出遭いであった。

昭和二十五（一九五〇）年の小説家は「あひかはらず、幸福感の山頂と憂鬱の深い谷間との間」を彷徨（さまよ）っていた。作家としての成功を手に入れはじめながら、他方では、じぶんのことを「廿五歳の老人」とも感じている。体調が思わしくないことも多く、いっそ捕鯨船にでも同乗して、南氷洋へ向かおうかとすら思っていた。一方で、そのころ小説家をとらえた想念は、作品の執筆と実生活のそれぞれへと「エネルギーをきっちり両分し」たうえで、そのあいだには一種の「中間地帯」――しかもいわゆる「附合」ではなく――が必要である、というものだ。その中間地帯を、三島はやがて肉体改造そのものに向けた運動、「無目的に体を動かすこと」に見いだしてゆくことになる。他方で、おなじ年代に三島は、「小説家は銀行家のやうな風体をしてゐなくてはならぬ」と語ったトーマス・マンの文学をひとつの理想とも考えてゆくようになった。「あのドイツ的なやにつこさも、不必要な丹念さも、私の資質から遠いものではあるが、当時一等私をとらへたものは、マンの文学のドラマチックな二元性、ドイツ文学特有の悲劇性、それから最高の藝術的資質と俗物性とのみごとな調和であつたと思はれる」（「私の遍歴時代」）。三島由紀夫はマンにことよせて、みずからの進路をほぼ精確に見とおしはじめていた、と言ってよいだろう。

父・梓の旧友であった嘉治隆一がそのころなにかと三島に目をかけ、小説家にアドバイスなどもして、「小説家が長保ちする秘訣は、一にも勉強、二にも勉強だ。広く見、深く究めることが大切で、毎日少しづつでもいいから、習慣的に古典か原書を読みつづけるやうになさい」といった訓戒をも与えていた（同）。当時なお外国に出ることはむずかしく、しかも昭和二十五（一九五〇）年には、朝鮮戦争もはじまっている。そうしたなか、朝日新聞出版局長の職にあった嘉治の尽力で三島は、朝日新聞の特別通信員という資格を得て、はじめての外国旅行、そのうえ期間がほぼ半年間にもわたる世界旅行の機会に恵まれることになった。帰国ののち数年の時をおいて小説家に『潮騒』を書かせ、さらに『金閣寺』でひとつの頂点に到達する、三島文学の展開における劃期のはじまりである。この季節のなか小説家は、たとえば『鏡子の家』を典型に世評のわかれた大作もふくめて、『美しい星』や『午後の曳航（えいこう）』といった問題作を、数おおく世におくり出した。本章では以下その時節を見わたしておくことにしよう。おなじ時間はまた文学者にとって、古典主義とロマン主義とのはざまを往還する期間ともなってゆくはずである。


横浜からハワイ、北南米を経て、パリ、ギリシアへ

三島が横浜港を発ったのは、昭和二十六（一九五一）年の、師走のことであった。旅行記『アポロの杯』は、こう書きはじめられる。

「手続と仕事の疲労。あわただしい出帆。少量の風邪。クリスマス・ディナー。サンタクロースから贈物をもらつて、クリスマス・カロルをうたふ子供らしいパーティー。就寝。（船の名はプレジデント・ウィルスン、船室は一八二号室）」。出発にさいしては手つづきも煩瑣で、身体検査もやかましく、アメリカ大使館では窓口の日系二世に威張られて、不愉快な思いのさまざまもあったとはいえ、「外国へ行けるといふ喜び」のほうがそれらを上回った。出発直前までおよんだ「徹夜仕事」すらものの数ではなく、船酔いも覚えない。「ハワイへ近づくにつれ、日光は日ましに強烈になり、私はデッキで日光浴をはじめた」。よく知られている、小説家の習慣のはじまりである。つづけて三島由紀夫は書いている。「生れてはじめて、私は太陽と握手した」。文学者は船上のひととなって、自己改造をめぐって考えはじめる。「私に余分なものは何であり、欠けてゐるものは何であるか、といふことを」（「私の遍歴時代」）。

> 私に余分なものといへば、明らかに感受性であり、私に欠けてゐるものといへば、何か、肉体的な存在感ともいふべきものであつた。すでに私はただの冷たい知性を軽蔑することをおぼえてゐたから、一個の彫像のやうに、疑ひやうのない肉体的存在感を持つた知性しか認めず、さういふものしか欲しいと思はなかつた。それを得るには、洞穴のやうな書斎や研究室に閉ぢこもつてゐてはだめで、どうしても太陽の媒介が要るのだつた。（同）

感受性については、どうか？　昂揚した小説家は書いていた。「こいつは今度の旅行で、靴のやうに穿きへらし、すりへらして、使ひ果してしまはなければならぬ」。三島らしい、強調的なレトリックであると言うべきだろう。小説家が旅行をつうじて手にしたものは同時に、あらたな感受性でもあったからである。いずれにしても、旅行記の筆者は書きついでいる。「あたかもよし、私の旅程には、南米やイタリイやギリシアなどの、太陽の国々が予定されてゐた」（「私の遍歴時代」）。

　ハワイからサンフランシスコ、ロサンゼルス、またニューヨークやフロリダといった、合衆国の各地をめぐり、プエルトリコに泊まったとき、三島由紀夫はすでに「太陽に焦がされた国々の匂ひをかいだ」。ブラジルにはひと月とどまって、季節はちょうどカーニバル、小説家は「熱帯の光りに酔」うことになる。強い太陽のもとにひろがる「椰子の並木」はむしろ「久しく探し求めてゐた故郷」のように感じられた。リオデジャネイロとサンパウロのあかるい喧騒をあとに、ジュネーヴをへてパリに滞在していたおりには、街の「ドル買ひ」にだまされて、ほぼ無一文でひと月を過ごしたりもしたものの、その後ロンドンからギリシアにむかい、ローマを経由してから、翌二十七年の五月十日に、ぶじ羽田空港へと帰着する。――北米の大都会での経験が、作品のなかで沈殿しているさまについては、のちに『鏡子の家』にそくして垣間みることになるだろう。当面、旅の中心を、やはり、ギリシアをめぐって見ておく必要がある。「私はあこがれのギリシアに在つて、終日ただ酔ふがごとき心地がしてゐた」。のちに『潮騒』を書くことになる自身について作家は、こうしるしている。「古代ギリシアには、「精神」などはなく、肉体と知性の均衡だけがあつて、「精神」こそキリスト教のいまはしい発明だ、といふのが私の考へであつた」。この認定に対しては、いま無数の異論をとなえることができるだろう。三島にしても、それを知らないわけではない。ただ「当時の私の見たギリシアとは正にこのやうなものであり、私の必要としたギリシアはさういふものだつた」と文学者は、昭和三十八（一九六三）年になってから書きとめている（「私の遍歴時代」）。

ギリシアの風と光　「希臘は私の眷恋の地である」とする、旅行記中のギリシア篇の冒頭については前章の末尾ですでに引いた（本書、一三二頁）。三島は、「空の絶妙の青さ」に感嘆する。それは「廃墟にとつて必須のもの」である。由紀夫はさらに、アクロポリスを、いたるところの山々を、海を、島を吹きぬけて、吹きめぐる「希臘の風」に感銘する。感動は、幾日かを経てなお色あせることがない。

今日も私はつきざる酩酊の中にゐる。私はディオニューソスの誘ひをうけてゐるのであるらしい。午前の二時間をディオニューソス劇場の大理石の空席にすごし、午後の一時間を、私は草の上に足を投げ出して、ゼウス神殿の円柱群に見入つてすごした。

今日も絶妙の青空。絶妙の風。夥しい光。……さうだ、希臘の日光は温和の度をこえて、あまりに露はで、あまりに夥しい。私はかういふ光りと風を心から愛する。私が巴里をきらひ、印象派を好まないのは、その温和な適度の日光に拠る。（『アポロの杯』）

ギリシアの光と風のなかで、三島由紀夫はもういちど確認する。「希臘人は外面を信じた。それは偉大な思想である。キリスト教が「精神」を発明するまで、人間は「精神」なんぞを必要としないで、矜(ほこ)らしく生きてゐたのである」（同）。

デルフォイへとむかう途上、レヴァディアを過ぎたあたりで牧場があり、蜜蜂の巣箱があった。おんなは黒衣をまとい、おとこも黒い上着を肩にかけて、山沿いの道を歩いている。泉があって、そこに「羊飼の少年」が帰ってきた。少年は「赤いジャケツの肩に幅のひろい粗布をかけ」、思うにむかしながらの杖を曳(ひ)いている。羊飼いはふと小説家に「ダフニスの物語」を想わせた（同）。帰国したのちに三島由紀夫は、紀元前の物語「ダフニスとクローエ」を下じきに、『潮騒』を執筆することになるだろう。

神島と「歌島」　さきにしるしたとおり、三島の帰国は昭和二十七（一九五二）年の五月のこと、作家はただちに『禁色』の続篇を再開し、いまも引用した『アポロの杯』を出版する。

翌年の三月、三島由紀夫は『潮騒』の取材のため、三重県の神島を訪れている。八月から九月にかけて文学者はふたたび神島に向かっているが、この取材を可能にしたのは、元・農林省水産局長としての父、平岡梓の経歴であったようである（平岡、前掲書）。

神島は、志摩半島は伊勢湾口に位置するちいさな島で、小説の冒頭に「歌島(うたじま)は人口千四百、周囲一里に充たない小島である」というかたちで登場することになるだろう。三島が探していたのは、素朴でささやかな、とはいえ美しい漁村で、要するに、「パチンコ屋のないところ」（猪瀬、前掲書）なのであった。

よく知られているように、『潮騒』は、ちいさな島で生まれそだった男女、若い漁師「新治」と、島の素封（そほうか）家のむすめ「初江」が、さまざまな障害を乗りこえ、純潔をたもったまま結婚へといたる物語である。初江が大雨で濡れた着物を乾かそうとして、新治に裸身を見られ、新治にもはだかになることを求めたときにも、ふたりは一線を超えない。——昭和二十九（一九五四）年に公開された、谷口千吉監督の東宝映画以来くりかえしリメイクされて、吉永小百合が初江を演じたさいも、山口百恵が少女に扮したときも評判を呼んだ場面から一節を引く。

少女は胸から下半身を覆うてゐた白い肌着を背後にかなぐり捨てた。若者はそれを見ると、雄々しく彫像のやうに立つたまま、少女の炎にきらめいてゐる目をみつめながら、下帯の紐を解いた。

このとき急に嵐が、窓の外で立ちはだかつた。それまでにも風雨はおなじ強さで廃墟をめぐつて荒れ狂つてゐたのであるが、この瞬間に嵐はたしかに現前し、高い窓のすぐ下には太平洋がゆつたりとこの持続的な狂躁をゆすぶつてゐるのがわかつた。

新治と初江とのあいだには、炎が燃えさかっている。「初江！」と若者が叫ぶと、少女は「その火を飛び越して来い」と「清らかな弾んだ声」で命じた。――

このようなメルヘンめいた場面ばかりでなく、引用にあらわれている特異な自然描写もあって、発表当時の批評家たちの反応は芳しいものではありえなかった。たとえば奥野健男は当時、三島とのあいだで友情を育みつつあったけれども、あるいはそれゆえに小説家の新作につよく反撥する。奥野には『潮騒』は「文部省御推薦の小説」、しかもそのころのいわゆる逆コース（戦後の民主化の動向を修正しようとする政権与党の方針）の波にすら相乗りした愚作に見えた（奥野、前掲書）。

文学者たちの冷笑と無視をよそに『潮騒』は発売されるとただちにベストセラーとなり、三か月ほどで七十刷に達して、三島由紀夫はひろく国民に知られる作家、藝能人なみに知名の文学者ともなる。その意味で、作家をあの三島由紀夫にしたのは、ひとつには『潮騒』の成功である。

『潮騒』評・再考

三島や奥野とも同世代の批評家、服部達は、同時代では『潮騒』をもっとも高く評価した文学者のひとりである。服部は大正十一（一九二二）年に生まれ、昭和三十年に遠藤周作、村松剛とともに「メタフィジック批評」を唱えて、翌一九五六年一月一日、山梨山麓の寮に遺書をのこして失踪、半年後に遺体で発見された。吉本隆明は、その死を「原理的な批評家」の挫折を示すものとして「必然であり誠実であった」としるしている（『藝術的抵抗と挫折』）。

服部は『潮騒』の自然描写にいわば遠近法が欠けていることをみとめながら、その物語を「驚くべき明確な筆致で描かれた形象が隅々まで溢れている」と評して、とくに「老いた行商人の誘いに応じて、新治の母親と初江が鮑(あわび)とりの腕くらべをする」場面を「戦後に書かれたもっともすぐれた散文の一つ」とも賞していた(『われらにとって美は存在するか』)。服部が直接に引用する箇所とはべつの一節を、おなじ一場から引いてみよう。――鮑とり競争に参加した海女は、新治の母と初江とをふくめて八人、腕くらべから降りた海女たちのようすを小説家はつぎのように描写した。八名を乗せた舟が「磯づたひに南から島の東側へ去つた」あとのさまである。

残つた海女たちは老いた行商を央(なか)にして歌を歌つた。
入江は青く澄んで、赤い海藻に包まれた丸い岩が、波が擾(かきみだ)さぬあひだは、水面ちかくに泛(うか)び上つてゐるやうにはつきり見える。実はそれがかなり深いのである。波はその上をとほつてふくらんで来る。波の紋様や屈折や泡立ちは、海底の岩にそのまま影を落す。波は立上るかと思ふともう磯に砕けてゐる。すると深い吐息のやうなどよめきが磯全体に漲(みなぎ)つて、海女たちの歌声を遮(さへぎ)るのであつた。

海女たちの円陣、みなも近く見えかくれする岩、波の立ちかたとその陰影、さらには海辺全体を等分に眺めわたす視点はありえない。その意味では右の一場にも、たしかに遠近法が欠けている。とはいえこの奇妙な描写が、やはり瑞々しい魅力を湛えていることは、今日でもなお読みとることができるはずである。

マルグリット・ユルスナールは『潮騒』をさして、「作家がその生涯に一度しか書かないような、あの幸福な書物の一つ」とも呼んでいた（『三島由紀夫あるいは空虚のヴィジョン』）。これは、ひろく世界文学につうじた実作者が示した、やはり一箇の慧眼であるように思われる。

作家が生涯ただいちどだけ書いた幸福な物語といえば、だれでも思いだす作品のひとつは、たとえば川端の『伊豆の踊子』だろう。「仄暗い湯殿の奥から、突然裸の女が走り出して来たかと思ふと、脱衣場の突鼻（とつぱな）に川岸へ飛び下りさうな恰好で立ち、両手を一ぱいに伸して何か叫んでゐる。手拭もない真裸だ。それが踊子だつた。若桐のやうに足のよく伸びた白い裸身を眺めて、私は心に清水を感じ、ほうつと深い息を吐いてから、ことこと笑つた。子供なんだ」。川端康成が、湯けむりのてまえに見た裸像を、三島は、炎のむこうに見える裸身に置きかえてみたのかもしれない。

じつは『伊豆の踊子』の主人公にはそれなりの憂悶（ゆうもん）があり、屈折した主人公をえがいた作家自身にはよりふかい鬱屈がある。これに対して、ごく大まかに言うならば、『潮騒』中で由紀夫が主張しているのは、美しいこころは美しい肉体がもたらす「必然」であって、美しいこころに「知性や教養など不要だ」ということである（関川夏央『本よみの虫干し』）。これが、三島のギリシア経験のひとつの帰結なのであった。

古典古代への憧憬が屈折して生みだすことになったもうひとつの帰結が『金閣寺』である。一篇は、小説家・三島由紀夫の代表作となる。

三島文学のひとつの頂点、あるいは『金閣寺』

金閣寺の放火事件

鹿苑寺は京都市北区にある臨済宗相国寺派の寺院、その舎利殿は三層の楼閣建築で、金閣と呼ばれる。一般に、舎利殿をふくめて寺院全体が金閣寺と通称されている。

もともとは元仁元（一二二四）年に藤原公経（西園寺公経）が西園寺を建立したことにはじまり、応永四（一三九七）年、室町幕府第三代将軍・足利義満が、河内の領地と交換に寺をゆずりうけて、伽藍を改築し、また新築して、北山山荘とし、その死後に寺となった。義満の法号を鹿苑寺院殿といい、寺の名はこれに由来し、夢窓疎石を名目上の開山者ともした。舎利殿は鏡湖池に面し、金色にかがやく楼閣を水に映す、北山文化を代表する建築である。

応仁の乱では西軍が同山に陣を張って、そのけっか建築物の多くが焼失したものの、江戸時代に主要な建物が再建され、舎利殿も慶安二（一六四九）年に修復された。廃仏毀釈などの嵐をくぐりぬけて、舎利殿が国宝に指定されたのが昭和四（一九二九）年、太平洋戦争の戦火にも見舞われず戦後をむかえたものの、昭和二十五（一九五〇）年、放火によって焼失した。三島由紀夫の代表作のひとつ、長篇小説『金閣寺』は、この金閣寺放火事件に取材したもので、昭和三十一（一九五六）年、一月から十月にかけて雑誌「新潮」に連載される。——作品に立ちいるにさきだって、金閣の建築様式と、放火事件のじっさいについて、もうすこしだけ紹介しておく。

金閣は木造三層とはいえ、初層と二層は通し柱をもちい、構造的にも一体化しているいっぽう、三層はひと回りちいさい。初層は「法水院」と称され、その西側に「漱清」といわれる小亭が池に張りだしている。二層は「潮音洞」と称し、縁と高欄をめぐらして、奥に位置する一室を仏間としていた。三層が「究竟頂」といわれる一間で、仏舎利を安置する。この三層には、桟唐戸、花頭窓があり、建築様式としては禅宗様仏堂風とされる。

昭和二十五年七月二日の未明、鹿苑寺徒弟の林養賢（承賢）が金閣に火をはなち、全焼させた。放火ののち林は、寺の裏手にあたる左大文字の山中にはいり、短刀で胸をついたうえ、カルモチン百錠を飲んで、自殺をはかったものの、死にきれず苦しんでいたところを発見されている。養賢はのちに事件をおこした動機について、社会へのばくぜんとした反感や、金閣の美に対する嫉妬などを挙げたといわれているが、真相はなお不明であると言ったほうがよい。同年の十二月二十八日に京都地方裁判所がくだした判決は懲役七年、のちに恩赦により五年三か月に減刑されたものの、林は結核を悪化させ、またおそらくは統合失調症が進行して、昭和三十一（一九五六）年三月七日に病歿している。経緯については、水上勉（一九一九〜二〇〇四年）の『金閣炎上』にくわしい。

三島由紀夫は昭和三十年の十一月に、事件の取材のため、京都をおとずれた。そのほかにも、林本人の生いたちをしらべ、訴訟記録なども検討して、綿密な準備をかさねている。作品は、しかしじっさいの事件とははなれ、三島の思弁を展開するものともなったのは、よく知られているところである。

ちなみに昭和三十年は、戦後の節目であるとともに、三島自身とも関連のふかいできごとがいくつか起こっている。四月には、元外交官・有田八郎が革新系候補として東京都知事選に出馬して、保守系候補に敗れたが、のちに小説家はこの一件をしたじきにして、『宴のあと』を執筆し、裁判に巻きこまれることになるだろう。七月には、石原慎太郎が『太陽の季節』を発表して、注目される。石原はおそらく、大江健三郎ともならんで、三島がもっとも意識する年少のライバルとなった。おなじ七月には、日本共産党の第六回全国協議会（六全協）が開催され、武装闘争路線が清算されることになる。たほう、十一月十五日には、保守大合同で自由民主党が結党されている。社会党の再統一とあわせて、戦後政治におけるいわゆる五十五年体制の確立である。

代表作『金閣寺』―その（一）―

三島由紀夫の代表作のひとつであるばかりか、多くの論者がその最高傑作に挙げる『金閣寺』は、つぎのように書きはじめられる。引用する。

> 幼時から父は、私によく、金閣のことを語った。
> 私の生れたのは、舞鶴から東北の、日本海へ突き出たうらさびしい岬である。父の故郷はそこではなく、舞鶴東郊の志楽（しらく）である。懇望（こんもう）されて、僧籍に入り、辺鄙（へんぴ）な岬の寺の住職になり、その地で妻をもらつて、私といふ子を設けた。

小説の主人公は同時に物語の語り手である「私」であり、「私」をめぐるその出身地や生育環境などの道具立ては、モデルとなった林のそれを借りている。とりわけ巧みにとり入れられているのは、主人公が生まれそだった土地の位置だろう。

父親はむすこに、たびたび金閣のことを語り、くりかえしその至上の美を説いた。そのけっか「私の心が描きだした金閣は、途方もないもの」となる。田のおもてに煌めく光、朝の空気に耀く陽を見ては、主人公は金閣を想って、また金閣を見る。「かういふ風に、金閣はいたるところに現はれ、しかもそれが現実に見えない点では、この土地における海とよく似てゐた。舞鶴湾は志楽村の西方一里半に位置してゐたが、海は山に遮（さへ）ぎられて見えなかつた。しかしこの土地には、いつも海の予感のやうなものが漂つてゐた」。――金閣は、三島文学における特権的な主題とあらかじめ密通している。海とは世界であり、しかも世界を超えた世界である。金閣とは世界の中心であり、その中心であることで世界そのものとなり、しかも世界自体を超えた世界となる。

作中で「溝口」という名を与えられる主人公は、三島の長篇のはじまりから、すでにきわだった個性の持ち主として造型されている。『金閣寺』の第一章は、評者によってしばしば一篇の雛型（ひながた）とも目されてきた部分であるけれど、小説の首章で「溝口」には特異な物語の主人公となるにふさわしい性格が賦与されていた。

主人公には幼時から吃音（きつおん）の気味があったという設定が、小説中では、その性格のひとつの側面を象徴している。じっさいの吃音症状が、三島由紀夫がここで仮託しているとおりのものであるとはかぎらないけれども、一篇のなかの意味づけをしめす部分を引用しておく。

　体も弱く、駈足（かけあし）をしても鉄棒をやつても人に負ける上に、生来の吃（ども）りが、ますます私を引込思案にした。そしてみんなが、私をお寺の子だと知つてゐた。悪童たちは、吃りの坊主が吃りながらお経を読む真似をしてからかつた。講談の中に、吃りの岡つ引の出てくるのがあつて、さういふところをわざと声を出して、私に読んできかせたりした。
　吃りは、いふまでもなく、私と外界とのあひだに一つの障碍（しやうがい）を置いた。最初の音（おん）がうまく出ない。その最初の音が、私の内界と外界との間の扉の鍵のやうなものであるのに、鍵がうまくあいたためしがない。

代表作『金閣寺』──その（二）──

右で引用した二段落に、『金閣寺』という作品の構図があからさまに示されていよう。第一段落で描かれたいわばありふれた世界の風景に対して、つづく段落が観念的な、あるいは思弁的な解釈を与えている。一篇のぜんたいは、このような機構を前提に展開されてゆく。当面の場面についていえば、吃音といったそれ自体としてはめずらしいものでもない設定のうえに、世界との隔絶という、それじしん過剰な意味を帯びた解釈がいわば重ねえがかれているわけである。

物語を彩るさまざまな挿話は、ことごとくそのような色あいをともなってゆく。少年期の主人公をめぐって語りだされるエピソードから、ふたつとり上げておこう。

生家のちかくには適当な学校もなく、「私」は、叔父の家から東舞鶴中学校に通うことになる。ある日、学校に卒業生のひとりが訪ねてくる。舞鶴海軍機関学校の生徒で、日にやけたその容貌、制帽に制服、誇りにみちた一挙手一投足、しかも「そんな若さで、自分の謙譲さの重み」を知っているふるまい、そうしたすべてが後輩たちを惹きつけて、かれはあたかも「頭から爪先まで、若い英雄そのもの」なのであった。

英雄を取りかこむ輪をはなれ、「私」はひとり校庭のベンチに腰かけていた。英雄がむしろそれを気にして、声をかけてくる。「おい、溝口」。取りまきたちに「私」のなまえをたしかめたのだ。崇拝者のひとりが、私には吃音の気味があることを教える。「何だ、吃りか。貴様も海機へ入らんか。吃りなんか、一日で叩き直してやるぞ」。主人公は、そのときはなぜかすらすらと明瞭に答えた。「入りません。僕は坊主になるんです」。若い英雄は、草を口にくわえて、応じる。「ふうん、そんならあと何年かで、俺も貴様の厄介になるわけだな」。太平洋戦争がすでに開始されていた。

……このとき私に、たしかに一つの自覚が生じたのである。暗い世界に大手をひろげて待つてゐること。やがては、五月の花も、制服も、意地悪な級友たちも、私のひろげてゐる手の中へ入つてくること。自分が世界を、底辺で引きしぼつて、つかまへてゐるといふ自覚を持つこと。……しかしかういふ自覚は、少年の誇りとなるには重すぎた。
　誇りはもつと軽く、明るく、よく目に見え、燦然としてゐなければならなかつた。目に見えるものがほしい。誰の目にも見えて、それが私の誇りとなるやうなものがほしい。例へば、彼の腰に吊つてゐる短剣は正にさういふものだ。

　若い英雄は後輩たちと相撲を取っている。制服は脱ぎすてられ、美しい装飾がほどこされた短剣も、帯革とともに、制帽のかたわらに掛けられていた。それは持ち主から切りはなされていることで「却つて抒情的な美しさ」、「思ひ出」のような完全さをたもって、「若い英雄の遺品」のように見える。「私」は、人気のないのをたしかめ、鉛筆を削るナイフを取りだして、「その美しい短剣の黒い鞘の裏側に、二三条のみにくい切り傷を彫り込んだ」。

代表作『金閣寺』—その（三）—

美しい短剣に彫りこまれた切り傷は、「世界」と「私」をつなぐ象徴である。吃音のゆえに断ち切られていた世界との繋がりが私の行為によってふたたびむすびなおされる。世界とふたたび接合することは、しかし世界を破壊することを意味した。
　もうひとつの挿話も、おなじことがらをべつの角度から語りだしている。「有為子」という名の少女をめぐる物語である。有為子は「目が大きく澄ん」だ美しいむすめで、叔父の家のごく近所に家がある「物持」の子、そのせいか「権柄づくな態度」で「私」の好意をも撥ねつけていた。

ある日の明け方、有為子のからだを暗鬱に妄想して寝つかれなかった主人公は、海軍病院に出勤する有為子を待ちぶせる。有為子は闇のなかに黒い影をみとめ、はじめは怖れ、やがてそれが溝口と知って、安心して軽んじた。有為子はその場では「何よ。へんな真似をして。吃りのくせに」と爽やかに言いはなち、自転車のベルを嘲るように鳴らして立ちさった。一件はその日のうちに告げ口され、「私」は叔父からきびしく叱責されて、有為子の死を願うようになる。有為子はいまや、私の「恥」の証人であるばかりでなく、「他人の世界」、私の恥に立ちあい、私の恥を証言する他者の世界の入り口となった。「他人がみんな滅びなければならぬ。私が本当に太陽へ顔を向けられるためには、世界が滅びなければならぬ」。有為子とはここで、「私」が渇望しながらも拒絶し、拒絶することでよりふかく渇仰するもの、「世界」そのものの入り口であり、中心であり、ある意味では世界それ自体である。世界から疎隔されて存在していることが、美しい女性から拒絶されていることと等価となり、相手の死を希むことが、世界の滅亡を望むこととひとしくなる。——主人公の願望は、すくなくとも部分的にかなえられた。有為子は、思いがけないかたちで死んでしまう。

十月もすえのある晩、あかりも消そうとするころに、級友のひとりが訪ねてきて「今、むかうで、有為子が憲兵につかまつてるぞ。一緒に行かう」と声をかけてきた。有為子は、特志（ママ）看護人として勤める病院で兵隊のひとりと親しくなり、妊娠する。海軍兵はやがて脱走し、その日、身重の少女が「弁当包みを持つて」隣りの集落へ出かけようとしたところで憲兵に捕捉され、脱走兵の隠れ家への案内を強要されていたのである。——有為子は、座りこんだまま、押しだまっている。「私」

はその顔ばかりを見つめ、「あれほど拒否にあふれた顔を見たことがない」と思う。主人公は世界から疎隔されている。「しかるに有為子の顔は世界を拒んでゐた」。有為子の顔は、時間と歴史から切断されて、「ただ拒むために」世界に差しだされているようであった。

事件はうごき、また反転する。有為子はいっしゅん笑ったかに見えた。月あかりに白い歯がきらめいたかに思えた。おんなは隣りの集落の山かげを指さし、憲兵たちはいっせいに「金剛院だ」と叫ぶ。「有為子の裏切りの澄明な美しさ」が主人公を酔わせ、「裏切ることによつて、たうとう彼女は、俺をも受け容れたんだ」とすら思わせる。有為子は、知られてはならない秘密を抱えることでいったんはみずからを世界から切断し、秘密が露呈したそのとき、世界を徹底して拒みながらも、裏切りによってふたたび世界を受容したかに想われたのである。

代表作『金閣寺』
—その（四）—

事件をめぐる主人公のこの観念的な解釈は、しかし現実によってもういちど裏切られる。一節を引用しておく。

……事件といふものは、われわれの記憶の中から、或る地点で失墜する。百五段の苔(こけ)蒸(ママ)した石段を昇つてゆく有為子はまだ眼前にある。彼女は永久にその石段を昇つてゆくやうに思はれる。

しかしそれから先の彼女は別人になつてしまふ。おそらく石段を登り切つた有為子は、もう一度私を、われわれを裏切つたのだ。それから先の彼女は、世界を全的に拒みもしない。全的に受け容れもしない。ただの愛慾の秩序に身を屈し、一人の男のための女に身を落してしまつた。

だから私は、それを古い石版刷のやうな光景としてしか思ひ出すことができぬ。……有為子は渡殿(わたどの)を渡つて、御堂の闇へ呼びかけた。男の影があらはれた。有為子は何か語りかけた。男は石段の途中へ向けて、手にしてゐた拳銃を撃つた。これに応戦する憲兵の拳銃が、石段の中途の繁みから発射された。男はもう一度拳銃を構へると、渡殿のはうへ逃げやうとしてゐる有為子の背中へ、何発かつづけて射つた。有為子は倒れた。男は拳銃の銃先(つつさき)を、自分の顳顬(こめかみ)に当てて発射した。……

一件の幕引きを淡々と告げているかにみえる以上の描写は存外に重要なものであるように思われる。「事件といふものは、われわれの記憶の中から、或る地点で失墜する」という書きだしがまず奇妙なリアリティを持っている。たしかにそうなのだ。ひとは意外と、できごとの終局をさだかに認識し、また記憶しないものである。この確認が、一方では以下の叙述に、霧ひとつ距てたような不透明さをみちびき入れながら、他方ではそのことで、語られた一件そのもの、あえていえばありふれた悲劇に、たしかな実在感を与えている。事件は、主人公の観念的な解釈と思弁とをはなれたところで自立してゆく。「私」の思念はそれゆえ現実のなりゆきとは独立に生き延びて、有為子も物語のなかで決定的に不在となることがなく、むしろ一篇の全体に取りついてゆく。

父が死んで、主人公は、住職が父親の旧友であった縁で、徒弟として鹿苑寺に預けられることになった。戦争中、主人公は、徒弟仲間の「鶴川」と散歩中に、哀切な場面を目撃する。おそらくは戦地にむかう士官とその新妻の訣(わか)れの光景である。「私」はその「白い横顔の浮彫と、たぐひなく白い胸」とを思い、「たしかにあの女は、よみがへつた有為子その人だ」と感じる。

戦争がおわり、進駐軍兵士と連れだって鹿苑寺にあらわれた「有為子と似せないやうに似せないやうに」注意ぶかく造型されたような女性にすら、「私」は有為子との共通点を見てしまう。「ただ一点が有為子に共通してゐた。僧衣を着ず、汚ないジャンパーにゴム長靴の姿の私へ、女は目もくれなかつたことである」。私は米兵に命じられ、有為子の腹を踏みつける。おんなは妊娠していたのだ。兵士とおんなを乗せたジープが、やがて見えなくなる。「私の肉体は昂奮してゐた」。有為子の肉体を痛めつけることが、性的な興奮を呼んだのである。一件は、ほどもなく寺内での主人公の立場を危うくして、事件へと「私」を追いつめる近因のひとつともなるだろう。

代表作『金閣寺』——その(五)——

金閣寺に火を放とうとする観念に取りつかれ、娼家がつらなる巷(ちまた)を彷徨っていたときにも、「私」は、そういった街の一角に「有為子がなほ生きてゐて、隠れ棲(す)んでゐるといふ空想にとらはれて」しまう。「私の足がみちびかれてゆくところに、有為子はゐる筈だつた」。主人公はとある店の暖簾(のれん)をくぐる。三人のおんなが客待ちをしていた。「有為子は留守だつた。その留守だつたことが私を安心させた」。有為子でなければ、だれでもよい。二度目におなじおんなを訪ねていったのは、一度目の行為が満足するほどの歓喜をともなっていなかったからだった。——考えてみれば、だがそれは無理だったのである。私はすべてをより光輝にみちたかたちで経験しているはずであったからだ。「かうした肉の行為にしても、私は思ひ出せぬ時と場所で、（多分有為子と）、もつと烈しい、もつと身のしびれる官能の悦(よろこ)びをすでに味はつてゐる」はずなのである。有為子は、存在しなかった過去の記憶として、主人公のなかに棲みついている。

ここにあらわれているのは、主人公の精神にわずかに兆しはじめた狂いであるとも言ってよい。とはいえそれは、べつのしかたでとらえるなら、不在の有為子が現前しつづけていることこそが、金閣寺への放火の深層の動機をかたちづくっていた、ということだ。有為子は、主人公が世界から疎隔され、拒絶されていることの象徴でもあったからである。

物語の時間をもとに戻しておこう。主人公が鹿苑寺の徒弟となったのは、戦争がしだいに激しさをくわえてゆく時代であり、その時節に「私」は、金閣に「最も親しみ」、「その美に溺れ」ることになる。サイパンが落ちて、本土空襲が避けがたくなり、「このまま行けば、金閣が灰になることは確実なのだ」。世界は滅び、世界の中心である金閣もまた消滅する。私とともに消え去ってゆく。「私を焼き亡ぼす火は金閣をも焼き亡ぼすだらうといふ考へは、私をほとんど酔はせ」ていた。

終戦はその意味で「私」にとってむしろひとつの絶望であった。「金閣と私との関係は絶たれ」、「私と金閣とが同じ世界に住んでゐるといふ夢想は崩れ」て、残されたのは「美がそこにをり、私はこちらにゐるといふ事態」であるほかはなかったからである。

私の心象からも、否、現実世界からも超脱して、どんな種類のうつろひやすさからも無縁に、金閣がこれほど堅固な美を示したことはなかつた！　あらゆる意味を拒絶して、その美がこれほどに輝やいたことはなかつた。

誇張なしに言ふが、見てゐる私の足は慄（ふる）へ、額には冷汗が伝はつた。いつぞや、金閣を見て田舎へかへつてから、その細部と全体とが、音楽のやうな照応を以てひびきだしたのに比べると、今、私の聴いてゐるのは、完全な無音であつた。そこには流れるもの、うつろふものが何もなかつた。金閣は、音楽の怖ろしい休止のやうに、鳴りひびく沈黙のやうに、そこに存在し、屹立（きつりつ）してゐたのである。

代表作『金閣寺』——その（六）——　金閣はなお美しい音楽に擬（なぞら）えられている。金閣は、だがいまやまったき無音にとどまっていた。完全な無音であるなら、聴くこともできない。怖ろしいまでに休止してしまっているならば、それはもう音楽ではない。沈黙はほんとうは「鳴りひびく」ことがありえない。金閣はすでに世界とその存在の形式を共有していないのだ。——「私」が世界を取りもどすために、つまり世界と「私」との隔たりが乗りこえられるためには、世界それ自体が恢復されなければならない。世界を超越する世界の中心、金閣が廃滅されなければならない。「私」

の行為によって破壊されなければならないのだ。

とはいえ「私」が行為へと踏みきるためには、もうひとつのきっかけ、世界とじぶんとの関係をより明瞭に自覚するための機縁が必要だった。「柏木」との出逢いである。それは、行為のてまえに踏みとどまる認識の限界を認識させるものとの出遭いであった。

昭和二十二年の春、主人公は大谷大学の予科に入学する。これはすくなくともいったんは「私」が住職の後継者とも擬せられたことを意味していた。予科で溝口は柏木と名のる、極端な内翻足(ないほんそく)の学生と知己になる。溝口は吃音のゆえに世界から隔てられ、有為子からも拒絶された。柏木はその特異な身体性のゆえにむしろ、有為子のような女性、「飛切りの美人で、鼻の冷たく尖つた、しかし口もとのいくらかだらしのない」相手をつぎつぎと手に入れている。柏木は「私」の陰画であり、また陽画でもあったのである。

主人公を最終的に行為へと向かわせることになるきっかけとなる、柏木との対話を引いておく。主人公は同輩の鶴川のうちに、じぶんとはことなる無垢な若者を見ていた。交通事故によるものと信じていた鶴川の死が、じつは自殺によるものであったことが、柏木の口から知らされたあとの、柏木と主人公とのやりとりである。

「どうだ。君の中で何かが壊れたらう。俺は友だちが壊れやすいものを抱いて生きてゐるのを見るに耐へない。俺の親切は、ひたすらそれを壊すことだ」

「まだ壊れなかつたらどうする」
「子供らしい負け惜しみはやめにするさ」と柏木は嘲笑した。「俺は君に知らせたかつたんだ。この世界を変貌させるものは認識だと。いいかね、他のものは何一つ世界を変へないのだ。認識だけが、世界を不変のまま、そのままの状態で、変貌させるんだ。認識の目から見れば、世界は永久に不変であり、さうして永久に変貌するんだ。それが何の役に立つかと君は言ふだらう。だがこの生を耐へるために、人間は認識の武器を持つたのだと云はう。（略）」

認識が世界をそのままにしておいて、しかも認識において世界は不断に変貌してゆくものであるならば、世界の中心である金閣もまた、たんに見られるがままに、そのままでありつづけることが許される。とはいえ、それでは、主人公の決意は無意味となる。「生を耐へるのに別の方法があると思はないか」という私の問いに、柏木は「ないね。あとは狂気か死だよ」と即答した。「世界を変貌させるのは決して認識なんかぢやない」と私はほとんど叫んでしまう。「世界を変貌させるのは行為なんだ。それだけしかない」。

代表作『金閣寺』
—その（七）—

かくて「その日が来た。昭和二十五年の七月一日である」。戦後とりつけられた火災報知器は故障していた。霧雨が降っている。雨は朝から降っては止み、止んでは降った。

世界の中心に火を放つまえに、「私」はじぶんにとっての世界そのものをもういちど点検する。雨に降りこめられて、金閣の輪郭もさだかではない。「それは黒々と、まるで夜がそこに結晶してゐるかのやうに立つてゐた」。主人公は暗黒のうちに、むしろ「恣(ほしいま)まに幻を描く」。

そして美は、これら各部の争ひや矛盾、あらゆる破調を統括して、なほその上に君臨してゐた！　それは濃紺地の紙本(しほん)に一字一字を的確に金泥(きんでい)で書きしるした納経のやうに、無明の長夜に金泥で築かれた建築であつたが、美が金閣そのものであるのか、それとも美は金閣を包むこの虚無の夜と等質なものなのかわからなかつた。おそらく美はそのどちらでもあつた。細部でもあり全体でもあり、金閣でもあり金閣を包む夜でもあつた。さう思ふことで、かつて私を悩ませた金閣の美の不可解は、半ば解けるやうな気がした。何故ならその細部の美、その柱、その勾欄、その蔀戸(しとみ)、その板唐戸、その華頭窓(かとうまど)、その宝形造(ほうぎやうづくり)の屋蓋(おくがい)、……その法水院、その潮音洞、その究竟頂、その漱清、……その池の投影、その小さな島々、その松、その舟泊りにいたるまでの細部の美を点検すれば、美は細部で終り細部で完結することは決してなく、どの一部にも次の美の予兆が含まれてゐたからだ。細部の美はそれ自体不安に充たされてゐた。それは完全を夢みながら完結を知らず、次の美、未知の美へとそそのかされてゐた。そして予兆は予兆につながり、一つ一つのここには存在しない美の予兆が、いはば金閣の主題をなした。さうした予兆は、虚無の兆だつたのである。虚無がこの美の構造だつたのだ。そこで美のこれらの細部の未完には、おのづと虚無の予兆が含まれることになり、木割の細い繊細なこの建築は瓔(やう)珞(らく)が風にふるへるやうに、虚無の予感に慄へてゐた。

『金閣寺』とはどのような作品なのか？

いま一段落すべてを引いたこの箇所に、小説の主題のほとんどいっさいが籠められている。かくて金閣の美、かくてまた世界の構造の秘密のすべてが解かれたその決定的な時点で、一篇の主人公は金閣に火を放つ。これは作者である三島由紀夫がみずからのそれまでの作品群に、さらに『金閣寺』という小説そのものに火を放つこととひとしい。じっさい、細部から全体へ、全体から細部へと金閣の美を説いてゆく作者の筆は、語から文へ、文から部分へ、部分から全体へ、そしてまたその逆の過程をたどって、文学作品のなりたちを説いてあかし、みずからの作品を解きほぐそうとする筆致とかさなっている。

かつて三好行雄は『金閣寺』の精緻な構造を分析したはてに、作家は「『金閣寺』を書くことで、自分の金閣を焼こうとした」ともしるした（「『金閣寺』について」、長谷川泉・他（編）『三島由紀夫研究』所収）。この直感は、おそらくただしい。『金閣寺』は三島にとって、それまでの作品のすべてを否定し乗りこえ、あらたなこころみへと踏みだすために、それみずからをも消尽してしまう一篇だった。だからこそ作中の主人公は、林養賢本人とことなり、物語のさいごに煙草を喫(の)み、「一ト仕事を終へて一服してゐる人がよくさう思ふやうに、生きようと」思ったのである。

認識と行為とのあいだ——小説家の結婚と『鏡子の家』

『金閣寺』評価の振幅　『金閣寺』ははやくから、多数の評者たちの注目をあつめた。たとえば、『潮騒』に対して違和感を隠さなかった奥野健男が、『金閣寺』をめぐってはすでにその連載の当初から、作品が三島にとっても「久し振りの、そして最高の傑作になる」期待を表明している（奥野、前掲書）。奥野にとって大学の友人にもあたる吉本隆明の評定にかんしては、本章の冒頭で見ておいた。以後も多くの批評家が一篇を小説家の代表作にかぞえ、戦後日本文学の達成とみなしている。一例を挙げるなら、よく知られているとおりドナルド・キーンが『金閣寺』をトーマス・マンの『魔の山』と引きくらべて、作品を「二十世紀日本の重要な小説の一つ」と位置づけることになった（前掲『日本文学史』）。

たほう現在では、ある種の研究者たちが『金閣寺』評価の基軸を再考している。これもひとつの実例について見てみるとすれば、フランス文学者の中条省平が、こんにちの目で読みなおすとき、作品の論理がいたるところで破綻しており、作中の「抽象的なディスカッション」には魅力が乏しいしだいをあらためて指摘してゆく。中条の見るところでは、「いま『金閣寺』の観念小説としての饒舌とレトリックを取りはらってみる」と、小説家にとって切実なモチーフは、たとえば「私の少年期は薄明の色に混濁してゐた」、「たしかに遠い過去に、私はどこかで、比(なら)びない壮麗な夕焼けを見てしまつたやうな気がする」といった一節に読みとられるべきであって、それが表現しているものは「自己の存在の不確かさを終生病みつづけた作者そのひとの生」にほかならない。そう考えるならば、金閣寺への放火とは「この「比びない壮麗な夕焼け」の記憶の再現の試み」であったと読むこともできるだろう(『反＝近代文学史』)。――前章の末尾で、『禁色』の一節をめぐって中島義道の解読を紹介しておいた(本書、一二八頁以下)。おなじ哲学者ならば、おそらく、『金閣寺』の作者の観念をみちびいている認識と行為の二元論を、非哲学的な思弁の一例としても挙げることだろう。そうした見かたには思うにまた、じゅうぶんな根拠もあるわけである。

いっぽうで当然のことながら、『金閣寺』を『豊饒の海』へといたる三島の道程のなかに精確に位置づけ、畢生の長篇をみちびく内的な論理を『金閣寺』の思考のなかに探ろうとするこころみも存在する。たとえば大澤真幸の論攷(ろんこう)「三島由紀夫、転生の破綻」は、前節で引いておいた「柏木」の思弁の延長上に「『豊饒の海』において唯識思想として結実することになる哲学」の芽ばえをもみとめていた(『思想のケミストリー』)。この着想は、「序章」で言及しておいた大澤の一書『三島由紀夫　ふたつの謎』のいわば原型となったものであり、それ自体ひとつの卓見と言うべきであると思われる。――ここであらためて注目しておきたいことがらがある。それは、認識と行為という鞏固な二元論が、三島由紀夫の以後の作品系列のなかで奇妙な失敗作を生み、小説家自身の生そのものの軌跡をも、いたましく歪めてゆく消息である。

三島文学における長篇と短篇の関係

はじめての書きおろし作品となった『仮面の告白』以来、三島は自身のことを、本質的には長篇作家であると考えていたものと思われる。いわゆるエンターテイメントの系列にぞくする小説をのぞいて、そのつど発表する長篇小説のそれぞれに、三島由紀夫がその時節の思考のすべてを賭けていたことは、まちがいのないところである。

私たちの小説家はたほう短篇の名手としても知られていた。そればかりではない。文壇で一定の地位を獲得した三島は以後おそらく、主要作品の系列と並行するかたちで、短篇小説という枠組みを多分に戦略的にも利用している。

たとえば奥野は、『潮騒』とまったく同時に、作家が雑誌「新潮」に「鍵のかかる部屋」という小篇を発表していることに注目していた。一篇は、いま読みなおしてみると奇妙にあと味のわるい作品である。主人公は「児玉一雄」という名の財務省（ママ）事務官、人妻の「桐子」と関係していたが、桐子の急死後、そのむすめ、いまだ幼女といってよい「房子」が妖しい色香を漂わせながら一雄に近づいてくる。房子に初潮のあった日、一雄はたまさかまたその家を訪ねた。「房子は遠くのはうを見て笑つた。一雄はいつものやうに肩を抱いた。すると体を固くしてゐるのがわかつた。この抵抗が彼を刺戟した。はじめて女にするやうな接吻を房子にした。房子の脣は乾いてゐなかつた」。一雄は少女を凌辱し、嗜虐的にもてあそぶ妄想に囚われる。「俺は引裂くだらう。房子は大人しく抱かれてゐた。肉は彼の掌の中にあつて、待つてゐた」。

少女はじつは「しげや」、「毛の薄い、白い蛆のやうに肥つた女中」のむすめであった。帰ろうとする主人公にしげやが立ちはだかって、こう繰りかえす。「もうおかへりになるんですか。それはいけません」。——短篇が読者のまえに示している部屋の昏がりは、『潮騒』をつつむ陽光とはうらはらの悖徳の夜の魅惑を仄めかせていないことはない。じっさい、奥野健男はこの短篇を読んで、いったんは裏切られた三島文学への期待をつないだのであった（奥野、前掲書）。

いっぽう、おなじ小説家は、『金閣寺』を発表しはじめる前年の昭和三十（一九五五）年に「海と夕焼」と題する短篇を雑誌「群像」に掲載していた。さきにはその冒頭だけ引用しておいた作品である（本書、一三八頁）。「鎌倉建長寺裏の勝上ヶ獄」へ少年と登っていった年老いた寺男の名は「安里」（アンリ）で、もともとはフランスで羊を追う牧童であった。安里はあるとき、エルサレムを奪還するのはおまえだとの神のお告げを聞いて、少年十字軍に参加し、偶然と艱難の連続の果てに日本に漂着したのだった。神の約束した奇蹟もついに起きず、海がふたつに割れることもなく、いつしか少年は信仰も失って、繰りかえし海を見る。一篇の末尾にちかい美しい一節を引く。

> 晩夏の太陽は稲村ヶ崎のあたりに沈みかけてゐる。海は血潮を流したやうになつた。
> 安里は昔を憶ふ。故郷の風物や故郷の人たちを憶ふ。しかし今では還りたいといふ望みがない。何故なら、それらのもの、セヴェンヌは、羊たちは、故国は、夕焼の海の中へ消滅してしまつたからだ。あの海が二つに分れなかつたときに、それらは悉く消滅した。

（中略）
鐘の音(ね)はゆるやかな波動を起し、麓(ふもと)のはうから昇つてくる夕闇を、それが四方に押しゆるがして拡げてゆくやうに思はれる。その重々しい音のたゆたひは、時を告げるよりもむしろ、時を忽ち溶解して、久遠のなかへ運んでゆく。

「行為」と、行為をめぐる「儀式」

中条省平が指摘しているように、一篇のなかで夕焼けの海のイマージュは、およそ「物語のエコノミーや小説的効果を犠牲にするかたちで反復される」。短篇中の夕焼けは『金閣寺』の主人公の少年がとおい過去に目にした「比びない壮麗な夕焼け」ととなり合い、響きあっているわけである。それは奇蹟の訪れを待ち、だが奇蹟は訪れない、という切実な感覚の表象なのである。けっして到来することのない奇蹟を、みずから引きよせようとした行為こそが、金閣寺への放火なのであった（中条、前掲書）。

しかし、そのような行為がそもそもありうるのだろうか。認識の隘路(あいろ)を切りひらき、世界を破壊し、世界を破壊することでそれを再建するような行為、あるいは行為が、すくなくとも認識の深みとたがいに測りあうほどの瞬間が到来することは可能なのだろうか。すこしばかり時間を跨ぎこしてもうひとつだけ、昭和四十（一九六五）年の「文藝春秋」の新年号に発表された短篇を取りあげておきたい。「月澹荘綺譚(げつたんそうきたん)」と題された、これも漱(すす)ぎきれず苦いあと味をのこす一篇である。

「私」はあるとき下田沖西島にわたり、当地にある「大澤侯爵家」のかつての別荘「月澹荘」にかんする綺譚をひとりの老人（勝造）から聞きだした。勝造は若主人「照茂」の遊び相手であったが、照茂は「行為は必ず、人に命じてやら」せ、じぶんは「ただ、じつと静かに見て、たのし」むという性癖をもっていた。ある夏のこと照茂は勝造に、島のむすめ「君江」を犯すことを命じる。君江には発達遅滞の気味があり、そのときも無心に茱萸の実をつんでいたのだった。照茂はいつもとかわらず安全な場所から、あたかも水棲動物の生態を観察するかのようにようすを眺めていた。つぎの夏、美しい新妻をつれて別荘を訪れた照茂は、スケッチに出かけると言いおいたまま、岩のあいだで頭部を砕かれ死んでいた。君江に殺されたのである。「どうして君江がやつたこととわかつたのですか」と問うた私に、勝造は「それはすぐにわかりました」と答えた。「少くとも私にはすぐにわかりました。殿様の屍体からは両眼がゑぐられて、そのうつろに夏茱萸の実がぎつしり詰め込んであつたのです」。

　発表時、山本健吉はこれを「単純な性倒錯者の話」と読み、「「綺譚」の背後に人生が皆無である」と解した（山本、前掲書）。江藤淳も、おなじ月の「新潮」に発表された「三熊野詣」とならべ取りあげて、「いずれも巧緻をきわめた作品であるが、読後に妙に物足りぬものが残る」と評している。江藤は、一篇のうちに小説家にとっての「転機」を見てとったうえで、「三島氏はあるいは行為者となることに一方の活路を求めようとしているのかも知れない」と書いた。つづく一文が、文学者が向かってゆくみちすじとその困難を不気味なほど精確に予言している。だがしかし「ここに描かれた行為は、行為というよりは行為に関する儀式にすぎない」（江藤『全文芸時評』上巻）。

見ることはひとつの行為であり、認識のうちにはすでに行為がはらまれている。認識と行為とのあいだに単純な二元論はなりたたない。儀礼はもとより、行為として認知されうる典型的な行為であるだろう。作家が作品から抜けだして、端的に行為しようとするとき、表現のそとで成立すべき行為はどのようなものとなるだろうか。

すこしだけ、さきをいそぎすぎたようである。『金閣寺』以後に作家のうえに流れていった時間に立ちもどり、また三島にとって主要な長篇作品の系列に立ちかえってゆくことにしよう。

小説家の結婚

現時点からふりかえるなら、昭和三十一（一九五六）年は、小説家にとって最初の頂点となった年である。『金閣寺』は出版されるや、一般読者のあいだでも『潮騒』以上の評判をよぶ。エンターテイメント小説の系列でも『永すぎた春』がひろく迎えられ、数多い戯曲のなかで人気のたかい「鹿鳴館」が上演されたのもこの年である。おなじ三十一年には『近代能楽集』が出版され、『潮騒』が英訳されている。いくらかの曲折をへて、『近代能楽集』もやがてそのすべてが英訳され、それをひとつの機縁として、クノップ社の招きに応じるかたちで、三島は翌年ふたたびニューヨークを訪問している。ニューヨークタイムズのインタビューを受けたあと、小説家は、ドナルド・キーンに「ニューヨークで有名になるには、どうすればいいのかな」と尋ねた（キーン『自伝』）。ニューヨークではじぶんがまったく無名の作家にすぎないことにショックを受けたからであるが、おなじエピソードはまた、当時の三島が、日本国内ではすでにどれほどスターであり、またスターとしてふるまっていたかをも、うらがえして証言している。

　女性関係という面でも、さかのぼれば『仮面の告白』の成功いらい若い人気作家の身辺はにわかに華やいでいた。由紀夫が溺愛した妹の美津子は終戦直後に病死していたが、同級生であった某女が、三島の実家に倭文重を訪問し、その話し相手ともなっている。同女はすでに結婚していたけれども、亡き級友の兄とのあいだに、虚実いずれともさだかではない、いくらかの感情のやりとりが生じたと言われている。昭和二十六（一九五一）年には、軽井沢で公職追放中の身をもてあましていた岸田國士（くにお）（一八九〇～一九五四年）をたずね、そのむすめと出会っていた。のちに女優となる、岸田今日子である。ただし、今日子とのあいだがらは仲の良い兄妹めいたもので、男女のさかいを超えた友情という意味では、有名な湯浅あつ子との関係とも似かよっていた。あつ子は某女の姉、容姿は宝塚の男役のようであったともいわれ、伝えられているところ、「鏡子」のモデルのひとりである。軽井沢には鹿島一族の別荘もあって、三島はおなじころに鹿島守之助の三女とも知りあい、いくたびかのデートもかさねている。料亭の令嬢との付きあいについては、さきにふれた（本書、一三〇頁）。令嬢はおそらく三島にとってはじめての女性経験の相手ともなったが、当時の小説家の作品のそこかしこにも、いくらかの影を落していた。こういった消息については、おなじ箇所で挙げておいた岩下尚史の著書であらためてよく知られるようになり、またいくたびか言及した猪瀬直樹の調査でも詳しく説かれている。本書では、そうした私生活上の細部にこれ以上たち入ることはしない。ただ一点、小説家の結婚をめぐる経緯にかんしてだけ簡単にふれておく。

父の梓はいかにも常識人らしく、とりわけ次男の千之が所帯を持っていらい、長男の結婚に執心していた。昭和三十三（一九五八）年の一月には、梓は、学習院の同窓会などもつうじて、むすこの結婚相手を〝物色〟している。おなじ年の三月、知人が杉山瑤子という二十一歳の女性の写真を持ちこんできた。日本画家の杉山寧（やすし）のむすめである。いくらかの曲折がありながらも、三島由紀夫が結婚をいそぎ、じっさい同年の六月には、川端夫妻を媒酌人として結婚式を挙げるにいたったのは、おなじく三月に、母親の倭文重が悪性腫瘍と誤診されて、入院したためである。その年、雑誌「新潮」に連載されていた作家の日記から、結婚式当日の記事を引く。

六月一日（日）

快晴の暑い一日がをはつて、湘南電車の空いた車内におちつくと、重なつた疲労が一ぺんにおしよせて、ほつとする代りに、持参のサンドウヰッチを食べる食慾もない。「新婚旅行の汽車が駅を出ると、はじめてほつとしますぜ」ときのふ床屋が言つたのは本当だ。結婚披露宴が済むまでの心労といふものはまことに大変なものだ。これだけは味はつてみないことにはわからない。

ところがまだあつた。某グラフ誌の写真班がこつそり同乗してゐて、品川まで又ぞろ写真をとられた。かれらは品川で降りた。ところがまだある。大磯へ着く直前、突如、福田恆存（つねあり）氏夫妻があらはれて、仮眠中のわれわれを起し、「さつきからずつと隣りの席で様子を見てゐた」

と厭味を言つた末、大磯でさつさと降りてしまふ。（『裸体と衣裳』）

もとより公表が予定された日録であって、読みかたのむずかしいところであるかもしれないけれども、三島はまずまずふつうに、仕合せな新郎を演じている。それはかならずしも、たんなる演技であったともかぎらないのではないだろうか。

『鏡子の家』の「失敗」

平岡瑤子は婚家の意向で結婚を機に女子大を中退して専業主婦となり、三島の文筆活動を支えた。夫の死後には、亡夫の書誌の編集、また遺作の整理・保存、故人の人格権の擁護にも尽力してゆく。昭和五十二（一九七七）年に、新右翼の数名が経団連襲撃事件を起こしたさい、実行グループに楯の会の元会員がふくまれていたこともあって、投降の説得に駆りだされている。一件については、一般に野村秋介が中心人物であったと考えられているとはいえ、ほんとうは野村はいわば見届け役であって、むしろ二名の元・楯の会会員の若者が、三島のあとを追って自決しないよう、現場に居合わせただけであるとも言われている。野村秋介そのひとは俳人としても知られ、その代表作とされる句のひとつに「憂憤を秘めてさみしき冬の虹」がある（鈴木邦男『遺魂　三島由紀夫と野村秋介の軌跡』）。なお三島の死後、第一次全集が企画されたさい装丁を担当したのは岳父の寧であり、三島自身は全集への収録を望んでいた映画「憂国」のテープが除外されたのは瑤子夫人のつよい反対によるものだった。夫人の死後に刊行された第二次全集になってはじめて、ＤＶＤ版「憂国」が全集に収録されることになる。

先ほど引いた『裸体と衣裳』は昭和三十三（一九五八）年二月十七日の記事からはじまる。三月十日の記述には「晴。午後からの暖かさは蜜のやうである」とあって、つづけて「毎日、書下ろし長篇「鏡子の家」を書き出さうと思ひながら、なかなか怖くて書き出せない」としるされて、小説の冒頭部の描写のため、勝鬨橋（かちどきばし）あたりに取材に出むいたむねが記録されている。私生活の面で結婚が大きな転機となったこの年は、作家生活のありかたからするならば、翌年にかけて『鏡子の家』の完成にむけて捧げられた季節なのであった。「みんな欠伸をしてゐた」という有名な書きだしにはじまる長篇は、じっさいそのあと勝鬨橋の開閉のようすを描いて、物語のプロローグとしている。「みんな欠伸をしてゐた」という気だるげなさまは、「友永鏡子」の家にあつまる者たちの倦怠感と時代の閉塞感とを等分にしるしづけていた。

四谷にある鏡子の家を社交場がわりとして、そこにつどっていた主なメンバーは商社員の「杉本清一郎」、学生ボクサーの「深井峻吉」、俳優志望の「舟木収」、画家の「山形夏雄」の、四人からなる。四人のまえで勝鬨橋が上り、鉄板が垂直になり、そのうえを一羽の鷗が飛んだ。「……かうして四人のゆくてには、はからずも大きな鉄の塀が立ちふさがつてしまつた」。——全篇の主題を暗示するシンボルというには、あまりにわかりやすい暗喩である。私生活でも転機をむかえた三島由紀夫が、ほとんどみずからの作家生命を賭けようとするほどに力を入れて執筆した長篇は、その冒頭部に見られるこうした欠点をいたるところで露呈してゆく。そのかぎりで、発表当初から多くの評者が指弾していたように、この一大長篇はいずれ失敗作と言わざるをえない。

　しかし四人が四人とも、言はず語らずのうちに感じてゐた。われわれは壁の前に立つてゐる四人なんだと。

　それが時代の壁であるか、社会の壁であるかわからない。いづれにしろ、彼らの少年期にはこんな壁はすつかり瓦解して、明るい外光のうちに、どこまでも瓦礫がつづいてゐたのである。日は瓦礫の地平線から昇り、そこへ沈んだ。（中略）

『俺はその壁をぶち割つてやるんだ』と峻吉は拳を握つて思つてゐた。

『僕はその壁を鏡に変へてしまふだらう』と収は怠惰な気持で思つた。

『僕はとにかくその壁に描くんだ。壁が風景や花々の壁画に変つてしまへば』と夏雄は熱烈に考へた。

　そして清一郎の考へてゐたことはかうである。

『俺はその壁になるんだ。俺がその壁自体に化けてしまふことだ』

『鏡子の家』と作家の転機　作家は、戦争の傷跡を隠し、戦後の混乱を乗り越えて、相対的な安定期に入った時代に苛立っていた。それにしても、右に引用した部分は、小説中の一節としては許容しうる限度を超えて弛緩している。それは作品の内部にあらわれるべき表現ではなく、ほとんど小説を構想する段階のメモの一頁、あるいは戯曲のシノプシスとしてだけ許される文章であるにすぎない。三島ほどの作家がなぜ気づかなかったのか、およそ不可解ですらある。

それでも『鏡子の家』には、三島由紀夫の当時の思考と生活とを映しだして、興味をひく部分がないわけではない。たとえば画家の夏雄の苦悩のいくらかに、『金閣寺』を書きおえたあとの作家自身の煩悶（はんもん）が移しいれられている。清一郎の説いてやまないニヒリズムは、おなじ小説が問題にした世界の虚無を日常のなかへと繰りのべたものであり、やがてボディビルに凝ることになる俳優のナルシシズムは、確実に文学者の性格の一部から発したものだ。ボクサーの峻吉がプロデビューを飾る一戦の叙述にはまた、三島が一時期のめりこんだボクシングの経験が活かされている。

　彼の足は、しかし滑らかに動いてゐた。左へ左へと踏み込む足に、右足は軽やかに従つた。おそろしく静かで、このまますべてが停止してしまふやうに思はれた。南がワン・ツーを出した。絹づれのやうな息の音を立てて。

　峻吉はすぐ間近の相手の肉体をとほして、非常に遠く星のやうに遠く見える相手の存在へむかつて、そのおよそ無限の距離を突き進んで行かうとする。左のストレイトが相手の眉間に当つた。それがたしかにウェイトのかかつたパンチだつたと思ふ間（ま）に、自分の右の顳顬（テムプル）を打たれた。打たれた瞬間に、左へサイド・ステップを切つてゐた。思はずとつておきの左フックを、腰のひねりをきかせて打つた。フックは相手の鳩尾（みぞおち）に見事に決つた。

せまいリングのなかで闘っている相手の存在そのものが「非常に遠く星のやうに遠く見え」て、「およそ無限の距離」を距てているかに思えるという描写には、みずからスパーリングをこころみたときの実感が籠められているだろう。それぱかりではない。体験にもとづいて小説中の一場面を構成する技法には、やはり練達の作家の手腕が垣間みられる。右に引いた一節では、それは作品中の時間を独特なかたちで操作する文体にあらわれていた。

「左へ左へと踏み込む」左足に右足がしたがっているとき、作中の時間はふつうに流れている。相手（南）がワン・ツー・パンチを出してくる直前、時間がいったんはほとんど停止して、峻吉がこめかみを打たれて、みぞおちを打ちかえすまでの時間は、極端にゆっくりと流れてゆく。おなじ箇所を引きながら、菅原克也が分析しているように、この手法は「映画のスローモーション」にも似た効果を生む「時間の延引」というテクニックなのである（『小説のしくみ』）。

『鏡子の家』と、ニューヨークの影

作品としては失敗している『鏡子の家』には、ある意味でたしかに、文学者としての三島由紀夫の成熟のさまが、その他の箇所にもみとめられないわけではない。もう一箇所だけ、小説的な興味を引く一節をとり上げておこう。清一郎の妻となって、ニューヨークに渡った「藤子」が「フランク」と不倫関係に陥る直前の、街の描写である。

> 六番街へ出て上つてゆくと、ゆくてに中央公園の木立の末枯(うらが)れが見える。それが雨に煙つて模糊(もこ)として見えるのである。
> この土地の人たちに倣(なら)つて、藤子は早くもアストラカンの襟のついた冬のコートを着て、枯葉色が明るく透ける傘をさしてゐた。その傘のおかげで、自分の頭上だけ、明るい雨が降つてゐるやうな気がいくらかする。
> このあたりは五番街と打つて変つて、目星(めぼ)しい商店もなく、美しい飾窓もない。窓に金箔で店名を半月形に描いた古風な店の軒先には、畳み込まれた日覆の一端が外れて、そこから漏斗(ろうと)のやうに雨が流れ落ちてゐる。

早すぎる寒さ、繁華街をはずれた通りの風情、冷たい雨、うらぶれた店。せめてじぶんの頭上にかぎり「明るい雨」が降るとでも思わなければ耐えがたいほどの、見ず知らずのひとびとに囲まれた都会の孤独。このあとには「つかのまの話相手」を求めて東洋人に声をかける、孤独な老婦人が登場する。「紐育(ニューヨーク)にはどれだけかうして、話相手を必死に探してゐる人たちがゐることだらう」。

書き割りめいた舞台のうえで作者の傀儡(くぐつ)にしか見えない人物たちが往来する物語のなかで、作者自身がかつて合衆国の大都会で味わった孤独を苦く反復することばが、わずかに小説の一場面中できわだっている。佐藤秀明によれば、そしてニューヨークの孤独こそ、そもそも三島由紀夫に結婚を決意させた経験であったことになる（『三島由紀夫 人と文学』）。

ユートピア小説の系譜──『美しい星』と『午後の曳航』

『鏡子の家』と三島の転機

勢いこんで取りくんだ『鏡子の家』を書きあげた直後に、小説家は「さて、筆を擱(お)くと、思つたほどの喜びがない。一種の哀切の感だけがあつて、躍動する喜びはない」と日録にしるした（『裸体と衣裳』）。哀切の感は一方では出口なしのニヒリズムを描くことになった一篇の内容にも由来するものだろうが、作者自身が囚われた不全感は他方、不吉な予兆ともなって、作品は思わぬ不評に迎えられることになった。昭和三十四（一九五九）年の時評を締めくくって平野謙が、三島の長篇を、佐多稲子（一九〇四～一九九八年）『歯車』、武田泰淳『貴族の階段』とならべて、「これらの長篇は、おおざっぱにいって、現代史にいどみかかる作者の野心的な意欲のために、みな作品として破綻したところがある」としるしたあたりが、現在の目からみて公平な評価といってもよいだろう（平野、前掲書）。

　後年、富岡多恵子と小倉千加子とが、一作には「ノッノッ」した（もてあました）と口をそろえたのに対して、上野千鶴子が、長篇はたんなる「寓話」であることをみとめながらも、「同時代の気分」をとらえたそのこころみを再評価しようとした（上野他、前掲書）。あるいは澁澤龍彦と出口裕弘(ゆうこう)のふたりが『鏡子の家』の一般的評価を確認したあとで、「でも、僕は好きだね」「おれも好きだよ」と言いかわしている（澁澤、前掲『三島由紀夫おぼえがき』）。
とはいえその当時、三島自身にも不評が堪えたらしく、川端康成に「足かけ二年がかりの「鏡子の家」が大失敗といふ世評に決りましたので、いい加減イヤになりました」、と訴えていた（昭和三十四年十二月十八日づけ、川端宛て）。村松剛に対しては「だれも気がついてくれなかったのだよ、ぼくのしようとしたことを」と愚痴を零していたという（村松、前掲書）。さきに大島渚との対談についてふれておいたけれど（本書、一〇三頁）、そのおりにも畑ちがいの気やすさからか、あらためて以下のように嘆いている。——ちなみに対論が実現したのは昭和四十二（一九六七）年、『鏡子の家』出版の八年後、自決の三年まえのことである。おなじ年『豊饒の海』第二部『奔馬』が発表され、小説家は自衛隊への体験入隊をこころみていた。

『鏡子の家』でね、僕そんな事いうと恥だけど、あれで皆に非常に解ってほしかったんですよ。それで、自分は今川の中に赤ん坊を捨てようとしていると、皆とめないかというんで橋の上に立ってるんですよ。誰もとめに来てくれなかった。それで絶望して川の中に赤ん坊投げこんでそれでもうおしまいですよ。僕はもう。あれはすんだことだ。まだ逮捕されない。だから今度は逮捕されるようにいろいろやってるんですよ。しかしその時の文壇の冷たさってなかったですよ。僕が赤ん坊捨てようとしてるのに誰もふり向きもしなかった。

三島自身がつづけてみとめているように、これも「愚痴」にすぎまい。とはいえ三島そのひとがくりかえしているとおり、作者の「痛切な気持ちはそう」なのだった。年少の映画監督にむかって小説家は、発言をこうむすんでいる。「それから狂っちゃったんでしょうね、きっと」。

対話の場を提供した料亭の女主人は、やりとりを「大島さんの方が年上みたい」と評した。大島渚も書いているとおり、渾身（こんしん）の大作に対する世評の低さが、三島由紀夫にとってはひとつの転機となってしまう（大島、前掲書）。


「鏡子の家」が閉じたあと　「鏡子」は犬好きの夫を遠ざけて、その家を若者たちのサロンとしていた。三人の若者たちがそれぞれに挫折して、画家の「夏雄」がひとりメキシコ行を告げた数日後に、夫が家にもどってくる。長篇の末尾を引く。「玄関の扉があいた。ついで客間のドアが、おそろしい勢ひで開け放たれた」。音におどろいて、鏡子はふりむく。「七疋のシェパァドとグレートデンが、一度きに鎖を解かれて、ドアから一せいに駈け入つて来た。あたりは犬の咆哮（ほうこう）にとどろき、ひろい客間はたちまち犬の匂ひに充たされた」。玄関がひらき、客間の扉が開けられて、作品中の「鏡子の家」は閉じてしまう。やがて訪れるものはただの日常、「鏡子」にとっても『鏡子の家』の作者にとっても呪詛（じゅそ）すべき、たんなる日常である。

『鏡子の家』は発表時、批評家たちによってほぼ全否定にひとしい評価がくだされたとはいえ、昭和三十四年九月の公刊からおよそひと月のあいだでそれでも十五万部の売り上げをみせている。

安保の年、昭和三十五（一九六〇）年には『宴のあと』が雑誌「中央公論」に連載されたが、いくたびかふれたとおり、長篇は民事訴訟をも引きおこす。昭和三十七年に刊行された『美しい星』が二万部、翌年の『午後の曳航』は、小説家の傑作のひとつに数えいれられることもあるけれども、五万部にとどまった。これも言いおよんだことがある『絹と明察』（一九六四年）は増刷もふくめ、ついに二万部にもとどかない。まるで『鏡子の家』の不評に呪われでもしたかのように、「以降の三島は明らかに運気が傾いた」（猪瀬、前掲書）のである。

そればかりではない。昭和三十八年、なおお屠蘇気分も抜けきらない一月中旬に、芥川比呂志、岸田今日子らがとつぜん文学座を脱退して、一座は分裂する。三島にとってはまったく寝耳に水のできごとだった。その間、福田恆存は三島外しのために、きわめて政治的にふるまったといわれている。パリ滞在期いらいの親友、黛敏郎と訣別したのもおなじころのことである。三島を傷つける事件はつづいた。昭和四十（一九六五）年の二月、作家はジョン・ネイスンに『絹と明察』を英訳する気はないか、と問いあわせる。ネイスンは『午後の曳航』を訳しおえたばかりであった。だがネイスンには「翻訳の仕事を続けるのに必要な熱意を持つこと」ができなかった。それればかりではない。小説家が信頼していた、この三島文学の英訳者は、すでに大江健三郎の『個人的な体験』の翻訳にとりかかっている。三島邸でふたりは話しあい、ネイスンのがわはじぶんの不決断と不正直を悔いながらも、三島に赦され、信頼も恢復されたと思いこんだ。ネイスンは回想している。「その後再び三島からは何の音沙汰もなかった。六箇月後の昭和四十一年五月、私がアメリカに帰る直前、ただ一度逢ったきりである」。以下の記述については、しょせんは一方の当事者の証言であることに、注意しておく必要があるところかもしれない。「私たちが最後に会ってから程ない頃、三島は一群の作家たちに私のことを「左翼に誘惑された与太者」であるといった。三島の私に対する感情の底には、大江に対する感情もかなり流れ込んでいたことを暗示している」（ネイスン、前掲書）。

『宴のあと』と『絹と明察』

ここではとりわけ、『美しい星』と『午後の曳航』をとり上げておきたいけれども、そのまえに『宴のあと』と『絹と明察』とをめぐってひとことだけふれておく。

前章の冒頭でも浅田次郎の証言を挙げておいたように、三島由紀夫には「時代の知的シンボルであり、同時に知的アイドル」であったという面がある。三島はその才能ばかりではなく、その学識においても教養にあっても、同時代の作家たちから抜きんでたところがあったのである。とはいえ考えてみれば、この小説家が教養人や知識人をとり上げて、主要な登場人物に据えたことは、案外すくない。高級料亭「雪後庵」の女主人「かづ」と結婚することになる、『宴のあと』の「野口」、政財界の黒幕でありながら、ハイデガーの愛読者として造型されている、『絹と明察』の「岡野」のふたりが、数多くはないその例外である。

雪後庵でひらかれた元外交官たちのいわば「クラス会」で、野口はひとり往昔を語らず、むしろ「もう過去の話はよしにしようよ。われわれはまだ若いんだから」と水をさした。かづは、そんな野口に惹かれ、やがて野口宅を訪ねるようになる。「野口の書斎の棚は洋書に充たされ、自分の読めない言葉にかづは敬意を抱いた」。かづは無邪気に、元外交官に尋ねる。「これをみんなお読みになつたんですか」。野口は即答した。「ああ、殆んど読んだ」。噛みあうような、噛みあわないような会話がつづく。「中には怪しげな御本もあるんでせう」。「さういふものは一冊もない」。かづは、心底驚いてしまった。「知的なものが知的なものだけで成立つてゐる世界は、彼女の理解の外にあつた」からである。かづには「野口のしやつちよこ張つた身の処し方そのものが、云はうやうなく神秘で魅力あるものに思はれてくる」のだった。

岡野はかつて、フライブルクでハイデガーに学んだことがある。ハイデガーそのひとは、すでに『存在と時間』を公刊し、たほうナチズムへの傾倒の度を深めていた。戦後も岡野は、ハイデガーの新著をドイツから取りよせ、そのヘルダーリン論を読んでからは詩人の愛好者ともなっている。駒沢紡績をめぐる秘密の工作のさなか、岡野は旧知の哲学研究者の著作を手にとった。

> 車中、岡野はむかし聖戦哲学研究所の所員であつた哲学者が、最近あらはした「ハイデッガーと恍惚」といふ本を読んだ。これはかなり奇抜な本で、読むにつれて著者のハイデッガー解釈の独自なロマン派的構想があきらかになつた。
>
> ハイデッガーのいはゆる「実存（エクジステンツ）」の本質は時間性にあり、それは本来「脱自的」であつて、実存は時間性の「脱自（エクスターゼ）」の中にある、と説かれてゐるが、エクスターゼは本来、ギリシア語の

エクスタテイコン（自己から外へ出てゐる）に発し、この概念こそ、実存（エクジステンツ）の概念と見合ふものである。つまり実存は、自己から外へ漂ひ出して、世界へひらかれて現実化され、そこの根源的時間性と一体化するのである。

この架空の著者はつづけてハイデガーを批判して、ナチズム支持を表明した哲学者は、そのような「脱自性（エクスターゼ）」をむりに「決意的有限的な時間性」とむすびつけてしまい、その結果として哲学者の「現実政治の誤認と、現実の歴史との混淆が生じた」と解いて、「むしろハイデッガーはこのエクスターゼを世界内へ企投することなく、藝術の問題から実存の本質を解明すべきであつた」と説いてゆく。岡野は、著者のこの理解に不快感を覚える。三島のハイデガー解釈が存外に精確であることがわかる。ちなみに岡野の感想はこうである。「著者は哲学といふものの危険な性質を、身にしみて感じたことがないんだらう。これに比べれば、一見危険で毒ありげな藝術なんかのはうが、ずつと安全な作業なのだ」。——三島の「野口」像には、知識人に対する揶揄の気もちが透けてみえていた。「岡野」の述懐のうちには、藝術への懐疑が仄みえる。

安部公房『壁』と『美しい星』 井上隆史は、『絹と明察』『美しい星』と戯曲「恋の帆影（ほかげ）」を「ハイデガー三部作」と名づけたうえで、小説家への哲学者の影響は「いくぶんアイロニカル」なものであるとも判定している（井上、前掲書）。たしかにそのとおりだろう。ここでは、安部公房からの刺戟について、簡単にふれておきたい。

安部の最初の作品は「旅は歩みおわった所から始めねばならぬ。墓と手を結んだ生誕の事を書かねばならぬ。何故に人間はかく在らねばならぬのか?」(『終りし道の標べに』真善美社版)、と書きおこされ、のちに「終った所から始めた旅に、終りはない。墓の中の誕生のことを語らねばならぬ。何故に人間はかく在らねばならぬのか?」とあらためられる。その処女作を埴谷雄高がたかく評価して、いっぽう「この実存的な言葉をさかんに使う作者がニーチェとハイデッガーを読んでるほかは、ヨーロッパ文学についてはニ三の作家を断片的にしか読まず、そして日本文学に至つてはまったく何も読んでいないこと」に驚いている(「安部公房のこと」)。資質においても教養にあっても、ある意味で対極的なこの同時代人を三島由紀夫は敬愛し、また好敵手として意識していた。

安部公房が作品集『壁』を刊行したのは、昭和二十六(一九五一)年のことである。巻頭に収められた中篇「S・カルマ氏の犯罪」は、とつぜん「名前」に逃げられてしまったおとこが、不条理な現実に翻弄され、やがてみずから「壁」へと変身する物語であった。冒頭部分を引いておく。


目を覚ましました。

朝、目を覚ますということは、いつもあることで、別に変ったことではありません。しかし、何が変なのでしょう?　何かしら変なのです。

そう思いながら、何が変なのかさっぱり分らないのは、やっぱり変なことだから、変なのだと思い……歯をみがき、顔を洗っても、相変らずますます変でした。
ためしに（と言っても、どうしてそんなことをためしてみる気になったのか、それもよく分らないのですが）大きなあくびをしてみました。するとその変な感じが忽ち胸のあたりに集中して、ぼくは胸がからっぽになったように感じました。

三島唯一のSF長篇である『美しい星』には、宇宙人でありながら、人類の破滅を救おうとする「大杉重一郎」とその家族、地球の破滅を画策する（やはりじぶんが宇宙人であると確信している）「羽黒真澄」とその一派が描かれる。後者が登場する場面を引いてみる。仙台市在住の羽黒真澄はふたりの仲間を待っていた。「羽黒は四十五歳になるこの地の大学の万年助教授で、法制史を講じてゐる。ひよわな体つき、蒼白い顔、まん丸の眼鏡をかけて、髪はまだ鐃多である。どこと謂つて人の心を惹くやうな特徴はない。学生たちの人気を盛り立てるやうなものは何もない」。場所は「薔薇園」である。みごとに整えられた花々をまえに、助教授は内語した。「人間どもが醜いのは、人間どもが決してその前頭葉から花を咲かすことがないのは、剪定をやらないからだ」。

『美しい星』は思想小説か？　三島は、ライバルが公けにし、石川淳の序文を得て一本にまとめた作品群に、大きな衝撃を受けたにちがいない。つとに人気作家ともなっている小説家が、つよく動かされたのは、そればかりではない。そのデビュー作からは想像もつかない、安部の軽妙でありながら詩的な文体についても、三島はショックを感じたはずである。
そう考えてみると、発表当時の諸家の評価は、いずれも的を逸したものと言わざるをえないことだろう。たとえば磯田光一は、いわゆる戦後文学と三島文学との差異を論じながら『美しい星』の特徴をとり出そうとして、「政治とエロスとの接点を通じて「思想」の劇を定着した作品」と解し、一篇を「斬新な政治小説」と呼んだ（磯田、前掲書）。あるいは奥野健男の場合ともなると、大杉と羽黒とのあいだの論争を読んで「ドストエフスキーの『カラマーゾフの兄弟』の「大審問官」の章を思い浮べた」（奥野、前掲書）。こんにちの目からみるなら、一方は近視眼的な評価軸にみずから欺罔された誤読であり、他方は歴史的遠近法を欠いた過剰な評価であると判定しなければならない。作品のうちに取りこまれているかにみえる、米ソ対立の危険や核戦争の危機といった背景は、三島にとって、あらたなこころみを浮かびあがらせる道具立てにすぎなかったことだろう。

地球なる一惑星に住める
　人間なる一種族ここに眠る。
彼らは嘘をつきつぱなしについた。
彼らは吉凶につけて花を飾つた。
彼らはよく小鳥を飼つた。
彼らは約束の時間にしばしば遅れた。

そして彼らはよく笑つた。
　ねがはくはとこしなへなる眠りの安らかならんことを

　大杉による人類への墓碑銘である。重一郎はこの「五つの美点、滅ぼすには惜しい五つの特質」のゆえに人類は救われてよいと主張する。人類は「吉凶につけて花を飾つた」。たとえばその美点の示すところは「この萎（しぼ）みやすい切花のふんだんな浪費によつて、彼らは幸福が瞬時であることは認めながら、同時に不幸も瞬時であつてほしいと望んだ」、ということである。また小鳥を飼うとは「空の飛翔を小さな籠の中に捕へること」であるけれども、「そのとき輝く空いつぱいにひろがつてゐた鳥ののびやかな航跡は折り畳まれ、見えない毛糸のやうに複雑にもつれて籠の中にわだかま」ったとはいえ、そうすることで人類は「小鳥の歌を純粋化」したのだ。――三島は思想小説を書こうとしたのではない。由紀夫が織りあげたかったのは、一篇のポエジーなのである。

『午後の曳航』――もうひとつのユートピア小説

　『美しい星』は三島唯一のSF長篇である、と言っておいた。しかしそれは、SFというよりはむしろユートピア小説であり、小説というよりもむしろ一箇の抒情詩である。おなじように、一見したところジュブナイルめいた作品である『午後の曳航』もまた一篇のユートピア小説であり、そこに見られるものは夢ととなり合った詩情であるように思われる。

主人公の少年「登」は十三歳の中学生で、母の「房子」と横浜山手にふたりで暮らしている。母は三十三歳、五年まえに連れ合いに死なれ、元町で船来洋品店を経営していた。登は、じぶんたちを天才と信じてやまない少年グループの一員で、グループは「首領」と称するリーダーが統率している。ある日、登は造りつけのタンスの奥に覗き穴を発見して、房子の全裸を覗きみた。

それから登は見た、あの黒い領域を。それはどうしてもよく見えず、こんな努力のために登の眼尻（まなじり）は痛んできた。……彼はあらゆる猥褻な言葉を考へ出したが、言葉はどうしてもその叢（くさむら）の中へ分け入ることができなかつた。

友だちの言ふやうに、あれは可哀さうな空家（あきや）なんだらう。あれが空家であることと、彼自身の世界の空虚とは、どんな関係があるのだらう。

十三歳で登は、自分が天才であること、（これは彼の仲間うちみんなの確信だつた）、世界はいくつかの単純な記号と決定で出来上つてゐること、人間が生れるとから、死がしつかりと根を張つてゐて、われわれはそれに水をやつて育てるほかに術（すべ）を知らぬこと、生殖は虚構であり、従つて社会も虚構であること、父親や教師は、父親や教師であるといふだけで大罪を犯してゐること、などを確信してゐた。だから彼が八歳のときに父親が死んだのは、むしろ喜ばしい出来事であり、誇るべき事件だつた。

登の世界像は「首領」の思想から圧倒的影響を受けている。首領によれば「危険」とは流血沙汰や、事件や事故ではない。「本当の危険とは、生きてゐるといふそのことの他にはありやしない」。生とはそして「存在の単なる混乱」であり、だから「存在自体の不安といふものはないのに、生きることがそれを作り出す」。——世界は恣意的な記号と決定からなっていて、生そのものが存在の不安を創出する。これはこれで、いくらか魅力的な世界像ではないだろうか。それは、どこかハイデガーの匂いを残しながら、あるいはまた、三島由紀夫が平岡公威であった少年時代に懐いていた、世界の感触のなごりなのかもしれない。

ロマン主義の「報復」 夏休みのおわりに母と登は、二等航海士の「塚崎龍二」に案内され、貨物船「洛陽丸」を見学し、房子は後日、塚崎を夕食に招待する。その夜の情事を登は覗きみて、むしろ海のおとこへの崇敬の念をふかめ、龍二を英雄視するようにもなった。航海にでた塚崎は冬に帰国し、海を捨て房子たちと暮らすことを決心する。登の英雄崇拝は冷えきって、塚崎が父親としてふるまいはじめたことに強い嫌悪を感じ、「嘔気」すら催すようになる。

そもそも首領によれば、空っぽな世界のなかで「許しうるものは実はほんの僅か」であり、たとえば船とか海とかがその数すくない例外だった。「そんなごく少数の許しうるものが反逆を企てたら」、死刑を執行するほかはない。——

　景色は海へ近づくに従つて、遠近を押しちぢめられ、独特の、錆(さ)びた、悲しげな、錯綜した感じを深めた。赤錆びた機械類が、野ざらしになつて捨てられてゐる向うに、朱いろの起重機がゆるゆると頭を擡(もた)げてゐた。そのむかうはもう海で、防波堤の石積みの白さが際立ち、埋立工事の進んでゐる突端に、剥げた緑いろの浚渫(しゅんせつ)船が泊つて、黒煙をあげてゐた。

最期に龍二が目にした景色である。夏がおわって、季節はすでに冬、輝く海は卑俗なものどものかなたに、わずかに窺われるばかりである。光に充ちた風景は死にたえて、赤さびている。塚崎が生きた海が死に、登にとっても龍二こそがそれを象徴していた海は失われて、ロマンは終焉した。ユートピアはすがたを消し、あるいはあらかじめ不在の場所(ユートピア)であったことがあかされる。つまり、「ユートピア小説は必然に絶望小説たらざるを得ない」のだ（澁澤龍彦「『午後の曳航』」）。あるいはまた野口武彦のことばを借りていうなら、ロマンを廃棄してしまった者は「ロマン主義に報復されて死ぬ」。『午後の曳航』はロマン主義からの「報復」の物語なのであった（野口、前掲書）。

龍二は、陸に上がってしまったじぶんはすでに「危険な死」から拒まれ、「栄光」はつとに遠いと感じている。塚崎は少年たちが毒を仕込んだ紅茶をひといきに飲んだ。「飲んでから、ひどく苦かつたやうな気がした。誰も知るやうに、栄光の味は苦い」。ロマンを捨ててしまった者にとって、栄光は死と引きかえによってしか手にはいらない。三島はなにかを苦く確認しはじめていた。

第Ⅳ章…『豊饒の海』、あるいは時間と永遠とのはざま

（提供：amanaimages）

ガンジス河畔のベナレス（ヴァラナシ）

「本多」と三島は、このガンジスのほとりでみずからの理智をなかば棄てさり、輪廻転生を、というよりも、輪廻思想にふくまれる、特異な時間の観念を受容するにいたるのである。（本書、207頁）

ガンジスの流れのほとりにて――『暁の寺』の背景

ボディビルと、ビーフステーキ

嵐山光三郎『文人悪食』は、「食」という側面から、文豪たちのすがたとその文学とをとらえようとした名著である。一書は、「ビスケット先生」と副題が付された夏目漱石（一八六七～一九一六年）のエピソードからはじまり、三島由紀夫を論じておわる。三島をめぐる章の傍題は「店通ではあったが料理通ではなかった」というものだ。

そのころ、嵐山青年は平凡社の一編集者だった。ある日、取材で三島邸をたずねる。昭和四十四（一九六九）年、三島が自決する一年まえのことである。「ビクトリア朝風のコロニアル形式の造りで、三島氏が「悪者の家」とうそぶいていたバロック趣味の洋館であった。玄関のわきにあった石榴（ざくろ）の木が、ひび割れた果実をつけていた」。回想は、前日の取材にさかのぼる。

　自宅を訪問する前日は後楽園ジムでボディビルをするところを撮影した。カメラマンは石元泰博氏であった。三島氏は、撮影をする前に、バーベルを何度も持ちあげた。それを繰り返すと筋肉がパンパンに張ってくる。バーベルを持ちあげるたびに、水枕に水を注ぎ入れるような感じで胸がふくれてきた。

「今朝は四百グラムのビフテキを食べてきた。つけあわせはジャガイモ、玉蜀黍（とうもろこし）、それからサラダを馬の如く食べた」

と三島氏は言った。

「いつも、朝食はビフテキですか」

と聞きながらメモをとると、

「朝食といっても昼すぎに食べるのだ」

と乾いた声で言った。

嵐山は、帰社したのち資料をしらべる。三島由紀夫が各種の武道に凝っていることは知っていたものの、その身長は一五八センチほどで、それほど大量の食事を必要とするとも思われない。じっさい「私の健康」というエッセイによれば、作家の朝食は通常はトーストとコーヒーを中心としたごくふつうのものだった。その日は、ボディビルをするためにビフテキを食べてきたのである。

自宅で三島は「「意志」を塗りかためたガラス細工のような視線」を向けてくる。その目は光を発しているかのようだった。三島の愛読者でもあった、嵐山光三郎青年は緊張しきっていた。ロイヤル・コペンハーゲンの茶碗につがれた、フォーションの紅茶に手もでない。ひたすら「紅茶茶碗の表面で揺れ動く光と影を、三島氏の小説『暁の寺』に出てくるエキゾティックな心理モザイクを見る思いで見つめていた」。

『暁の寺』の物語から　『暁の寺』とは、三島由紀夫畢生の長篇となった『豊饒の海』第三巻の題名である。作品は二部にわかれ、第一部が、昭和四十三（一九六八）年の七月から翌年の四月にかけて、第二部は昭和四十五年、小説家の没年の二月までに執筆されている。物語の時間は昭和十六（一九四一）年、すなわち日米開戦のその年から戦後へとおよぶ。

四十七歳になり、弁護士としてのキャリアを積んだ「本多」は、国際訴訟にかかわって、シャム（タイ）のバンコクを訪れる。タイは第一巻『春の雪』に登場する王子とそのいとこの故郷、そこで本多が出遭ったのは、日本人の生まれ変わりであると主張する七歳の王女「ジン・ジャン」（月光姫）であった。帰国するとやがて日米開戦の報が流れ、戦時のつれづれを本多は輪廻転生の研究に費やす。第一部の末尾で本多は、ゆくりもなくかつて「聰子」に仕えていた老女、「蓼科」に遭遇した。貴重な卵を分けあたえた返礼に、老女は「大金色孔雀明王経」と題辞のしるされた和綴本を本多に手わたす。「焼址の空にひろがる夕焼雲」に孔雀の幻影がかさねられ、第一部が閉じる。

第二部は、敗戦をはさんで時間が飛んで、昭和二十七（一九五二）年の春から再開する。弁護士はすでに五十八歳、本多は明治以来ながくつづいた裁判をたまたま引きつぎ、勝訴して、巨万の富を得た。明治六（一八七三）年の地租改正にともない、入会地などの所有権をめぐり混乱が生じるなか、明治三十二（一八九九）年に公布された「国有土地森林原野下戻法」にもとづく民事訴訟である。本多は多額の金員と土地を手にし、御殿場に土地を購入して、別荘を建てた。別荘の隣人が「久松慶子」という富裕な婦人、そののち『天人五衰』の大団円直前にいたるまで、本多にとって気の置けない友人となる。別荘で本多が、来訪を待ちあぐねていた客は、ジン・ジャンであった。かつての幼い姫君も十八歳となり、留学で日本に滞在している。

　本多は、物語の時間のなかですでに老境に達している。再会したジン・ジャンは、幼時の記憶のすべてを忘れさっていたかわりに、南国の太陽を浴びて美しく健康な、また湿度を帯びて官能的でもある女性へと成長していた。本多は恋心を覚えたものの、ジン・ジャンのがわはこの老人を相手にしない。それでもようやく王女を別荘のプール開きに招いて、本多はジン・ジャンのすがたを、ゲスト・ルームを見とおす覗き穴から窺おうとした。目にはいったのは、慶子と愛を交わしている裸身のジン・ジャン、脇腹には三つの黒子（ほくろ）があった。黒子は、第一巻『春の雪』の主人公、本多の親友であった「清顕」いらい、転生のあかしである。ジン・ジャンはしかしほどなく帰国し、消息も途絶えてしまう。――そして十五年の時が流れた。昭和四十二（一九六七）年、すでに七十三歳となった本多は、とある晩餐会の席上、ジン・ジャンと見まがうばかりのタイの貴婦人と出会った。本多は婦人に、ジン・ジャンを知っているかと問いたずねる。「知つてゐるどころか、私の双生児の妹ですわ。もう亡くなりましたけれど」。第二部の末尾、したがってまた、『暁の寺』の大尾ともなる、ふしぎな一節を引いておく。

> 侍女の話では、ジン・ジャンは一人で庭へ出てゐた。真紅に煙る花をつけた鳳凰木の樹下に

ゐた。誰も庭にはゐなかつた筈なのに、そのあたりから、ジン・ジャンの笑ふ声がきこえた。遠くこれを聴いた侍女は、姫が一人で笑つてゐるのををかしく思つた。それは澄んだ幼ならしい笑ひ声で、青い日ざかりの空の下に弾(はじ)けた。笑ひが止んで、やや間(ま)があつて、鋭い悲鳴に変つた。侍女が駈けつけたとき、ジン・ジャンはコブラに腿を咬まれて倒れてゐた。

医師が来るまでに一時間かかつた。その間にみるみる筋肉の弛緩や運動失調があらはれ、睡気(ねむけ)と複視を訴へた。延髄麻痺や流涎が起り、呼吸はゆるく、脈は不整で迅(はや)くなつた。医師が着いたのは、すでにジン・ジャンが最後の痙攣を起して息絶えたあとであつた。

第一部で本多は、幼いジン・ジャン姫のピクニック行に同行している。月光姫ははだかで水浴びをし、マングローブの根本にあつまった小魚たちを見ては「喜びの声をあげ」、「たえず本多のはうへ笑ひかけ」ていた。女官に水をかけては叱られ、叱られてはまた水をかけて逃げる。ひろがる空の下、笑い声が弾け、褐色を帯びた水も弾けて、飛沫(しぶき)となるとき「澄み切つた滴(しづく)を散らした」。遠く、庭のかたすみから、ひとりでいるはずのジン・ジャンの笑い声が聞こえてくる。その笑い声はしかも「澄んだ幼ならしい」もので、読者はいやおうなく、その可憐な少女時代の挿話を想いおこす。時間が交錯し、過去と現在とが入れかわって、空間の奥行さえ歪んでいるかのような情景のなかで、ジン・ジャンは「清顕」とも「勲」ともおなじように、二十歳で生きおえた。

『暁の寺』の末尾は現実と非現実のあわいを描きとるかのようにむすばれて、印象ぶかいものである。第一部で語りだされたジン・ジャンとの出逢いを彩る風景は、たしかな取材に裏うちされた異国情緒をも漂わせて忘れがたく、第二部に登場する人物たちの何人かも、「慶子」をはじめとしてふしぎな魅力を放っている。とはいえ作品の全体は、物語としては奇妙なかたちで捻じれ、入りくみ、傑作と賞するのにためらわせるところがあるだろう。第二部についていえば、ジン・ジャンそのひとの描写に陰影がとぼしく、そのぶん魅力に欠けたヒロインとなってしまっている。他方ではとりわけ第一部の後半に登場する唯識論の説明が、通常の小説の読者の忍耐力を超えてながく、また難解であるが、重要な箇所でもあるので、のちに立ちかえってゆくことにする。ここでは作家の時間と作品の時間を、いったんはもとに戻しておくことにしたい。

『豊饒の海』の構想について

昭和四十三（一九六八）年の十一月に、三島由紀夫は、『春の雪』『奔馬』二巻の出版にさいし、業界誌「出版ニュース」に「私の近況」と題する小文を寄せている。一文によれば、三島が『豊饒の海』に取りくもうとしたのは「四、五年前から」、つまり昭和四十年のころからのこと、それは三島にとって「ライフ・ワークともいふべき大長篇」になるべく構想されて、「唯識論の哲学を基礎に、王朝文学の「浜松中納言物語」を下敷に、夢と生れかはりを基調にした四巻物の小説」となるはずであった。

おなじ小文によれば、三島はもともと全四巻を一挙に出版する心づもりであったようであるが、折りかえし点でいちどあたまを整理し、「心の滓」を取りのぞいて後半にむかうために、前半部を上木することにしたもようである。長篇執筆と二冊の出版の事情をめぐって、作家はいまひとたび翌年の二月には、新聞紙上で一文を発表している。——「小説「豊饒の海」の第一巻「春の雪」を書きはじめたのは、昭和四十年六月のことであるから、四年もまえになる」。つづけて小説家は、その直前のじぶんが「精神的な沈滞期」にあったとしるすし、一種のスランプ状態に陥っていたことをみとめている。さきに確認しておいたとおり（本書、一八三頁以下）、『鏡子の家』の不評以来、三島の作品は売れゆきがにぶり、個人的にも愉快ならざる事件もつづいていた。三島自身のしるす「沈滞期」は、そうした外的・内的な消息に応じたものでもあったことだろう。

さて昭和三十五年ごろから、私は、長い長い長い小説を、いよいよ書きはじめなければならぬと思つてゐた。しかし、いくら考へてみても、十九世紀以来の西欧の大長篇に比べて、それらとはちがつた、そして、全く別の存在理由のある大長篇といふものが思ひつかなかつた。第一、私はやたらに時間を追つてつづく年代記的な長篇には食傷してゐた。どこかで時間がジャンプし、個別の時間が個別の物語を形づくり、しかも全体が大きな円環をなすものがほしかつた。私は小説家になつて以来考へつづけてゐた「世界解釈の小説」が書きたかつたのである。幸ひにして私は日本人であり、幸ひにして輪廻の思想は身近にあつた。が、私の知つてゐた輪廻思想はきはめて未熟なものであつたから、数々の仏書（といふより仏教の入門書）を読んで勉強せねばならなかつた。その結果、私の求めてゐるものは唯識論にあり、なかんづく無着（むぢやく）の摂大乗論にあるといふ目安がついた。（「『豊饒の海』について」）

三島の死後、小説家はほんとうに輪廻転生を信じていたのか、がときに問題となった。右の一節を読むかぎりでは、輪廻思想はたんに、時間の飛躍をふくんだ一大長篇を可能にするための道具であったかにみえるし、唯識論への関心もむしろ小説の構想にともなって成熟していったものであるように思われる。やや結論を先どりするかたちでしるしておくならば、文学者にとって問題であったのは時間のある形式であって、畢生の大作の主題のひとつも、時間と、時間のすきまに垣間みえる永遠のすがたなのであった。――三島はしかも時間という問題に対して、ただ仏典と仏教研究書を学ぶことでかたちを与えていったわけではない。長篇小説がそのイデーをむすぶにいたる、作家の体験もまた存在していたように思われる。その体験はやがて整序されて一箇の経験となり、とりわけ『暁の寺』のなかに取りこまれていった。この件を見ておくにあたって、まずは前後する時期の作家をめぐる外的事情から、もういちど確認しておく必要がある。

ノーベル賞とインド経験　『豊饒の海』第一巻『春の雪』が、雑誌「新潮」誌上に連載されはじめたのは、昭和四十（一九六五）年九月のことである。おなじ月に小説家は、妻をともない、取材もかねた世界旅行に出発する。昭和四十二年の九月、十月にも文学者は、インド政府の招聘によってインドを旅行し、その帰途ラオスに、またふたたびタイにも立ち寄っていた。昭和四十年の旅行の前後には、三島がノーベル文学賞の候補となっていることをＡＰ電が報道し、昭和四十二年の十月にもＵＰＩによる同様な報道があって、この二度目のアジア行には国内の喧騒をのがれるという含みもあったようである。――よく知られた結末だけしるしておくと、ノーベル賞自体は昭和四十三（一九六八）年、川端康成が受賞した。三島はただちに鎌倉の川端邸をおとずれ、全身全霊をもって祝辞をささげる。その一方で親しい後輩には、「もし川端でなく俺が貰っていたら、日本の年功序列はガタガタになっていたろう」と洩らし、またつづけて「これでもう俺にノーベル賞の目はないよ。次に貰うのは大江だよ」と言っていた。後者の予言が的中したことは、周知のとおりである（高橋睦郎『在りし、在らまほしかりし三島由紀夫』）。

昭和四十二年のノーベル賞騒動のおりに、ちょうど特派員としてタイにいた徳岡孝夫が、作家と短かからざる時間を、親しくともに過ごしている。三島由紀夫は徳岡を相手にしてふと、じぶんには太宰治と似たところがたしかにある、と口にした。それは、もしかすると「ぼくはノーベル賞がほしいんだ」という告白だったのではないか、と編集者は、のちに振りかえっている（徳岡『五衰の人　三島由紀夫私記』）。昭和の初年、新設されたばかりの芥川賞をめぐる「太宰治の錯乱」（平野謙『昭和文学私論』）はよく知られている。繰りかえされた会話のなかで、徳岡の印象にとくに強く遺っているのはそのほかに、じぶんがインドを「ボロクソに」評したのに対して、三島がインドを誉めちぎったことであった。

徳岡孝夫との会話のひとつは、正規なインタビューとなって、毎日新聞の学芸ページに分載された（昭和四十二年十月二十、二十一日）。三島自身、インドにじっさいに出かけてみるまでは、「どうにもならん国だといふ印象」を抱いている。しかし、おなじ国をみずからの目でとらえて、印象は一変した。インドほどの「大きい国」が断乎として旧套墨守（きゅうとうぼくしゅ）しているさまは、たんなる現在の基準で測ることのできない「なにごとか」である、と文学者は感じたのだ（徳岡、前掲書）。

文明とか文化とかいふものの性格は長い目で見なければわからない。現代の世界では、どこからどう見ても近代化、西欧化を急ぐことが国家にとつて最大の要請であるといふことになつてゐます。だが、長い目で見るとインドのやうな行きかたは、きつと何かだと思ふ。そして、ぐわんこ（頑固）に一つの文化をかかへこんでゐるインド民族、その根ざしてゐるものがなにか、と考へると、それはやはり「自然」ですね。ベナレスでは、とりわけ、インド人が自然をどう考へてゐるかといふことがわかり、強烈な印象を受けました。それは荒々しい自然なんです。たとへばベナレスのバーニング・ガート（ガンジス河畔の火葬場）。死体を焼いてゐるそばで魚をとつてゐるし水浴もしてゐる。これほど強い印象はなかつた。

本多のインド経験について　インドとガンジスにかんしていえば、小説家自身の経験がほとんどそのまま作中人物の体験として反復されている。『暁の寺』の一場面がそれである。

本多をバンコクへと引きよせた事案は、「五井物産」からの依頼によるものだった。相手が訴訟を取りさげたことで一件が落着したのち、物産がわはお礼がてらの遊覧旅行を提案してくる。本多が向かったのが、インドはガンジス河畔のベナレス（現在いうヴァラナシ）なのであった。前頁のインタビュー中の表現と引きあわせてみよう。引用する。

> 　そこに水嵩もゆたかに湛へた黄土色の河こそはガンジスだつた！　カルカッタ〔現在のコルカタ〕で、真鍮の小さな薬罐に恭しく納められ、信者の額や生贄の額へわづかづつ注がれてゐた聖水は、今目前の大河になみなみと湛へられてゐた。それは神聖さの、信じられないほどの椀飯振舞なのであつた。
>
> 　病者も、健やかな者も、不具者も、瀕死の者も、ここでは等しく黄金の喜悦に充ちあふれてゐるのは理である。蠅も蛆も喜悦にまみれて肥り、印度人特有の厳粛な、曰くありげな人々の表情に、ほとんど無情と見分けのつかない敬虔さが漲つてゐるのも理である。本多はどうやつて自分の理智を、この烈しい夕陽、この悪臭、この微かな瘴気のやうな川風のなかへ融け込ませることができるかと疑つた。どこを歩いても祈りの唱和の声、鉦の音、物乞ひの声、病人の呻吟などが緻密に織り込まれたこの暑い毛織物のやうな夕方の空気のなかへ、身を没してゆくことができるかどうか疑はしい。本多はともすると、自分の理智が、彼一人が懐ろに秘めた匕首の刃のやうに、この完全な織物を引裂くのではないかと怖れた。

徳岡孝夫は、本多が犠牲ヤギの儀式をも目撃することに注目する。徳岡の見かたによるならば、「ベナレス」の「圧倒的な汚穢（おわい）」とともに作中に「死の氾濫」がおこる。作者のこころに死への「傾斜」がおこっていた（徳岡、前掲書）。生起しているのは、とはいえより精確に語るなら、生と死の混淆、過去と現在の混濁、有と無との交錯である。「本多」と三島は、このガンジスのほとりでみずからの理智をなかば棄てさり、輪廻転生を、というよりも、輪廻思想にふくまれる、特異な時間の観念を受容するにいたるのである。――ガンジスの流れが、ただちに輪廻を意味するわけではない。ヴァラナシの光景がそのまま転生を示唆するわけでもない。大河はやがて瀧の奔流となって、世界とその時間が、明滅する有と無の交替として捉えかえされるのだ。

阿頼耶識と迸る瀧　戦争中に本多が、輪廻転生の研究に従事したことについてはすでにふれた。「戦時中、本多は余暇を専ら輪廻転生の研究に充（あ）て、こんな時代錯誤の本を探し歩く喜びを味はつた」。そうしるされたあとで『暁の寺』第一部は、単行本にしておよそ二十五頁ほどの紙幅を、輪廻思想の説明に割いている。

叙述はまず西洋の輪廻転生説にはじまり、ピタゴラスの説からオルフェウス教団の存在へ、オルフェウス教からディオニュソス信仰へとさかのぼる。しばらくは近世初頭の異端説へと道草がつづき、ナーガセーナとミリンダ王との対話が紹介されたのち、難解な仏教経典の所説と「タイの幼い王女」の心象風景がかさねられて、三島にとっての輪廻思想の核心、阿頼耶識（あらやしき）説へと叙述はおよんでいった。「雨季ごとにあらゆる川は氾濫し、道と川筋、川筋と田の境界はたちまち失せ、道が川になり、川が道になるバンコック。あそこでは幼な心にも、夢の出水が起つて現（うつつ）を犯し、来世や過去世がその堤を破つて、この世を水びたしにしてしまふことが、めづらしくないに相違ない。しかも氾濫に涵（ひた）された田からは稲の青々とした葉先がのぞかれ、もとの川水も田水もおなじ太陽を浴び、おなじ積乱雲を映してゐる」。

世界は無でありうる。夢と現（うつつ）は交じりあい、存在と虚無が交錯する。覚醒時ひとは有から有へと移るいっぽう、睡眠は有と無とを往来させ、生死は有と無の「行き帰」そのものである。小説家が多くを学んだインド哲学者によれば、転生の発想をささえた経験は、夢見と現実、死と生をめぐるこの体験に原型をもつ（宇井伯壽『印度哲學史』）。しかし、と本多の理解はきわまってゆく。


　しかし世界は存在しなければならないのだ！

　従つて、阿頼耶識は滅びることがない。瀧のやうに、一瞬一瞬の水はことなる水ながら、不断に奔逸し激動してゐるのである。

　世界を存在せしめるために、かくて阿頼耶識は永遠に流れてゐる。

　世界はどうあつても存在しなければならないからだ！

　しかし、なぜ？

　なぜなら、迷界としての世界が存在することによつて、はじめて悟りへの機縁が齎らされるからである。(『暁の寺』)

唯識論をめぐる本多の理解が展開されるにあたり、いくたびも「世界は存在しなければならないのだ」という一句が繰りかえされる。その反復が、叙述に一種異様な緊張感を与えてゆく。一句が反芻されるのは心理的にいうと、三島が世界を否定しようとし、しかし世界破壊の衝動にみずから抗っているからだ。世界の必然的存在が繰りかえされるのはたほう論理的にいえば、世界そのものが一瞬の有と一瞬の無を反復して、存在しつづけているからである。この理路を心象として支持しているものが「不断に奔逸し激動して」いる世界、瀧としての時間のイメージにほかならない。

刹那滅と連続創造

唯識論へと立ちいるにさきだって、三島は議論の前提をこう確認していた。「大乗は、なかんづく唯識は、瞬時も迸り止まぬ激湍(げきたん)として、又、白くなだれ落ちる瀧として、この世界を解するのであつた。この世界の姿も瀧であるなら、この世界の根本原因も、その認識の根拠も瀧なのであつた。それは一瞬一瞬に生滅してゐる世界なのだ」(同前)。

刹那滅(せつなめつ)と呼ばれるこの発想が、大乗仏教にあってはいわゆる空観と密接にむすびあう。「刹那滅は種子(しゅうじ)が念々刻々に生滅して新陳代謝し、過去に滅し去り、現在に停らず、未来に未生であるから、即ち無自性であることを顕はして居る。無自性は即ち空である」(宇井『佛教汎論』)。西洋に類例をもとめるなら、トマスとデカルトをつなぐいわゆる連続創造説に当たることになるだろう。

世界が連続して存在しているかに見えるのは、じつは世界が不断の創造と破壊とを反復しているからである。存在者は、みずから存在するものと、他によって存在するものとに分かれる。後者は前者、つまり神によって存在している。他によって存在するものについては、かくして、「創造」と「保存」はおなじことである。存在者が存在しているのは、それが不断に創造されているからだ。破壊と創造とは同一のできごとであり、世界の有とはその無の裏面である（連続創造説については、拙著『西洋哲学史　近代から現代へ』を参照して頂きたい）。唯識の立場からするなら、阿頼耶識こそが、いっさいの識の根底にみずから存在する、世界の根拠にほかならない。

三島由紀夫は『春の雪』のほぼ末尾で、世親の『唯識三十頌』にふれていた。本多が清顕になりかわって、聰子との最期の面談を「門跡」に対して申しいれ、拒絶される場面である。『三十頌』では阿頼耶識にかんして、それが「恆に転ずること暴流のごとし」とある。世界は不断に明滅して、生成し、また消滅する。世界の存続をささえる阿頼耶識そのものは「水の激流するごとく、つねに相続転起して絶えることがない。この識こそは有情の総報の果体」である（『春の雪』）。本多は、門跡のことばを、あらためて想起した。「その識は瀧のやうに絶えることなく白い飛沫を散らして流れてゐる。つねに瀧は目前に見えるが、一瞬一瞬の水は同じではない。水はたえず相続転起して、流動し、繁吹を上げてゐる」（『暁の寺』）。阿頼耶識こそが究極の「種子」であって、刹那滅を可能とするもの、「体が生ずる其刹那に必ず滅して現行を生ずべき勝れた功力のあるもの」である（宇井、前掲書）。以上の消息を確認して、作品の時間を『春の雪』へとさかのぼっておこう。

ロマンの絶頂とロマンの終焉──『春の雪』とその世界

澁澤龍彦と三島由紀夫　澁澤龍彦はもともとサド研究で知られ、三島由紀夫との親交もサドの翻訳書の出版がきっかけとなっていた。澁澤最初の著書のうちには、サドの小伝「サド復活」が収録されているが、フランス革命の翌年、侯爵が解放されたことを報告したのち、伝記作家はつぎのように書きついでいる。

マルキ・ド・サドの生涯はここで終る。その後、身の置きどころを知らぬ肥満した老体を持ちあつかいながら、ふたたびパリの舗道におり立った人物は、もはやサドではない別の人間である。「私は眼と肺を失った。それに運動不足のため、ほとんど身動きも出来ないほどの肥満した体軀を得た。私の感覚はすべて消えてしまった」とサド自身が語っている。自由になった人間の第一歩とともに、旧世界のあらゆる残存物がみるみる音を立てて崩れ去った。サン・トオル修道院に身を寄せたサド夫人は、夫にふたたび会うことを拒み、バスチイユに残されたサドの私物や原稿についても、自分には責任が持てないことを明らかにした。この夫婦にとっては、自由の時が別離の時であった。（澁澤龍彦『サド復活』）

巖谷國士（いわやくにお）によれば、晩年の澁澤はじぶんの若書きのエッセイのもの硬さに嫌悪感を示していた。もっとも巖谷そのひとが指摘しているとおり「生硬」とはむしろ「昂揚」の別名であり、とりわけその処女作の魅力そのものであった、と見ることもできる（『澁澤龍彦考』）。三島はじぶんとは資質も文体も懸けはなれたこの年少者を可愛がり、また重宝して「この人がゐなかつたら、日本はどんなに淋しい国になるだらう」とまでしるしていた（「澁澤龍彦氏のこと」）。『暁の寺』に登場する、「今西康（やすし）」は、「戦争中は青春独乙（ドイツ）派を紹介し、戦後はいろんな文章を書き散らし、性の千年王国（ミレニアム）を夢みて」いるドイツ文学者であるが、そのモデルはフランス文学研究者の澁澤である。

三島の戯曲のうちでも、もっとも知られているもののひとつ、「サド侯爵夫人」が、澁澤龍彦によるサド伝にもとづく作品であることは、よく知られている。龍彦にとっても作家は「敬愛すべき先輩」であり「自分のよき理解者」なのであった（澁澤龍子、前掲書）。

三島の死後、澁澤はいくつか回顧的な文章を残しており、その多くは『三島由紀夫おぼえがき』に収められている。例外のひとつはバタイユ『エロティシズム』の「訳者あとがき」で、そのなかで龍彦は「それにしても、バタイユの『エロティシズム』を私の訳文で三島由紀夫氏に読んでもらいたかった。これが何より残念である」と書きそえていた。

バタイユの「まえがき」はつぎのようにはじまる。澁澤龍彦訳で引用しておこう。「人間精神は、最も驚くべき禁止命令にさらされている。たえず自分自身を怖れている。自分自身のエロティックな運動によって脅されているのである。聖女は怖ろしげに遊蕩児から顔をそむける。彼女は遊蕩児の恥ずべき情念（パッション）と、彼女自身の情念とが同一のものであることを知らないのである」。――禁忌（タブー）、あるいは禁止（injonction）は、それが禁忌であるがゆえに、同時に侵犯されつづける。禁止の侵犯こそもっともつよい誘惑であり、禁忌への畏怖は、かくてじぶん自身への恐怖にひとしい。かくてまた精神は、つねにじぶん自身を怖れている（avoir peur de lui-même）のだ。

バタイユによる右の一文はほとんど、三島由紀夫最晩年の傑作『春の雪』について、その背景のひとつを説明するものとなっている。エロティシズムとは「死にまで至る生の称揚」（l'approbation de la vie jusque dans la mort）であるというよく知られた定義を考えあわせるなら、澁澤訳のバタイユは、あたかも『豊饒の海』が書かれた意味を、『春の雪』から『奔馬』までを見わたすかたちで解きあかしているかのようである。

『春の雪』の世界へ

このことを、澁澤龍彦は、もちろんだれよりもよく認識していたにちがいない。じっさい、澁澤は三島の生前に『春の雪』と『奔馬』をあわせて書評したさい、「禁を犯すというところにエロティシズムの最高の妙諦がある、というのは有名なジョルジュ・バタイユの理論である。エロティシズムを軸として、明らかな陰画と陽画の関係を形づくっているのが、『春の雪』とそれに続く『奔馬』であろう」としるしていた（『三島由紀夫おぼえがき』）。いま『奔馬』についてはしばらく措き、『春の雪』の世界をまず問題としてゆこう。

昭和三十九（一九六四）年は東京オリンピックの年、翌四十年にかけての二年間は三島にとってさまざまな意味で節目ともなる季節であった。一年ほどまえの文学座の分裂騒動をうけて、三十九年の一月に劇団NLTが結成され、作家は顧問となっている。翌年の十一月に、NLTは紀伊國屋ホールで「サド侯爵夫人」を初演した。三十九年九月には、東京地裁でプライバシー裁判の判決がおり、敗訴した三島がわがただちに控訴するものの、翌四十年三月に原告の有田八郎が死去して、やがて和解がなりたつ。おなじ年の九月に瑤子夫人を同伴して、アメリカ、スウェーデン、タイ、カンボジアなどを歴訪し、その前後に三島がノーベル賞候補となっていることをAP電が報道した件については、すでにふれた。四月すえに映画「憂国」が完成したおなじ年の二月、三島は『春の雪』の取材で、はじめて奈良県の圓照寺を訪問している。「月修寺」のモデルである。

三島の残している訪問記が「出版ニュース」昭和四十四年七月下旬号に掲載されている。前後にはべつの尼寺も取材していると見える。すこし興味ぶかいところであるので、前半部分を引用しておこう（「「春の雪」について」）。

「春の雪」は、王朝文学と現代文学との伝統の接続を試みた点で、谷崎潤一郎氏の「細雪」といふ先蹤を持つ。大正時代といふ、意志薄弱な、抒情的な時代の開幕が、この小説の開幕と時を同じうするのは偶然ではない。私はもともと、現代では恋愛小説は不可能だとか、優雅な文学は不可能だとかいふ、あらゆるインテリ的情勢論を信じない性質（たち）であるから、以前は「潮騒」を書き、今また「春の雪」を書いただけのことである。

思ひ出しても面白いエピソードは、取材のために京都・奈良の尼寺を歴訪してゐたときのことである。ある尼寺で、高齢の尼門跡と会ひ、どんな話の筋かときかれて、宮様の許嫁になった恋人を犯して妊娠させ、そのため恋人は剃髪遁世し、自分は病歿する青年の話だと答へたところ、その尼僧が私の顔を疑はしげにじろじろと見つめた末、

「どこでそれをおききになりました」

ときかれた時のことである。これにはこつちがびつくりしたが、考へてみればありさうな話で、私の純然たる創作だと言つても信じてもらへなかつたのは無理もなかつた。

過去の浸食

べつの尼寺で三島は「春の淡雪のふる日に、奥まった一室で、美しい尼門跡」とも対面する。『春の雪』後半の「聰子」のイメージは、この尼僧とも重ねられているよし、また「松枝侯爵」邸のモデルは西郷従道の旧宅であるむねをしるしたのちに、三島由紀夫は「「春の雪」で、私は会話のはしばしにまで、古い上流階級の言葉の再現を企てた。あと十年もたてば、これらの言葉は全くの死語となるであらう」と一文をむすんでいる。

伊藤勝彦が『春の雪』は「三島が書いてきた恋愛小説の総決算という気がする」としるし、一篇が「戦後最高のロマンであると同時にロマンの終焉を告知する作品」であると認定していた（『最後のロマンティーク　三島由紀夫』）。作品を支えているのは「絶対の禁忌」であり、私たちにはいま

やもはや絶対の禁忌などありえないという意味では、あるいは伊藤の説くとおりかもしれない。とはいえ、およそ恋愛にあってひとは時間と永遠とのせめぎ合いに立ちあって、過ぎ去る瞬間のうちに永遠の影を見るかぎりで、ロマンはつねに恋愛とともに可能であるかもしれない。じっさい前節で見た「時間」という『豊饒の海』全篇のひとつの主題は、すでに『春の雪』の冒頭でその所在をおぼろげに告知していた。

『春の雪』の執筆期間は昭和四十年の六月から昭和四十一年の十一月まで、物語の時間は、明治末から流れはじめ、大正三（一九一四）年の早春で途絶えている。一篇は「学校で日露戦役の話が出たとき、松枝清顕は、もつとも親しい友だちの本多繁邦に、そのときのことをよくおぼえてゐるかときいてみたが、繁邦の記憶もあいまいで、提灯行列を見に門まで連れて出られたことを、かすかにおぼえてゐるだけであつた」とはじまる。わずかな記憶を補うかのように「日露戦役写真集」に言及され、とくにそのうちの一枚、「得利寺附近の戦死者の弔祭」と題されたセピア色の写真が話頭に登ってゆく。古びたその一枚が「かもし出す悲哀」の色が、長篇全体におよぶ独特な色調を予告しているかのようである。褪色した過去が、ゆえもなく現在を浸食しているのである。

「「時」のしたたり落ちてゆく音」　清顕がときに「さういふ悲しい滅入つた考へに、繊細な心をとらはれるには、その生れて育つた家は、ほとんど力を及ぼしてゐない」。父・侯爵は、清顕を幼時、堂上華族の「綾倉家」に預けていた。維新当時には下級武士にすぎなかった出自を愧じて、せめてむすこには貴族の雅を身につけさせようとしたからであった。たぐいまれな美少年でもある清顕はじぶんを「一族の岩乗な指に刺つた、毒のある小さな棘」、「優雅の棘」であるとも感じて、「全く無益な毒」であるとじぶんを考えている。

ともあれ、松枝侯爵邸は渋谷郊外に十四万坪の地所をしめ、級友の本多は週末にはしばしばその館を訪れていた。そんなある日、邸内の池でふたりでボートに乗っていたときのことである。繁邦は「中ノ島」まで漕ぎだすことを提案してみた。なにごとにも気がすすまない清顕は「行ってみてもつまらないよ」と答える。親友はさらに慫慂した。

「まあ、さう言はずに、行ってみようよ」

と本多は年相応の浮き立つた少年らしさを、漕いでゐる胸から出る活潑な声にあらはした。清顕は、耳には中ノ島の向う側の瀧の音をはるかに聴きながら、澱みと赤い反射のためによく見えぬ池の中へ目を凝らした。その中を鯉が泳ぎ、また水底の或る岩かげには鼈がひそんでゐることは知れてゐた。心には幼ないころの恐怖が、かすかに蘇つて、消えた。

日はうららかに射して、彼らの刈り上げた若々しい項に落ちた。静かな、何事もない、富み栄えた日曜日であつた。それといふのに、清顕は依然、水を充たした革袋のやうなこの世界の底に小さな穴があいてゐて、そこから一滴一滴「時」のしたたり落ちてゆく音を聴くやうに思つた。

見とおすことのできない池の水底に、かつておさない清顕を脅かした髑がひそんでいるように、時は錯綜して、過ぎ去ったものが現在を引きもどし、やがて到来することが現在へと影をおとしている。時はしかしなお流れて、生滅するそのすがたをあらわにしようとせず、ただ「したたり落ちてゆく」だけである。物語はいまだはじまらず、清顕にとっての至高の時もよどみのなかで微睡んでいたにすぎない。

いっぽう本多は有為な青年であり、有為な青年であろうとしていた。本多にとって、だから時間はただ零れおちてゆくものではない。本多はむしろ歴史にかかわろうとする。本多は意志の人間であり、すべて人間の意志とは歴史とかかわろうとする意志であるからだ。本多もまた、その意志が空しいものであることを知っている。じぶんがどれほど歴史にかかわり、世界を変容させようとしたとしても、世界はただ「百年、二百年、あるひは三百年後に」、本多とは「全く関係なく」、本多の夢のかたちをなぞることになるかもしれない。それはなにものの「成就」でもなく、歴史はただ形成し崩壊して、歴史にとって「形成と崩壊とは同じ意味」をもつにすぎないのである。

時がただしたたり落ちてゆくのは、清顕が優雅な無為のうちにいるからだ。「貴様はきつとひどく欲張りなんだ。欲張りは往々悲しげな様子をしてゐるよ」。本多は、無遠慮を装って断定する。じぶんは「何か決定的なもの」を求めていると清顕は答えた。決定的なものとは時間の流れを堰きとめるなにごとか、瞬間のうちに永遠をやどし、永遠を瞬間のなかに封じこめるなにものかとなるはずである。それは不断に明滅して、生成し、消滅する世界、「恆に転ずること暴流のごとし」（本書、二一〇頁）と言われる世界そのものと切りむすぶなにごとかでなければならない。「たえず相続転起して、流動し、繁吹を上げてゐる」（同頁）瀧の音は、いまはただ、中ノ島の向う側に聞えているだけであり、物語の種子は予感をひめて、なお発芽のときを待っている。歴史にかかわろうとする意志すらも超えた、なにか決定的なものがはじまるのを待っていたのである。

情熱の法則とその失効

物語の種子は、池をへだてたかなたの、庭のなかにすがたをあらわす。清顕の母に先導された客人たちのうちに、「何か刺繍のある淡い水色で、白砂の上でも、水のほとりでも、絹の光沢が、冷たく、夜明けの空の色のやうに耀う」着物をまとった若い女性が立ちまじっていた。綾倉家のひとりむすめ「聡子」である。

聡子は清顕より二歳年上の幼なじみで、清顕はかつて綾倉の家で聡子と姉弟のように育てられ、長じてからはまた心裡のうらを読みあいながら、いつでも相手に先を越される手ごわい恋の相手のように付きあっている。清顕は、つねに優位に立とうとする聡子の態度に業を煮やして、ある日、聡子を手ひどく侮辱する手紙を出してしまう。日本に留学してきたシャムのふたりの王子たちに、聡子を恋人として紹介する必要に迫られて、清顕は、手紙を読まずに火中するよう幼なじみに懇願した。恋愛を駆動する情熱の法則は、当人たちの与りしらないところで貫かれてゆく。

聡子は清顕の手紙を読んでおり、その手紙に書かれたことども（清顕が粋筋の女性と一夜をともにしたこと）がまったくの虚構であることも知ることになる。聡子は安心して、ある雪の朝、清顕を雪見へと誘った。二人曳きの人力車のなかで、ふたりははじめて唇をあわせる。

　清顕の胸ははげしい動悸を打つた。制服の高い襟の、首をしめつけてゐるカラーの束縛をありありと感じた。聡子のその静かな、目を閉じた白い顔ほど、難解なものはなかつた。
　膝掛の下で握つてゐた聡子の指に、こころもち、かすかな力が加はつた。それを合図と感じたら、又清顕は傷つけられたにちがひないが、その軽い力に誘はれて、清顕は自然に唇を、聡子の唇の上へ載せることができた。

（中略）

　聡子は涙を流してゐた。清顕の頬にまで、それが伝はつたことで、それと知られた。（中略）清顕は自分の指さきが触れる彼女の耳朶や、胸もとや、ひとつひとつ新たに触れる柔らかさに感動した。これが愛撫なのだ、と彼は学んだ。ともすれば飛び去らうとする靄のやうな官能を、形あるものに託してつなぎとめること。そして彼は今や、自分の喜びしか考へてゐなかつた。それが彼のできる最上の自己放棄だつた。
　接吻がをはる時。それは不本意な目ざめに似て、まだ眠いのに、瞼の薄い皮を透かして来る瑪瑙のやうな朝日に抗しかねてゐる、あの物憂い名残惜しさに充ちてゐた。あのときこそ眠りの美味が絶頂に達するのだ。

この美しい場面をとり上げて、橋本治が「清顕は自然に唇を、聡子の唇の上へ載せることができた」という表現に違和感を表明して、描写の全体が不自然であるしだいを訝(いぶか)っている。この指摘についてはやや判断が分かれるところであると思われるけれども、この段階では清顕の恋はまだほんとうにははじまっていない、とする橋本の判定はただしい。禁忌、具体的には聡子の結婚に対する勅許が下りてから『春の雪』は「恋愛小説」として「ひた走りを開始する」からだ（橋本、前掲書）。恋愛に共通する情熱の法則すら超えたところで、つまりかつて三島自身が描くのを得意ともした、駆け引きめいたことどもが失効してしまうところから、『春の雪』はすぐれて恋愛小説となる。

絶対的な「禁忌」

その後も清顕と聡子は、清顕付の書生「飯沼」と老女「蓼科」の協力で、とはいえ、思いのままにはならない逢瀬をかさねるが、あるとき松枝邸での花見の宴の客となっていた聡子から、清顕は思いもよらない侮辱を受ける。「子供よ！　子供よ！　清様は。何一つおわかりにならない。何一つわからうとなさらない」。「清様はまだただの赤ちゃんですよ。本当に私が、もつといたはつて、教へてあげてゐればよかつた。でも、もう遅いわ」。――聡子がぶつけたことばには年下の清顕を「もつとも深く傷つける言葉ばかりが念入りに」ならべられていた。清顕の知らないところで、「洞院宮治典王(はるのり)」と聡子の縁談が水面下ですすんでおり、その日の花見も、その下準備を兼ねたものであったのである。

誇りを傷つけられた清顕は聰子を許そうとしなかった。聰子のがわからのいくたびかの接触も、おそらくは血を吐くほどの真情をあらわにした来箋も、清顕はことごとく無視する。そしてついに洞院宮治典王殿下との婚姻の勅許が発せられた。

……高い喇叭（らつぱ）の響きのやうなものが、清顕の心に湧きのぼつた。

『僕は聰子に恋してゐる』

いかなる見地からしても寸分も疑はしいところのないこんな感情を、彼が持つたのは生れてはじめてだつた。

『優雅といふものは禁を犯すものだ、それも至高の禁を』と彼は考へた。この観念がはじめて彼に、久しい間堰き止められてゐた真の肉感を教へた。思へば彼の、ただたゆたふばかりの肉感は、こんな強い観念の支柱をひそかに求めつづけてゐたのにちがひない。彼が本当に自分にふさはしい役割を見つけ出すには、何と手間がかかつたことだらう。

『今こそ僕は聰子に恋してゐる』

この感情の正しさと確実さを証明するには、ただそれが絶対不可能なものになつたといふだけで十分だつた。

清顕は、ほんとうはすでに焼いてしまった聰子からの手紙をたねに蓼科を脅迫し、聰子との密会をもとめる。最初の逢瀬のおり、帯を解こうとしてとまどったとき「聰子の手がうしろへ向つてきて、清顕の手の動きに強く抗しようとしながら微妙に助けた」。一度かぎりであったはずの逢瀬は、聰子の覚悟のもとに繰りかえされてゆく。協力者を買ってでた本多に対して、聰子は「もし永遠があるとすれば、それは今だけなのでございますわ」と語り、じぶんも罪に加担してしまったと語る本多をつよくたしなめて「罪は清様と私と二人だけのものですわ」とむしろ誇らかに告げた。

絶対的な禁忌を侵犯することで、清顕と聰子はひとときだけの永遠を手にいれたかのように見えたのであった。ヘーゲルなら「世のなりゆき」（Weltlauf）と名づけるだろう世界の論理は、ひとりでにみずからを実現し、復讐の女神はすでにその仕事に取りかかっていた。聰子は妊娠し、堕胎をすすめる蓼科の言をもしりぞける。――そのころ、中絶は違法であった。聰子はむしろ獄につながれたい、と云う。「女の囚人はどんな着物を着るのでせうか。さうなつても清様が好いて下さるかどうかを知りたいの」。聰子の目に涙はなく、かえって「その目を激しい喜びが横切る」のを見て、蓼科は戦慄する。瞬間をとどめ、永遠を希む思いは、すでに狂気とも接していた。

悲劇の終結

蓼科は侯爵宛ての遺書をのこして、狂言自殺をはかる。清顕と聰子の関係は両家に知れわたり、なすすべもしらない綾倉伯爵夫妻にはほとんど相談もせず、父・侯爵は事態の収拾に奔走した。聰子は、松枝侯爵の知るべであった産婦人科の大家の執刀のもと、大阪で中絶手術を受けさせられる。

手術を受けるための関西行には聡子の母、また清顕の母も同伴した。清顕には母を見送るという口実をつけて、聡子と最後の訣れを告げることがゆるされる。それが綾倉家がわのつつましい要求でもあったからである。聡子は「この苦く澄んだ水薬のやうな十一月の朝の光りのなかで、言葉も交はさずにすぎる別れの時間の永さ」を想ったものか、約束より遅れて駅にあらわれた。「ぢやあ、気をつけて」とようやく声をかけた清顕に、聡子は端正な口調でひと息に「清様もお元気で。……ごきげんよう」と答える。これが永遠の別れであることを聡子ひとりが知っていた。聡子は、親戚が門跡をつとめる奈良の「月修寺」で、みずからもとめて落飾し、出家してしまう。

清顕はそれでも聡子に一目だけでも逢うために、春の雪の舞う二月に奈良へとむかった。聡子のかたい決意を楯にとり、門跡は清顕の希望を撥ねつける。六回目に月修寺に赴いたとき、日が翳って、雪の降りかたもしだいに密になるなか、清顕はひとり門が開かれるのを待ちつづけて、肺炎をこじらせた。報を受けた本多は、二月二十六日の深夜に帯解の宿に到着して、翌日の朝早くに寺にむかう。友になりかわっての懇願にもかかわらず、尼門跡の答えはかわらなかった。

転生の約束

本多にはなすすべもなく、ただ親友を東京に連れかえる。「帰京して二日のちに、松枝清顕は二十歳で死んだ」。物語がそうむすばれるまえに、東京へとむかう車中での挿話が挟まれている。

「眠れるか。眠つたはうがいいぜ」

と本多は言つた。彼は今しがた見た清顕の苦しみの表情を、何かこの世の極みで、見てはならないものを見た歓喜の表情ではなかつたかと疑つた。それを見てしまつた友に対する嫉妬が、微妙な羞恥と自責の中ににじんできた。本多は自分の頭を軽く揺(ゆす)つた。悲しみが頭を痺(しび)れさせてしまつて、次々と、自分にもわからない感情を、蚕の糸のやうに繰り出すのが不安になつた。

一旦、つかのまの眠りに落ちたかのごとく見えた清顕は、急に目をみひらいて、本多の手を求めた。そしてその手を固く握り締めながら、かう言つた。

「今、夢を見てゐた。又、会ふぜ。きつと会ふ。瀧の下で」

本多はきつと清顕の夢が我家の庭をさすらうてゐて、侯爵家の広大な庭の一角の九段の瀧を思ひ描いてゐるにちがひないと考へた。


幸福な秋の日に、シャムの王子「ジャオ・ピー」は「すべて神聖なものは夢や思ひ出と同じ要素から成立ち、時間や空間によつてわれわれと隔てられてゐるものが、現前してゐることの奇蹟」なのだと語った。輪廻とは夢とうつつが交じりあい、思い出が回帰して、時間と空間の閾が踏みこえられてゆく美しい奇蹟である。わずかな嫉妬とかすかな羞恥、そして重い自責の念とともに、本多繁邦は、転生の奇蹟に立ちあってゆくことになるだろう。

行動の文学と、文学者の行動と――最後の傑作『奔馬』によせて

東大全共闘との対話から　昭和四十四（一九六九）年の五月十三日、三島由紀夫が東京大学駒場キャンパスに出むき、いわゆる全共闘との対論に臨んだことは本書ですでにふれた（六頁）。つとに同年の一月、本郷キャンパス・安田講堂の封鎖が解除され、東大全共闘は事実じょう壊滅している。三島を招いたのは、後年の評論家・小阪修平や劇作家・芥正彦らを中心とする小グループである（小熊英二『1968【下】』）。旧制一高以来の九百番大教室を埋めつくした学生たちのなかには、「楯の会」ときけば、ただちに「ヨコの会」「ナナメの会」と洒落のめす若者たちも、数多くふくまれていたにちがいない（北山修『戦争を知らない子供たち』）。

討論のなかで三島が「天皇を天皇と諸君が一言言ってくれれば、私は喜んで諸君と手をつなぐ」と発言したことは、それ自体よく知られているとおりである。対論の全体は一方では奇妙に水準がひくく、他方では奇怪なほど抽象論に終始して、こんにち振りかえるほどの価値にとぼしい。とはいえ当時の小説家の思念を考えるうえで、以下のやりとりにはやや興味ぶかいところがあるように思われる。全共闘がことあげしていた「解放区」（安田講堂がその象徴である）は「特権的な瞬間」であったとともに「遊戯」でもあったという点で、両者のあいだですれ違いをはらむ同意がえられ

た、そのあとの発言である。

三　**島**　なるほどね……。それじゃ今問題を少し次元を下げましょう。たとえば、解放区の問題は非常にわかりやすい問題だと思うから、解放区の問題を論じたいと思うのだが、解放区というものは一定の物に瞬間的にぶつかった瞬間にその空間に発生するものであると考えていいですか？

全共闘C　いいです。

三　**島**　いいですね。

その空間というものは歪められた空間か、つくられた空間か知らぬが、その空間が一定時間持続する。

全共闘C　空間には時間もなければ関係もないわけですから、歪められるとか……。（中略）

三　**島**　なるほど、なるほど。そうするとだね、それが持続するしないということは、それの本質的な問題ではないわけ？

全共闘C　時間がないのだから、持続という概念自体おかしいのじゃないですか。

（三島由紀夫 vs 東大全共闘『美と共同体と東大闘争』）

ことばのやりとりそのものは、たがいの発言の意図と背景を測りかねて不器用なものともなっているけれども、三島のことばの意味ははっきりしている。文学者は、時間と対立する瞬間について語り、瞬間を創出する行為の無償性をめぐって語っているのだ。小説家の発言は、そのかぎりでは、執筆中の一大長篇のモチーフと、一年半後の行動の動機とがおそらくは交錯する場面から発せられたものであると言ってよいだろう。

「憂国」「英霊の声」から『奔馬』への道　時間と対立し、したがって持続がもはや問題とならず、むしろ永遠を映しだす瞬間の行為にかんして、三島由紀夫はすでに昭和三十六（一九六一）年一月、「小説中央公論」誌上で短篇「憂国」を発表していた。主人公は、近衛歩兵第一連隊所属の「武山信二」、結婚したてであるがゆえに二・二六事件のさい蹶起への勧誘を受けず、叛乱軍の討伐を命じられて苦悩し、新妻とともに壮絶な死をえらんだ陸軍中尉である。ちなみに前年の十一月には、深沢七郎（一九一四～一九八七年）が「風流夢譚」を雑誌「中央公論」に掲載して、中央公論社社長宅が、右翼に攻撃される事件（嶋中事件）が勃発し、おなじ三十六年の二月には、浅沼稲次郎を暗殺した山口二矢（おとや）をモデルとし大江健三郎が小説を発表したことで、おなじく右翼の攻撃にさらされている。嶋中事件にさいしては三島自身も右翼による脅迫を受けていた。

五年半後の昭和四十一年六月、三島は「英霊の声」を「文藝」に載せ、やはり右翼からの攻撃の矢面に立っている。一篇には二・二六事件の青年将校たちの霊、特攻隊員たちの霊が登場し、口々に昭和天皇への呪詛を口にしたからである。さかのぼれば『鏡子の家』でも、挫折したボクサー、

「峻吉」が勧誘された右翼団体の描かれかたにもみとめられるとおり、既成右翼に対する小説家の見かたは、むしろきびしい。峻吉を誘いこむ元応援団長が説くのは「『死』の思想」、しかも「条件つきの死ぢやなくて、めちやくちやな、全的な死の是認」なのである（『鏡子の家』）。

畢生の長篇の首巻となった『春の雪』では、「清顕」と「本多」がともに忌みきらうのが、往時の学習院における乃木崇拝であり、それを象徴する「剣道部の連中」だった。かれらの「粗雑な頭や、感傷的な魂や、文弱といふ言葉で人を罵（ののし）るせまい心や、下級生の制裁や、乃木将軍へのきちがひじみた崇拝や、毎朝明治天皇の御手植の榊（さかき）のまはりを掃除することにえもいはれぬ喜びを感じる神経」（『春の雪』）をふたりは嫌いぬき、軽蔑していたのだ。にもかかわらず、清顕からの危急の報を受けた本多が、二月二十六日の深夜に帯解の宿に到着した（本書、二二四頁）のは、おそらく偶然ではない。清顕から「聴子」とのことの経緯を打ちあけられたさいの本多の言を引く。

> 明治と共に、あの花々しい戦争の時代は終つてしまつた。戦争の昔話は、監武課の生き残りの功名話や、田舎の爐端（ろばた）の自慢話に堕してしまつた。もう若い者が戦場へ行つて戦死することはたんとはあるまい。
> 　しかし行為の戦争がをはつてから、その代りに、今、感情の戦争の時代がはじまつたんだ。この見えない戦争は、鈍感な奴にはまるで感じられないし、そんなものがあることさへ信じられないだらうと思ふ。（『春の雪』）

本多は清顕を「この戦争のために特に選ばれた若者たち」のひとりと呼ぶ。本多はまた、清顕がやがて「感情の戦場で戦死してゆく」ことを見こしていた。感情の戦争はほとんど無償のたたかいであり、その戦死もまた報われない死であろう。清顕は、そしてじっさい、春の雪の散るなかで、繊細な手を傷だらけにし、肺をいためて死んでいった。無償で純粋な感情は、つぎに行為そのもののうちに宿らなければならないはずである。小説家は、直接には昭和初期のいわゆる血盟団事件に取材しながら、畢生の長篇・第二巻『奔馬』の構想を練ってゆく。三島をインスパイアしたのは、とはいえもうひとつ、はるか遠く、明治初期に起こったいわゆる不平士族の叛乱のひとつ、神風連の乱であった。作家は、世界を解釈しつくそうとする壮大な構想をになう小説を書きつぎながら、潰え去った叛乱のとおい記憶を呼びもどそうとしていたのである。

神風連の乱をめぐって　昭和四十三（一九六八）年の前後は、行政による「明治百年」のかけ声とともに、維新研究があらためて注目をあびた時代であった。明治改元のあとさきの、この国では最後の内乱期にかんしても、今日でも注目すべきいくつかの研究があらわれている。たとえば在野の歴史家、渡辺京二は、そのころ熊本に住まいがあったこともあり、神風連の研究を「私の宿題みたいなもの」と意識していた。昭和四十二年に執筆された、その初期の稿「神風連伝説」劈頭から引用しておく。

> 明治九年十月二十四日夜、熊本鎮台歩兵営襲撃に傷ついた敬神党首領太田黒伴雄（おおたぐろともお）は、同志に支えられて熊本城西南の法華坂をくだり、坂下の民家に入った。太田黒の傷は銃弾に胸を射抜かれたもので、致命傷であることが知れた。意識がうすれそうになる中で太田黒は介錯を求めるが、つきそう者たちは決断がつかない。太田黒は自分がどの方角を向いているか聞き、西面していることを知ると体を東に向けかえさせ、ふたたび介錯をうながす。ようやく決意して義弟大野昇雄が首をはねた。ときに伴雄四十三歳、遺言は「うけひの戦いは敗れた。全員城を枕に討死せよ」とあった。うけひとは一党特有の神慮をうける行為のことである。この一言は象徴的な思想行為としての挙兵の性格をよくあらわしている。ゆえに再挙は考えられず、一党城を枕に討死すべしとされた。神風連とは世人が熊本敬神党にあたえた戯称にほかならない。
>
> （『神風連とその時代』）

神風連の乱にさきだって佐賀の乱があり、敬神党におくれて萩の乱がつらなっている。翌年には西南の役があって、一般に神風連の乱は不平・反動士族の叛乱のひとつとみなされてきた。ただしつづけて渡辺が注記しているように、同時代でもたとえば徳富蘇峰は、神風連とは政党というよりもむしろ積極的に「神秘的秘密結社」であったとみなし、池邉三山もまた、その当事者を冥府から呼びだして説明をもとめても、了解可能なものか「疑わしきことのきわみなり」と当惑ぎみに留保していた。蘇峰や三山の気おくれはやがて忘れさられ、歴史家はたんなる不平士族の叛乱のひとつとして敬神党の蹶起をとらえ、世の戯称であった神風連が、当事者たちをさす呼称となって現在にいたっている。

三島由紀夫は昭和四十一（一九六六）年六月、『奔馬』の取材のために奈良の率川(いさがわ)神社の三枝祭(さいくさのまつり)を観にいった。また八月にはドナルド・キーンをともない、おなじ奈良の大神(おおみわ)神社に参詣している。その後ひとり広島にむかって清水文雄と再会してから、熊本に赴いた。神風連をめぐる取材のためである。熊本では新開大神宮、桜山神社を訪れ、また地元の研究者たちから情報をも得ているようである。三枝祭は別名「ゆりまつり」とも言われて、作中では主人公「飯沼勲」と「本多」が邂逅する場面の道具立てのひとつとして使われている。勲の愛読書『神風連史話』は三島がつくり出した虚構であるが、種本となったのは、三島が入手した各種の文献であったことだろう。

『奔馬』の世界へ

三島はおなじ年、昭和四十一年の十二月に『豊饒の海』第二巻『奔馬』の稿を起こし、昭和四十三年の六月までを執筆に充てている。物語の時間は昭和七（一九三二）年の五月から翌年末までに設定されていた。書きだしに「昭和七年、本多繁邦は三十八歳になつた」とあって、松枝清顕の非業の死から数えて、すでに十八年の時が流れていることが告げられる。本多は、東京帝大在学中に高等文官試験の司法科に合格し、卒業後は大阪地方裁判所を皮切りに、大阪控訴院（現在の高裁）へとすすみ、そのあいだ一貫してこの関西の商都に在住していた。

本多は、亡父の縁故によって妻もむかえ、表面上は堅実な法曹生活を送っていた。いっぽう繁邦は、亡友の記憶とのかかわりでは、奇妙な現実感覚と時間感覚のうちにある。清顕は生前、詳細な夢日記をしるしており、遺言により日記は友に託されていた。『春の雪』の語るところでは、清顕は、夜の眠りのなかでみずからの死と転生の夢をも紡いでいる。事件からすでに十八年が経過し、本多繁邦のなかで、すべては霧につつまれたかなたの景色のように、おぼろげになっていた。

> すでに十八年が経つた。本多の記憶のうちで、夢と現実との堺はあいまいになり、唯一つの形見の夢日記の、清顕の手跡の確証をたよりにすれば、清顕のかつて在つた現実の存在そのものよりも、箕を漉してのこつた砂金のやうに、彼の見た夢ばかりがいやちこになつた。
> もろもろの記憶のなかでは、時を経るにつれて、夢と現実とは等価のものになつてゆく。かつてあつた、といふことと、かくもありえた、といふことの境界は薄れてゆく。夢が現実を迅速に蝕んでゆく点では、過去はまた未来と酷似してゐた。（『奔馬』）

夢と現実がたがいに侵しあうように過去がおぼろとなり、夢ばかりが存在感をましてゆく。本多のなかで、転生の奇蹟を受けいれる心性が準備されていることに注目しておく必要がある。引用にそくし、あわせて注意しておきたいことがらがもうひとつある。『豊饒の海』の大団円、すなわち『天人五衰』のむすび（本書、二一三〜二一四頁参照）が、輪廻転生の事実を否定し、長篇全篇をいわば引っくりかえす結末であるかに見え、その末尾はしかも、小説家のもともとの執筆プランとはことなるものであったことが三島の死後ただちに注目されるようになって、近年ではたとえば井上隆史が詳細な遺稿研究をすすめている（井上『三島由紀夫 幻の遺作を読む』）。とはいえ前頁の引用を見ればわかるとおり、作家はじつは長篇第二巻で、転生の肯定であれ否定であれ、どちらの結末も許容されるような伏線を設けているのだ。のちに見るとおり、そしてふたとおりの結末は、じっさいにはそのどちらを採っても等価なのである。

『奔馬』にもどり、物語の発端に立ちかえっておこう。その年すなわち昭和七年の六月十六日、本多は上司の代理として、大神神社の祭礼に賓客としてむかえられ、剣道の奉納試合で、ひとりの若者に目をとめた。竹刀のかまえに一糸の乱れもなく、技量において卓越した剣士の名は飯沼勲といい、かつて清顕付の書生であった「茂之」の息子である。國學院大学の学生で、年齢は十八歳であった。――試合のあと、本多は宮司の特別な許可のもと、禰宜（ねぎ）の案内をえて、三輪山山頂の磐座（いわくら）へと参拝する。禰宜がさらにべつの案内人にかわったとき、本多は野生の笹百合の一輪に目をとめた。あくる日には三枝祭が予定されており、百合はその祭礼で使われて、また物語の全篇にわたって、かすかなエロスの移り香をも漂わせて匂いたつことになるだろう。

参拝をおえた下りの道で、三光の瀧をめぐる木下道に行きあったとき、本多は、案内人から瀧に打たれてみてはどうか、とすすめられる。見れば瀧では、すでに三人の若者が飛沫を浴びていた。礼儀ただしく本多にあたまを下げ、瀧を譲ろうとした若者のひとりは、勲であった。場を譲られた本多は、さいしょ水の力に驚いて、瀧のしたから跳びのいてしまう。

飯沼は快活に笑つて戻つて来た。本多を傍らに置いて、瀧に打たれる打たれ方を教へようとするのであらう、高く両手をあげて瀧の直下へ飛び込み、しばらく乱れた水の重たい花籠を捧げ持つたやうに、ひらいた手の指で水を支へて、本多のはうへ向いて笑つた。

これに見習つて瀧へ近づいた本多は、ふと少年の左の脇腹のところへ目をやつた。そして左の乳首より外側の、ふだんは上膊（じやうはく）に隠されてゐる部分に、集まつてゐる三つの小さな黒子をはつきりと見た。

本多は戦慄して、笑つてゐる水の中の少年の凛々（りり）しい顔を眺めた。水にしかめた眉の下に、頻繁にしばたたく目がこちらを見てゐた。

（本書、二二五頁）。

本多が思いだしたのは松枝清顕の永訣のことばであった。「又、会ふぜ。きつと会ふ。瀧の下で」

クーデタ計画

本多は翌日の神事の席で、勲の父、飯沼茂之と再会した。茂之が手わたした名刺には「靖献（せいけん）塾頭」とある。かつての暗い目をした書生は、斯界でそれなりに顔がひろく、睨みもきく、右翼政治結社の頭目となっていたのであった。

勲は本多に、じぶんの愛読書『神風連史話』を贈る。山尾綱紀という架空の著者による一書は、「宇気比（うけひ）」からはじまり、熊本敬神党の精神をつたえようとするものだった。明治の世に、あえて剣をもって立つそのこころは同時に、勲とその同志たちの精神であった。勲たちは昭和初年の政界財界、華族たちの腐敗に憤り、剣によってこの国を浄化しようと考えていたのである。飛行機から爆弾を落とすという案が検討されていたとき勲は「しかし」、と同志のこころを測りつつ確認する。「最後は剣だけだよ。それを忘れてはいけない。肉弾と剣だけだよ」。

勲は陸軍の「堀中尉」に近づき、例の「洞院宮治典王殿下」とも面談した。堀に「お前の理想とするところは何か」と問われて、青年は「昭和の神風連を興すことです」と答える。「では、お前の信念は何か」と訊かれ、「剣です」と一語のもとに応えた。

中尉が真に確認したかったことはつぎの質問に籠められている。「よし。ぢや訊くが、お前のもつとも望むことは何か」。勲はいっしゅん口ごもる。勲は「ここにはない、ずつと遠くのこと」を語りだそうとした。「太陽の、……日の出の断崖の上で、昇る日輪を拝しながら、……かがやく海を見下ろしながら、けだかい松の樹の根方で、……自刃することです」。一篇の主人公の言に仮託しながらそう語りだす作家の脳裡には、すでにみずからの最期のさまが映っているかのようだ。

治典王と面会するにさいしても、飯沼勲は『神風連史話』の一本を準備した。勲のこころざしを聞いて、宮は反問する。「きくが、……もしだ、もし陛下がお前らの精神あるひは行動を御嘉納にならなかつた場合は、どうするつもりか」。勲に、躊躇はない。「はい、神風連のやうに、すぐ腹を切ります」。「それならばだ、もし御嘉納になつたらどうする」。このたびも、間髪を入れないものであった。「はい、その場合も直ちに腹を切ります」。――純一な心情と純粋な行動という論理がここにある。あるいは、その論理しか、ここにはない。つづく飯沼のことばを引く。

　忠義とは、私には、自分の手が火傷をするほど熱い飯を握つて、ただ陛下に差上げたい一心で握り飯を作つて、御前(ごぜん)に捧げることだと思ひます。その結果、もし陛下が御空腹でなく、すげなくお返しになつたり、あるひは、『こんな不味いものを喰へるか』と仰言つて、こちらの顔へ握り飯をぶつけられるやうなことがあつた場合も、顔に飯粒をつけたまま退下(たいげ)して、ありがたくただちに腹を切らねばなりません。又もし、陛下が御空腹であつて、よろこんでその握り飯を召し上つても、直ちに退(さが)つて、ありがたく腹を切らねばなりません。何故なら、草莽(さうもう)の手を以て直(ぢか)に握つた飯を、大御食(おほみけ)として奉つた罪は万死に値ひするからです。

純粋行為のアポリア

『奔馬』執筆中の作家は、昭和四十二（一九六七）年九月、『葉隠入門』を出版していた。「一つ一つの場にて、早く死ぬはうに片付くばかりなり」、と山本常朝の聞書にある。ひそかに行動計画を立てていた文学者自身も、この一句をくりかえし反芻していたはずである。「僕は忠義をする積り、諸友は功業をなす積り」。安政年間、吉田松陰の一篋中のことばだ。功業ではなく忠義のみをめざすならば、しかも無限の距離をもって隔てられている相手への恋闕(れんけつ)、純一な心情にもとづく純粋な行為が問題であるなら、ことの帰趨はあらかじめ定まっている。

『奔馬』一篇の物語にもどろう。中尉の発言は、軍の協力に期待をつなげるものだった。勲の仲間も増えるなか、勲はしかし靖献塾の年長者「佐和」から、「蔵原武介」だけはテロの対象からはずすように忠告される。蔵原は、財界の黒幕と目されている。塾が蔵原がらみの金で経営されている消息を佐和から仄めかされて、勲はみずからの純粋な行為が汚辱に塗(まみ)れてゆくのを予感した。

決行をまえに堀中尉は満州へ転属になり、勲の一党も数を減らせてゆく。いっぽう、財界要人の刺殺計画は、くだんの佐和をも同志にくわえて、秘密裡に練られていた。勲の憧れであった「鬼頭(きとう)槙子(まきこ)」が、勲たちのもくろみを勲の父に知らせ、父の茂之はクーデタ計画を警察に密告する。一党は全員、ことにおよぶ直前に逮捕された。十二月二日の朝刊には「右翼急進分子十二名　アジトに一斉検挙　日本刀や不穏文も押収　当局重大視す」という大見出しが躍る。報道に接した本多は、判事職を辞して、弁護士として勲をすくうことを決意した。一年ちかくにもおよんだ裁判のすえ、勲は刑を免除されて釈放される。

拘留中の飯沼勲はいくつか夢をみた。ひとつは熱帯の光のなか、ヘビに踵を噛まれる夢である。夢のなか勲は「こんな風に死ぬ筈ではなかつた。腹を切つて死ぬ筈だつた」と思いながら、からだがかたく凍てついてゆくのを感じる。もうひとつの夢は、おんなに変身した夢である。ふたつの夢はともに、『暁の寺』へと引きつがれてゆく転生の物語を予告するものであるけれども（本書、二〇〇頁）、後者にはまた、いっしゅ触覚的な柔軟なエロティシズムがうかがわれる。夢のなかで「勲は自分の肉が明確な稜角を欠いたものになつて、柔らかに揺蕩する肉になつた」のを感じた。「快さと不快、喜びと悲しみがどちらも石鹸のやうに肌に滑り、肉がうつとりと肉の風呂に漬つてゐた」。この柔軟なエロティシズムが、たほうでは性と政治とが密通するところになりたつ、硬質のエロティシズムと呼応している。勲は取り調べの最中に、とおく拷問の音と声とを耳にして、「私を拷問して下さい！　今すぐ拷問して下さい。どうして私はさうして貰へないんですか」と叫ぶ。純一な心情にもとづく純粋行為のテロリズムが、性的なマゾヒズムと結託してゆく瞬間である。

「死」の啓示

昭和八年十二月十五日、蔵原は伊勢に遊んだ翌朝、知事とともに伊勢神宮内宮に参拝する。そのさい蔵原が玉串を尻にしく瀆神行為を犯した。それを知った勲は二十九日、短刀を携え、蔵原の別荘に忍びこみ、「伊勢神宮で犯した不敬の神罰を受けろ」と叫んで、この財界黒幕を殺害する。勲は追手を逃れて、夜の海に出た。勲は思う。「日の出には遠い。それまで待つことはできない。昇る日輪はなく、けだかい松の樹蔭もなく、かがやく海もない」。

> 勲は深く呼吸をして、左手で腹を撫でると、瞑目して、右手の小刀の刃先をそこへ押しあて、左手の指さきで位置を定め、右腕に力をこめて突つ込んだ。
>
> 正に刀を腹へ突き立てた瞬間、日輪は瞼の裏に赫奕と昇つた。

昭和四十三年の六月、雑誌「批評」に「デカダンス意識と生死観」と題する鼎談(ていだん)が掲載された。出席者は埴谷雄高、村松剛、それに三島である。三島は入水自殺した八世市川團蔵を例にとって、表現者は死を暗示するだけではなく、じっさいに死んでみせなければならない、と主張する。その発言を受けて、『死霊』の著者と『豊饒の海』の作者とのあいだでこんなやりとりがあった。

埴谷　そうですか。ぼくは暗示者は死ぬ必要はないと思う。
三島　いや、ぼくは死ぬ必要があると思う。
埴谷　二十一世紀の藝術家は死ぬのではなくて、死を示せばいい。
三島　それは〔ふつうの、ありふれた〕歌舞伎俳優と同じだ。
埴谷　妄想的にいえば、白鳥座六十一番からでもいいが、なにかがやってきて、天に黙示があらわれたとか、あるいはなにか音を発したというようなことをやればいいわけですよ。

『死霊』の読者ならば、埴谷がここでしごく真剣であることを知っている。三島はこのやりとりのあと、保田與重郎が戦中になにごとかを啓示したにしても、戦後も生き延び、しかも「生き延びたということを毫も恥じない」と発言して、少年の日々のみずからの偶像を批判している。三島も言を弄しているのではないことが、ほどなくあきらかとなった。鼎談の二年半ののち、一九七〇年十一月二十五日のことである。

終章…『天人五衰』、あるいは一九七〇年十一月二十五日ふたたび

（提供：amanaimages）

作家は夏を好み、太陽を愛し、作品のなかでも繰りかえし海の情景を描いていた。家族とともに下田で迎えようとしていたのは、その三島にとって最後の夏である。

（本書、245頁）

川端康成の三島評・ふたたび

昭和四十四（一九六九）年の八月四日づけで、三島由紀夫は川端康成にながい手紙を書いている。ノーベル賞受賞後の著書『美しい日本の私』ならびに『美の存在と発見』に対する礼状である。そののちみずからの近況や自衛隊での訓練の予定にふれて、「小生はひたすら一九七〇年に向つて、少しづつ準備を整へてまゐりました」としるしたうえで、「一九七〇年はつまらぬ幻想にすぎぬかもしれません。しかし、百万分の一でも、幻想でないものに賭けてゐるつもりではじめたのです」と付けくわえている。

自衛隊での訓練とは、三島が「楯の会」の新入会員とともに陸上自衛隊における体験訓練を受けるもので、それが会員の資格要件となっていた。昭和四十七（一九七二）年の第十八回公判にさいして読みあげられた「判決要旨」の一部を、伊達宗克『裁判記録「三島由紀夫事件」』から引く。伊達は徳岡孝夫とならんで、一件のてんまつを目撃したNHK記者であった（本書、一八頁）。

楯の会は、学生を中心とする組織で、一朝事ある時に必要な民間防衛組織の幹部を養成することを目的とし、軍人精神の涵養、軍事知識の練磨、軍事知識の体得をはかるものであって、入会資格は、思想的には天皇の存在を是認すれば足り、かつ、自衛隊体験入隊を落伍せずに経ることのみであった。そして当面目標とされたことは、昭和四十五年（一九七〇年）の日米安全保障条約改定期に左翼による暴動が起り、その際、警察の力のみでは鎮圧が不可能になるであろうとし、その際自衛隊の治安出動する必要があるが、自衛隊については種々の論議が行なわれている折から、その決定に手間どることが予想されるので、その間の時間的空白を埋めるべく行動するものとされていた。

六八年十月二十一日の国際反戦デーは、新宿騒乱によって知られる。翌年の同日のデモも千五百人余の逮捕者を出している。新左翼運動は、しかし同年中には急激に失速して、七〇年は遠い夢となった。三島由紀夫と楯の会会員たちは焦燥感を募らせ、一般にはこれが十一月二十五日の蹶起につながったといわれている。

川端宛てのおなじ手紙では、右につづけて「ますますバカなことを言ふとお笑ひでせうが、小生が怖れるのは死ではなくて、死後の家族の名誉です」とあり、万が一の事態がおこったさいの家族の庇護を、この先達に依頼していた。三島がさいごまで家族のゆくすえをこころにかけていたことがわかる。

この二十六年の年少者が異貌の死を遂げたあと間もなく、老大家は「三島由紀夫」と題する文章を、「新潮」一月号に寄せている。「その人の死に愕(おどろ)き哀しむよりもその人の生に愕き哀しむべきであつたと、懺洗(ざんせん)の思ひが頻(しき)りである」と書きはじめられた一文で川端は、遠いむかし三島の最初の長篇『盗賊』によせたみずからの序文を想いおこし、とりわけまた「三島君は自分の作品によつてなんの傷も負はないかのやうに見る人もあらう。しかし三島君の数々の深い傷から作品が出てゐると見る人もあらう」という一節を反芻していた（本書、九〇頁以下）。
つづけて川端がふれているのはごく最近の一文で、『豊饒の海』第一巻、第二巻の出版によせて書かれた「讃嘆の広告文」である。単行本が世に出る機会に、帯に刷りこまれた短文であった。念のため引いておこう（「三島由紀夫「豊饒の海」評」）。

「豊饒の海」の第一巻「春の雪」、第二巻「奔馬」を通読して、私は奇蹟に打たれたやうに感動し、驚喜した。このやうな古今を貫く名作、比類を絶する傑作を成した三島君と私も同時代人である幸福を素直に祝福したい。ああ、よかつたと、ただただ思ふ。この作は西洋古典の骨脈にも通じるが、日本にはこれまでなくて、しかも深切な日本の作品で、日本語文の美彩も極致である。三島君の絢爛の才能は、この作で危険なまでの激情に純粋昇華してゐる。この新しい運命的な古典はおそらく国と時代と論評を超えて生きるであらう。

追悼文で川端は、あらためてこの一文をみずから想起して、「私はこの長篇を「源氏物語」以来の日本小説の名作かと思つたのであつた」と書きそえている。つづく一句、「三島由紀夫」の末尾はこうである。「——三島君の死の行動について、今私はただ無言でゐたい」。
三島の仮葬儀が、ことの翌日、十一月二十六日に密葬のかたちでいとなまれたことについては、すでにふれた（本書、二一二頁）。本葬儀は、年があけて、昭和四十六（一九七一）年一月二十四日、築地本願寺を斎場として挙行される。葬儀委員長は川端康成、八千人以上の一般参列者があったといわれている。川端が自裁したのは、翌四十七年の四月十六日のことであった。

三島の最後の夏と最後の「海」　川端康成宛ての三島由紀夫の私信のうち、残された最後の一箋は、昭和四十五（一九七〇）年の七月六日に投函されている。ひととおりの挨拶につづけて、後輩文学者は「このところ拙作も最終巻に入り、結末をいろ〳〵思ひ煩らふやうになりましたが、最近成案を得ましたので、いつそ結末だけ、先に書き溜めようかと思つてをります」ともしるしていた。書簡の末尾ちかく「時間の一滴々々が葡萄酒のやうに尊く感じられ、空間的事物には、ほとんど何の興味もなくなりました。この夏は又、一家揃つて下田へまゐります」とあって、つづけて「美しい夏であればよいがと思ひます」と書かれている。

作家は夏を好み、太陽を愛し、作品のなかでも繰りかえし海の情景を描いていた。家族とともに下田で迎えようとしていたのは、その三島にとって最後の夏である。

畢生の大長篇の掉尾をかざる『天人五衰』は、主人公の目に映る「海」の景色を描くところから書きだされた。すこし長く引用しておく。

『豊饒の海』最終巻の執筆期間は昭和四十五年の五月から十一月まで、作家は取材のため、五月に清水港を訪れているから、以下に引く一節は、おそらくはその直後に書きおろされたものということになるだろう。

沖の霞が遠い船の姿を幽玄に見せる。それでも沖はきのふよりも澄み、伊豆半島の山々の稜線も辿られる。五月の海はなめらかである。日は強く、雲はかすか、空は青い。

きはめて低い波も、岸辺では砕ける。砕ける寸前のあの鶯いろの波の腹の色には、あらゆる海藻が持つてゐるいやらしさと似たいやらしさがある。

乳海攪拌のインド神話を、毎日毎日、ごく日常的にくりかへしてゐる海の攪拌作用。たぶん世界はじつとさせておいてはいけないのだらう。じつとしてゐることには、自然の悪をよびさます何かがあるのだらう。

五月の海のふくらみは、しかしたえずいらいらと光りの点描を移してをり、繊細な突起に充たされてゐる。


本書では、これまでもいくどか、三島作品における「海」の描写にふれ、それぞれの作品の本文も引用しておいた。それらにくらべると、『天人五衰』の冒頭部は、ほとんど異様なまでに瘦せて、魅力にとぼしい。風景は一篇の主人公「安永透」によって見られた情景を写しとっている。描写が奇妙に貧弱であるのは、取られた視点そのものに一因を有していることは、一応はたしかなところだろう。もうすこし見ておく必要があるかもしれない。

透は灯台に勤める通信員である。やがて透の視界に一隻の船があらわれた。「船の出現！　それがすべてを組み変へるのだ。存在の全組成が亀裂を生じて、一艘の船を水平線から迎へ入れる」。「船があらはれる一瞬前の全世界は廃棄される」。一隻の船舶は、かくして「その不在を保障してゐた全世界を廃棄させるためにそこに現はれるのだ」。船があらわれても、通信員はどこか空々しい思弁にふけるだけなのである。

この一節を書きついだほぼ半年後に、三島由紀夫はみずからいのちを断っている。覚悟に覚悟を重ねたうえでの、壮絶な自死である。五月にはすでに、同志たちとのあいだで蹶起の計画が着々とすすめられていた。ひとは『天人五衰』をめぐって、その文体の痩せおとろえかたに驚くべきではなく、確実に訪れる死を目のまえに据えながら、なお最後の作品に取りかかろうとした作家の勁さに驚嘆すべきなのかもしれない。

昭和四十五年十一月二十五日、市ヶ谷　一九七〇年十一月二十五日ならびにその前後に生起したことがらについては、本書の序章ですでに、ふたりの編集者の視点を交錯させながら語っておいた。一件をめぐっては、こんにちに至るまでさまざまな文献が出版されている。比較的あたらしいものは、保阪正康の一書『三島由紀夫と楯の会事件』であり、べつに山崎晃嗣と三島との交流をあぶり出そうとした保阪が（本書、一〇一頁以下）、同書でも周到な調査をふまえて、事件とその後の日々を、当事者たちの視点に寄りそうかのように辿りなおしている。

ここではむしろ、昭和四十五年十一月二十五日の正午の前後、陸上自衛隊市ヶ谷駐屯地の一室でおこったことどもにかんして、それをひとつの刑事事件として淡々と報告している一文を、これも伊達宗克の労作から引くことにしたい。警察庁で作成された捜査報告書の一節である。なお被疑者として挙げられているのは、三島由紀夫、三島とともに自決した森田必勝（まさかつ）の二名のほかに、三名の楯の会会員であるが、後者の三名については実名をそれぞれ、甲、乙、丙に置きかえておく。

被疑者らは、いずれも三島由紀夫の主宰する楯の会会員であるが、三島、森田、甲、乙、丙の五名は共謀の上、昭和四十五年十一月二十五日午前十一時十分ころから午後零時十五分ころまでの間、東京都新宿区市谷本村町四二番地、陸上自衛隊東部方面総監部総監室に侵入し、執務中の同総監、陸将益田兼利（五十七歳）に対し、所持していた日本刀および短刀を突きつけて、同人をロープで椅子に縛りあげ、「自衛隊員に話がしたいから全員を隊庭に集合させよ」と申し向けて脅迫し、これを制止しようとして入室した清野不二雄一等陸佐ら隊幹部八名に対して、三島由紀夫が日本刀を振りまわし、背部などに全治十二週間から四週間の切創を与え、同隊幹部をして、総監部前庭に隊員約一千名を集合せしめた後、三島由紀夫はバルコニーから檄文を撒布し、ならびに、たれ幕を下げたうえ、自衛隊員に対し、「自衛隊は自らの力で憲法を改正せよ」などとアジってから総監室にもどり、同室において三島は短刀で自ら割腹し、これを会員の森田必勝が日本刀で介しゃくして首を切り落とし、ついで森田が割腹、これを甲が介しゃくしてその首を切り落とし、もって嘱託関係にもとづく殺人の目的を遂げたものである。

三島の「檄文」のうちには「われわれは四年待つた。最後の一年は熱烈に待つた」という一節がある。いちおうの事実誤認だけを匡（ただ）しておくなら、森田はつづけて切腹することが決まっていて、その動揺のゆえか、一刀で三島の首を落とすことができず、甲が二の太刀で介錯した。

『天人五衰』の末尾・ふたたび

稿の末尾に「昭和四十五年十一月二十五日」とある『天人五衰』終末部にかんしてはすでに引いておいた（本書、二二三～二二四頁）。引用した箇所の直前では、門跡として美しく年をかさねた「聰子」が「本多」に対して「その松枝清顕さんといふ方は、どういふお人やした？」と聞きかえしている。最後の「透」は贋物であったにしても、全四巻にわたる輪廻転生の物語を顚覆してしまう一語として、ひとびとが問題にしてきた発言である。

本多が周章し、「それなら、勲もゐなかつたことになる。ジン・ジャンもゐなかつたことになる。……その上、ひよつとしたら、この私ですらも……」と狼狽するのに対して、聰子が答える一句、「それも心々（こころごころ）ですさかい」のうちには、しかし、謎の一片もふくまれていない。それはまさに唯識の結論であって、刹那滅の帰結であったからである。世界は一瞬一瞬ほとばしりつづけて、「白くなだれ落ちる瀧」として、瞬間瞬間に生滅している（本書、二〇九頁）。世界とは存在の点滅であり、点灯においては有であり、消灯にあっては無にほかならない。存在と非存在、ことがらの生起と非生起は「心々で」いずれともとらえうる。かくて夢と現実がたがいに侵しあうように過去がおぼろとなり、夢の存在感がましてゆくことが、転生という美しい奇蹟なのであった（同、二三三頁）。

芝のはづれに楓を主とした庭木があり、裏山へみちびく枝折戸も見える。夏といふのに紅葉してゐる楓もあつて、青葉のなかに炎を点じてゐる。庭石もあちこちにのびやかに配され、石の際に花咲いた撫子がつつましい。左方の一角に古い車井戸が見え、又、見るからに日に熱して、腰かければ肌を灼きさうな青緑の陶の榻が、芝生の中程に据ゑられてゐる。そして裏山の頂きの青空には、夏雲がまばゆい肩を聳やかしてゐる。

これと云つて奇巧のない、閑雅な、明るくひらいた御庭である。数珠を繰るやうな蟬の声がここを領してゐる。

そのほかには何一つ音とてなく、寂寞を極めてゐる。この庭には何もない。記憶もなければ何もないところへ、自分は来てしまつたと本多は思つた。

庭は夏の日ざかりの日を浴びてしんとしてゐる。……

ひとはいわゆる謎に目をうばわれてときに見おとしてしまうけれども、三島由紀夫の生涯でおそらくは最高の美文である。小説家は、これといって奇巧はない、しかしこのうえなく閑雅な一文を最後の作品として、文学者としての生を閉じることを望んだのである。

あとがき

一九七〇年代、将来は詩人か小説家、あるいは批評家になるはずだった文学少年たちは、漱石、鷗外、芥川などとっくに読みおえたふりをして、川端を読み、谷崎にふれ、口にはしないものの、「あらずもがなの」(Und leider auch)太宰をも読みふけって、ときには吉本や埴谷の単行本を見せびらかしていたいっぽう、高橋和巳や大江健三郎、安部公房や三島由紀夫の作品についても、読みあきたような顔をしてみせていたものだった。かれらにとってサルトルやカミュやカフカや、また日本の古典文学も必須の教養ということになっていたのだから、そのなかでもきわだった〝天才〟たちは、いったいいつ眠っていたことになるのだろう。

とはいえ、じぶんのことだけ振りかえってみても、中学から高校にかけて流れた時間は、老年に差しかかった現在の時間とはまったく異質で、見栄や虚勢はべつとしても、たしかにいまとは較べようもないほどに濃密な時間を生きていたように思う。すくなくとも土曜の午後から日曜にかけては、時の流れから切りはなされ、凝縮された至福のひとときを、積みあげられた本とともに過ごしていたものである。それは繰りかえされる日常をはなれ、時の刻みを抜けでた、手のひらに収まってしまうほどのちいさな永遠であったような気がする。

本書の執筆を引きうけて、ひどく久しぶりに三島の作品を手にとった。「人と思想」というシリーズの趣旨に照らして、すくなくとも主要な長篇作品については、それぞれふれるようにしたけれども、心のこりのひとつは、戯曲作品にかんしては、実質的にほとんど論じることができなかったことである。この面をめぐっては、劇作家・菅孝行氏の近著『三島由紀夫と天皇』によって補って頂きたい。菅氏は、三島自決の報が流れたその当時、「くだらない、くだらない、くだらないことが通じないことがいちばんくだらない」と感じた——ただしとりあえず三島・森田両名に対してでなく、佐藤栄作らの豹変ぶりや石原慎太郎などの狼狽ぶりに対してである——批評家でもあるけれど（「三島由紀夫と三島事件」）、右の新書ではとりわけ『近代能楽集』を中心に三島の天皇観を分析し、また三島の蹶起のもった意味と、東アジア反日武装戦線の問題提起が有した意義とを照合してみせている。三島のおよそ対極にある立場からする、貴重な考察として参照ねがいたい。

三島をめぐる一書を、という話は、まず畏友、菅野覚明氏から持ちこまれたものである。さすがにすこし考えたけれども、ありふれた文学少年であったじぶんに引導をわたすつもりでお引きうけした。じっさいの本づくりにさいしては、清水書院編集部の杉本佳子さんのお世話になっている。しるして、ふかく感謝したい。

二〇一九年十一月二十五日

熊野純彦

三島由紀夫年譜

＊年譜作成にあたっては、とりわけ作家の履歴事項等にかんして『決定版三島由紀夫全集』第四十二巻をはじめとする各種の年譜における記述を参照している。

西暦・元号	年齢	年譜	作品	参考事項
一九二五（大正一四）	0	一月一四日、東京市四谷区（現新宿区）永住町に、父・梓、母・倭文重の長男として生まれる。本名は平岡公威。		四月、治安維持法公布。 五月、普通選挙法公布。 この年、ドイツではナチス親衛隊設立。
一九二六（昭和元）	1			一二月二五日、大正天皇が死去し、昭和天皇が践祚。
一九二七（昭和二）	2			七月二四日、芥川龍之介、自裁。
一九二八（昭和三）	3	二月二三日、妹・美津子、生まれる。		二月二〇日、最初の衆議院普通選挙。 三月一五日、日本共産党に対する一斉検挙。
一九二九（昭和四）	4			一〇月二四日、ニューヨーク証券取引市場で株価大暴落、世界恐慌がはじまる。
一九三〇（昭和五）	5	一月一九日、弟・千之、生まれる。		二月、共産党員、全国一斉検挙。 三月、谷口雅春、生長の家をはじめる。

一九三一（昭和六）	6	四月八日、学習院初等科に入学。 この前後より、小川未明、鈴木三重吉らの童話、山中峯太郎、南洋一郎らの少年文学を愛読する。	この頃から詩歌、俳句に興味を懐き、学習院初等科雑誌「小ざくら」に作品掲載。	三月二〇日、桜会によるクーデター計画発覚（三月事件）。 九月一八日、柳条湖事件おこり、満州事変勃発。 一〇月一七日、桜会の橋本欣五郎中佐らによるクーデター計画発覚（錦旗革命事件）。
一九三二（昭和七）	7			二月九日、前蔵相・井上準之助暗殺（血盟団事件）。 三月一日、満州国建国宣言。 五月一五日、犬養毅首相暗殺（五・一五事件）。
一九三三（昭和八）	8	春に四谷区西信濃町に転居、八月に祖父母が近所に別居し、公威は祖母に引きとられる。	九月、作文「フクロフ」を、担任・鈴木弘一が酷評。	二月二〇日、小林多喜二が逮捕拘留、虐殺。 二月二四日、国際連盟が日本軍の満州撤退勧告案を可決、松岡洋右代表退場。 三月二四日、ドイツで授権法が成立、ナチス独裁体制確立。
一九三四（昭和九）	9	五月九日、祖父の定太郎、明治天皇の書を偽造した疑いをかけられる。		一月一五日、「赤色リンチ事件」公表。 一二月、スターリンの大粛清はじまる。

一九三五（昭和一〇）	10	三月九日、学習院で、日露戦役記念品展覧会を観る。 五月二〇日、両親が『アラビヤン・ナイト』上巻を買いあたえる。		二月一八日、菊池武夫男爵、貴族院で美濃部達吉の天皇機関説を反国体的と非難。 三月、雑誌「日本浪曼派」創刊。 八月一二日、永田鉄山、斬殺（相澤事件）。 九月、第一回芥川賞（石川達三『蒼氓』）。
一九三六（昭和一一）	11		この年の後半から、詩作が増えはじめる。	二月二六日、青年将校蹶起（二・二六事件）。 二月二九日、反乱部隊に原隊復帰勧告が出され、五時間で帰順。 一二月三一日、ワシントン海軍軍縮条約失効。
一九三七（昭和一二）	12	三月三〇日、学習院初等科を卒業、四月八日、中等科に進学、文藝部に所属。 四月、渋谷区大山町に転居、以後、両親とともに暮らすようになる。 一〇月、父の梓が大阪営林局長になる。秋ごろ、坊城俊民と出会う。	七月、「初等科時代の思ひ出」が学習院の「輔仁会雑誌」に掲載され、以後同誌に作品を発表。	二月一七日、「日蓮会」五人、皇居・国会議事堂前などで切腹を図る（死なう団事件）。 七月七日、盧溝橋事件が起こり、これが発端となり、日中戦争が勃発。 八月一九日、二・二六事件に連座した北一輝の死刑が執行される。 一一月六日、日独伊防共協定成立。 一二月一三日、日本軍が南京を占領する。

一九三八(昭和一三)	13	三月、両親と、関西・四国方面を旅行。 一〇月、祖母に連れられ、はじめて歌舞伎を観て、おなじころ能舞台をも観る。	三月、「酸模」「座禅物語」を「輔仁会雑誌」に発表。	三月、「日本浪曼派」終刊。 五月五日、国家総動員法施行。 七月、清水文雄、蓮田善明等により「文藝文化」創刊。
一九三九(昭和一四)	14	一月一八日、祖母の夏子死去(六十二歳)。 四月から、清水文雄に国文法と作文を教わる。 一一月、「青城」(「アオジロ」=「青白」)の筆名で、授業中に俳句を作る。	三月、「東の博士たち」を「輔仁会雑誌」に発表。 一一月、「館」を「輔仁会雑誌」に発表。	五月一一日、満蒙国境で日ソ両軍が衝突(ノモンハン事件)。 九月一日、ドイツがポーランドに侵攻し、第二次世界大戦がはじまる。 一二月一日、白米禁止令が施行され、七分づき以上の精米が禁止される。
一九四〇(昭和一五)	15	六月一四日、文藝部委員となる。 一一月三〇日、東文彦より来簡、以後、同人と頻繁に手紙を交換。	一一月、「彩絵硝子」を「輔仁会雑誌」に発表。	一月一一日、津田左右吉、早稲田大学教授を辞任(津田事件)。 九月二七日、日独伊三国軍事同盟成立。 一〇月一二日、大政翼賛会発会式。
一九四一(昭和一六)	16	一月、父、梓が農林水産局長に就任、単身赴任を終えて帰京する。 四月ごろ、室生犀星に詩の批	九月、「花ざかりの森」を「文藝文化」に連載。	八月、アメリカ、石油の対日輸出全面禁止を発表。 一二月八日、真珠湾攻撃ののち、対英米に宣戦布告、太平洋戦争がはじまる。

年	年齢	事項	作品	社会
		評を乞う。 五月、修学旅行で関西方面をまわる。 七月、川路柳虹の紹介で萩原朔太郎宅を訪問。		
一九四二（昭和一七）	17	三月二四日、学習院中等科を卒業。 三月、父、梓が農林省を退官、日本瓦斯用木炭株式会社社長に就任する。 四月四日、学習院高等科文科乙組（ドイツ語）に進学。 七月一日、東文彦、徳川義恭と同人誌「赤絵」を創刊。 八月二六日、祖父、定太郎が死去（七十九歳）。 一一月、清水文雄にともなわれて、保田與重郎宅を訪問。	七月、「古今の季節」を「文藝文化」に発表。 一一月、「みのもの月」を「文藝文化」に発表。	二月一五日、シンガポール陥落。 三月五日、東京に初の空襲警報発令。 六月五日、ミッドウェー海戦。 九月から一〇月にかけて、「文學界」が「近代の超克」を特集する。 一一月三日、大東亜文学者大会、開催。 一二月八日、ニューギニア島・バサプアで、日本軍兵八〇〇人全滅。 一二月三一日、大本営がガダルカナル島撤退を決定。
一九四三（昭和一八）	18	一月、富士正晴の知遇を得て、のちに林富士馬に紹介される。	三月から一〇月にかけて「世々に残さん」を「文藝文化」に連載。	三月、谷崎潤一郎『細雪』が非時局的とみなされ、連載中止。 四月一八日、山本五十六大将戦死。

		一〇月三日、林富士馬、富士正晴にともなわれ、佐藤春夫宅を訪問。 一〇月八日、東文彦が夭折（二十三歳）。		九月、伊東静雄『春のいそぎ』刊行、伊東は同詩集を、出征する蓮田善明に手わたす。 一〇月二一日、出陣学徒壮行会。
一九四四（昭和一九）	19	五月一五日から一六日にかけ、本籍地の兵庫県印南郡志方村で徴兵検査を受け、第二乙種合格。帰途、はじめて伊東静雄を大阪に訪ねる。 九月九日、学習院高等科を首席で卒業。 一〇月一日、東京帝国大学法学部法律学科独法科に推薦入学。 一一月一一日、『花ざかりの森』の出版記念会が開かれる。	一一月、『花ざかりの森』を七丈書院から出版（奥付は一〇月一五日発行）。	一月二九日、「中央公論」「改造」の編集者が検挙される（横浜事件）。 三月八日、インパール作戦開始。 六月一五日、米軍、サイパン島上陸。 七月一八日、東条内閣、総辞職。 一〇月二五日、海軍神風特攻隊、はじめて米艦を攻撃。 一一月七日、ゾルゲ、尾崎秀実、絞首刑（ゾルゲ事件）。
一九四五（昭和二〇）	20	一月一〇日から二月四日にかけ、学徒動員で群馬県新田	二月、「中世」第一部を「文藝世紀」に発表。	三月一〇日、アメリカ軍が東京を空襲（東京大空襲）。

年	年齢	事項	作品	社会
		郡太田町の中島飛行機小泉製作所で内勤。 二月四日、入営通知をうける。十日、兵庫県の河西郡富合村で入隊検査を受ける。軍医の誤診により即日帰郷となる。 五月から八月にかけて、海軍の高座工廠で勤労動員。 一〇月二三日、聖心女子学院在学中の妹の美津子が腸チフスのため死去(十七歳)。 一一月ごろ、「園子」が銀行員と婚約したことを知る。	六月、「エスガイの狩」を「文藝」に発表。 七月七日、高座工廠の寮で「岬にての物語」を起稿、翌八月二三日に脱稿する。	五月一五日、スロベニアでの戦闘が停止し、ヨーロッパ戦線が終結。 六月二三日、沖縄守備軍司令官牛島満が自決、沖縄戦の組織的抵抗が終結。 八月一五日、第二次世界大戦終結。 八月一九日、蓮田善明がマレー半島の前線で、連隊長を射殺したのち、ピストルで自決(四十一歳)。 一〇月一五日、治安維持法廃止。 一二月、埴谷雄高らにより、雑誌「近代文學」発刊。
一九四六(昭和二一)	21	一月二七日、野田宇太郎の紹介で、川端康成を訪問。 五月五日、「園子」結婚。 一一月一七日、「蓮田善明を偲ぶ会」に出席。 一二月一四日、友人宅で太宰治と会う。	六月、「煙草」を「人間」に発表。 一一月、「岬にての物語」を「群像」に発表。	一月一日、天皇の人間宣言。 一月四日、GHQによる公職追放の指令。 五月三日、極東国際軍事裁判がはじまる。 五月一九日、食糧メーデーで、プラカード事件が発生。 一二月、文部省が六三三四教育制度を発表。

一九四七 （昭和二二）	22	七月、住友と日本勧業銀行の入社試験に失敗。 一一月、東京大学法学部を卒業。 一二月一三日、高等文官試験行政科に合格。 一二月二四日、大蔵事務官に任官、銀行局国民貯蓄課に勤務。	四月、「軽王子と衣通姫」を「群像」に発表。 一一月、短篇集『岬にての物語』を桜井書店から出版。	一月一六日、皇室典範公布。 一月三一日、GHQ、2・1ゼネストの中止を命令。 五月三日、日本国憲法施行。 五月二四日、片山内閣成立。 六月三日、文部省が学校における宮城遙拝・天皇陛下万歳・神格化表現の停止等を通達。 一二月二二日、改正民法公布。
一九四八 （昭和二三）	23	六月、雑誌「近代文学」の同人となる。 九月二二日、大蔵省を依願退職。 一二月、雑誌「序曲」の創刊に参加するが、一号で廃刊。	一一月、『盗賊』を真光社から出版。 一一月二五日、『仮面の告白』起稿。	五月三一日、川端康成、日本ペンクラブの会長に就任。 六月一三日、太宰治、心中。 六月二四日、ベルリン封鎖がはじまる。 一一月一二日、極東国際軍事裁判で、二五人に有罪判決、うち七名が絞首刑。
一九四九 （昭和二四）	24		四月二七日、『仮面の告白』脱稿。 七月、『仮面の告白』を河出書房から出版。	六月、芥川賞・直木賞が五年ぶりに復活。 一一月三日、湯川秀樹、ノーベル物理学賞受賞。 一一月二四日、「光クラブ」事件の山崎晃嗣、自殺。
一九五〇	25	八月、目黒区緑ヶ丘に転居。	一月から一〇月、『純白	六月二五日、朝鮮戦争が勃発。

年	年齢	事項	作品	社会
（昭和二五）			の夜』を「婦人公論」に連載。 六月、『愛の渇き』を新潮社から出版。 七月から一二月、『青の時代』を「新潮」に連載。	六月二六日、最高検察庁が、伊藤整訳『チャタレイ夫人の恋人』を押収、発禁とする。 七月二日、京都鹿苑寺（金閣寺）事件おこる。 八月一〇日、警察予備隊発足。
一九五一（昭和二六）	26	八月、『純白の夜』が松竹で映画化され、三島本人も出演。 一〇月ごろから、「鉢の木会」に参加。 一二月二五日、朝日新聞特別通信員の資格で、北米・南米・ヨーロッパ旅行にたつ（翌年五月一〇日まで）。	一月から一〇月、『禁色』（第一部）を「群像」に連載。 三月、「偉大な姉妹」を「新潮」に、「椅子」を「別冊文藝春秋」に発表。	二月、安部公房『壁』刊行。 三月一三日、原民喜、鉄道自殺。 四月一六日、マッカーサー、離日。 六月三日、近江絹糸工場で火事、女工二三人が死亡。 九月八日、対日平和条約と日米安全保障条約、調印。 一一月一二日、京大天皇事件。
一九五二（昭和二七）	27		八月から翌年八月、「秘薬」（『禁色』第二部）を「文學界」に連載。 一〇月、『アポロの杯』を朝日新聞社から出版。	一月二一日、白鳥事件おこる。 二月二〇日、東大ポポロ事件おこる。 五月一日、メーデー事件おこる。 六月二四日、吹田事件おこる

一九五三（昭和二八）	28	三月、『潮騒』の取材で、三重県・神島を訪れる。 七月一三日、自宅に男が侵入、逮捕される。 八月から九月、神島を再訪。	七月から翌年四月、『三島由紀夫作品集』全六巻を新潮社から出版。	二月一日、NHKがテレビ本放送を東京で開始する。 五月二八日、堀辰雄、歿。 七月二七日、朝鮮戦争、休戦成立。 八月八日、ソ連が水爆の保有を発表。
一九五四（昭和二九）	29	一〇月、中村真一郎脚色で、『潮騒』が東宝で映画化。 一一月、『潮騒』により、第一回新潮社文学賞を受賞。	六月、『潮騒』を新潮社から出版。 七月、「鍵のかかる部屋」を「新潮」に発表。 八月、「詩を書く少年」を「文學界」に発表。	一月二日、皇居二重橋事件おこる。 三月一日、第五福竜丸事件おこる。 六月二日、近江絹糸で人権争議おこる。 六月九日、防衛庁ならびに自衛隊発足。 一二月七日、吉田内閣総辞職、同月一〇日、第一次鳩山内閣発足。
一九五五（昭和三〇）	30	九月一六日、玉利斉の指導により、自宅でボディビルを開始。 一一月、『金閣寺』の取材で京都を訪問。	一月、「海と夕焼」を「群像」に発表。 一月から四月、『沈める瀧』を「中央公論」に連載。 一一月、『小説家の休暇』を講談社から出版。	四月、元外交官・有田八郎が革新系候補として東京都知事選に出馬、保守系候補に敗れる。 七月、石原慎太郎『太陽の季節』。 七月二七日から、日本共産党・第六回全国協議会（六全協）開催。 一一月一五日、保守大合同で、自由民主党結党。
一九五六（昭和三一）	31	一月、ジムでボディビルを開始。	一月から一〇月、『金閣寺』を「新潮」に連載。	二月二五日、フルシチョフによるスターリン批判。

年	年齢	事項	作品	社会の出来事
		八月一九日、自由ヶ丘の熊野神社の神輿をかつぐ。 この年、はじめてボクシングのスパーリングをこころみる。	一月から一二月、『永すぎた春』を「婦人倶楽部」に連載。 四月、『近代能楽集』（新潮社）刊行。 この年、『潮騒』の英訳刊行。	五月一日、水俣病第一号患者を公式確認。 五月一七日、映画「太陽の季節」公開。 一二月一八日、日本が国際連合に加盟。 一二月二六日、シベリア抑留からの最後の引揚船・興安丸が入港。
一九五七（昭和三二）	32	七月九日、クノップ社の招待で、渡米。ニューヨークで芝居見物ののち、メキシコ、ドミニカ、ハバナ、アメリカ南部をへて、スペインで年越し。	「女方」を「世界」一月号に発表。 四月から六月、『美徳のよろめき』を「群像」に連載。	三月一三日、チャタレイ裁判、有罪確定。 一二月一〇日、学習院大学在学中の愛新覚羅慧生（満州国皇帝・溥儀の姪）の遺体、伊豆・天城山で同級生の男子学生の遺体とともに発見される（天城山心中）。
一九五八（昭和三三）	33	三月、倭文重が悪性腫瘍と誤診され、入院。 六月一日、杉山寧・長女の瑤子と結婚し、麻布国際文化会館にて披露宴。 六月頃、吉川正美六段の指導で、剣道を開始。 一〇月、ボクシングをやめ、	三月一七日、『鏡子の家』第一部起稿。 四月から翌年九月まで、「日記」を「新潮」に連載（のちに『裸体と衣裳』と解題）。	四月一日、売春防止法施行。 六月一六日、ハンガリーのナジ・イムレ、秘密裁判により絞首刑となる。 一〇月八日、警職法改正案、衆議院提出、その直後からの反対運動激化により廃案。 一二月二三日、東京タワー完工式。 一二月、共産主義者同盟結成（第一次ブ

		ボディビルに復帰。		ント）。 この年の上半期の芥川賞を、大江健三郎「飼育」が受賞。
一九五九（昭和三四）	34	五月一〇日、大田区馬込東に転居。 六月二日、長女・紀子誕生。 この年、俳優としての専属契約を大映とむすぶ。	一月、「文章讀本」を「婦人公論」別冊付録として刊行。 一一月五日、『鏡子の家』第二部起稿。	一月一日、キューバ革命。 七月二二日、熊本大学医学部が水俣病の原因物質は有機水銀であると公表。 一一月二七日、安保阻止を叫ぶデモ隊が、国会内に突入。
一九六〇（昭和三五）	35	三月二三日、主演をつとめた映画「からっ風野郎」公開。 六月一八日、安保反対のデモ隊を記者クラブのバルコニーから視察。 一一月一日、瑤子夫人と欧米旅行に出発（一月二〇日、帰国）。	一月から一〇月、『宴のあと』を「中央公論」に連載。	四月七日、サド（澁澤龍彦訳）『悪徳の栄え〈続〉』、猥褻文書の疑いで警視庁に押収される。 六月一五日、安保反対の国会デモで樺美智子殺される。 一〇月一二日、社会党委員長・浅沼稲次郎、山口二矢少年に刺殺される。
一九六一（昭和三六）	36	二月から三月、深沢七郎「風流夢譚」事件（嶋中事件）に関連して、警察の身辺警護がつく。 三月一五日、『宴のあと』が	一月、「憂国」を「小説中央公論」に発表。 二月二日、『獣の戯れ』起稿。 一一月一四日、『美しい	一月、大江健三郎「セヴンティーン」を掲載した「文學界」が謝罪。 二月一日、中央公論社社長宅で、家人二名が殺傷される（「風流夢譚」事件）。 五月一六日、大韓民国で、朴正熙らによ

		プライバシー権の侵害で東京地裁に提訴される。 四月、剣道初段となる。	星』起稿。 一二月、「法律と文学」を「東大緑会大会プログラム」に発表。	る軍事クーデター。 一〇月二日、柏戸（第47代）、大鵬（第48代）が同時に横綱昇進。
一九六二 （昭和三七）	37	五月二日、長男・威一郎が誕生。 六月、運転免許を取得。	一月から一一月、『美しい星』を「新潮」に連載。 五月ごろ、『豊饒の海』の構想がなる。	六月、安部公房『砂の女』刊行。 一〇月二二日、キューバ危機。 一一月二九日、電話ボックスで火薬が爆発（草加次郎事件）。
一九六三 （昭和三八）	38	一月一四日、芥川比呂志、岸田今日子らが文学座を脱退。三島は残留し、一座の再建をはかる。 一一月、戯曲「喜びの琴」が上演中止となり、文学座を脱退。	一月から五月、「私の遍歴時代」を「東京新聞」夕刊に連載。 一月二二日、『午後の曳航』起稿。 二月、「林房雄論」を「新潮」に発表。 三月、写真集『薔薇刑』刊行。 九月、『午後の曳航』を講談社より刊行。 十月、「剣」を「新潮」に	一月一日、「鉄腕アトム」放送開始。 三月三一日、吉展ちゃん誘拐事件が起こる。 五月一日、狭山市で十六歳の少女が失踪、その後、捜査がはじまる（狭山事件）。 七月一五日、野村秋介らによる「河野一郎邸焼き討ち事件」おこる。 九月、林房雄『大東亜戦争肯定論』の連載がはじまる。 一一月二二日、ケネディ大統領暗殺。 一二月八日、力道山が暴漢に刺される（一二月一五日に死亡）。

年	年齢	事項	作品	社会
一九六四（昭和三九）	39	一月一〇日、劇団NLTを結成、顧問となる。 六月二〇日から七月二日にかけて渡米。 八月二日より二週間、伊豆下田の東急ホテルで家族とすごす。以後の慣例となる。 九月二八日、東京地裁でプライバシー裁判判決、三島は敗訴し、ただちに控訴。	発表。 一月から一〇月、『絹と明察』を「群像」に連載。 一月から一二月まで、『音楽』を「婦人公論」に連載。 二月、「喜びの琴」を「文藝」に発表。	四月一日、海外観光渡航自由化。観光目的でのパスポート発行が可能となる。 四月二八日、「平凡パンチ」創刊。 五月、岩波書店の日本古典文学大系中の一冊に『浜松中納言物語』が収録される。 一〇月一日、東海道新幹線、開通。 一〇月三日、日本武道館、開館。 一〇月一〇日、東京オリンピック開幕。
一九六五（昭和四〇）	40	二月、『春の雪』の取材で、奈良県の圓照寺を訪問。 三月四日、プライバシー裁判の原告、有田八郎、死去。 三月、イギリス、フランスを旅行。 四月、村松剛、佐伯彰一らが「批評」を復刊、同人にむかえられる。	一月、「三熊野詣」を「新潮」に、「月澹荘綺譚」を「文藝春秋」に発表。 二月、「孔雀」を「文學界」に発表。 四月から一一月、「聖セバスチァンの殉教」を「批評」に連載。 六月、「朝の純愛」を「日	二月一日、原水協分裂、原水禁結成。 二月二一日、マルコムXが暗殺される。 四月二四日、べ平連初のデモ。 六月一二日、家永三郎東京教育大学教授、教科書検定は違憲であるとして提訴。 六月二二日、日韓基本条約、調印。 七月四日、吉展ちゃん事件容疑者を逮捕。 七月三〇日、谷崎潤一郎、死去。 一〇月二一日、朝永振一郎がノーベル物

年	年齢	事項	作品	社会
		四月三〇日、映画「憂国」完成。 九月、瑤子夫人と、アメリカ、スウェーデン、タイ、カンボジアなどを歴訪。ノーベル賞候補となっていることを、AP電が報道。 一一月、「サド侯爵夫人」、劇団NLTにより、紀伊國屋ホールにて初演。	本」に発表。 九月から翌々年一月、『春の雪』を「新潮」に連載。 一一月、「サド侯爵夫人」を「文藝」に発表。 一一月から四三年六月にかけて、『太陽と鐵』を「批評」に連載。	理学賞を受賞。 一〇月二五日、大阪万博のテーマが「人類の進歩と調和」に決定。 一一月一九日、戦後初の「赤字国債」発行を閣議決定。 一二月一〇日、日本、国際連合安全保障理事会の非常任理事国に当選。
一九六六（昭和四一）	41	八月、『奔馬』の取材で、奈良、京都、広島、熊本にいく。 一一月二八日、『宴のあと』をめぐり、有田家との和解成立。 一二月一九日、林房雄の仲介で、楯の会の会員となる若者たちと知りあう。	六月、「英霊の声」を「文藝」に発表。 一〇月、「荒野より」を「群像」に発表。 一一月二六日、『春の雪』脱稿。	五月一六日、中国文化大革命はじまる。 六月二八日、三里塚闘争はじまる。 六月二九日、ビートルズ、来日。 十月二八日、「週刊プレイボーイ」創刊。
一九六七（昭和四二）	42	二月二八日、川端康成、石川淳、安部公房とともに、文化大革命に対する抗議アピ	二月から翌年八月まで、『奔馬』を「新潮」に連載。	三月一二日、青年医師連合がインターン制度に反対して医師国家試験をボイコット。

一九六八（昭和四三）

43

ールを発表。

四月一二日から翌月二七日まで、自衛隊に最初の体験入隊。

九月二六日から十月二三日にかけて、インド政府の招聘によりインド旅行、帰途、ラオス、タイに立ちよる。

一〇月一日、ノーベル賞候補となっていることを、UPIが報道。

一二月五日、航空自衛隊百里基地で、F104戦闘機に試乗。

三月一日から三〇日にかけて、陸上自衛隊富士学校滝ヶ原分屯地で、訓練。森田必勝も参加。

四月、学生組織のための制服が完成。

一〇月五日、「楯の会」の正

九月、『葉隠入門』を光文社より刊行。

五月から翌々年一一月まで、「小説とは何か」を「波」に連載。

六月、埴谷雄高・村松剛との鼎談「デカダンス意識と生死観」を「批評」に発表。


四月一三日、日本近代文学館、開館。

四月一六日、統一地方選挙・東京都知事選挙で美濃部亮吉が当選。

六月、熊本大学研究班がチッソの化学プラントと同一の環境下で、メチル水銀（水俣病の原因物質）の合成に成功、論文を発表。

八月一日、資生堂から男性化粧品「MG5」発売。

一〇月一八日、ツイッギー来日、以後日本にミニスカートブームが起こる。

一〇月八日、羽田闘争で山崎博昭、死亡。

一一月九日、武満徹作曲「ノヴェンバー・ステップス」、ニューヨーク初演。

一月九日、マラソンの円谷幸吉、自殺。

一月一九日、アメリカ合衆国の原子力空母エンタープライズ、佐世保に入港。

一月二九日、東京大学医学部、ストライキ突入。

二月二〇日、金嬉老事件おこる。

六月一五日、東京大学安田講堂を学生た

年	年齢	事項	作品	社会
		式名称が決定。 一〇月、澁澤龍彦責任編集「血と薔薇」創刊、三島をモデルとした「聖セバスチャンの殉教」（篠山紀信撮影）が載る。 一一月一〇日、林健太郎文学部長の救出をこころみ、失敗。	七月、「文化防衛論」を「中央公論」に発表。 九月から翌々年四月まで、『暁の寺』を「新潮」に連載。 一二月、「わが友ヒットラー」を「文學界」に発表。	ちが占拠。 九月三〇日、日大で学生一万人が古田会頭と大衆団交。 一〇月一七日、川端康成がノーベル文学賞を受賞。 一〇月二一日、国際反戦デー、新宿騒乱。 一二月一〇日、三億円事件おこる。
一九六九（昭和四四）	44	三月一日から二九日にかけて、楯の会会員とともに自衛隊に体験入隊。七月二六日から八月二三日も同様に入隊。 五月一三日、東大駒場で全共闘学生と対論。 一一月三日、国立劇場屋上で、楯の会結成一周年記念パレードを挙行。 一二月、軍事情勢視察と称して、韓国旅行。	一月、『春の雪』を新潮社から刊行。 二月、『奔馬』を新潮社から刊行。 九月から翌年八月まで、「行動学入門」を「Pocketパンチ Oh!」に連載。 一一月、「椿説弓張月」を「海」に発表。 一一月、「大いなる過渡期の論理」（高橋和巳	一月二日、パチンコによる天皇狙撃事件おこる。 一月一九日、東大安田講堂、封鎖解除。 四月七日、連続射殺事件犯人として、永山則夫が逮捕される。 七月二〇日、アポロ11号、月面着陸。 八月三日、大学管理臨時措置法案、参議院本会議で強行採決で可決。 一〇月二一日、国際反戦デー。新左翼各党派他で、一五〇〇余名の逮捕者。 一一月一七日、佐藤栄作首相訪米、同月二一日に、三年後の沖縄返還合意を取

年	年齢	事項	作品	社会
一九七〇（昭和四五）	45	三月一日から二八日まで、楯の会会員とともに自衛隊に体験入隊。九月一〇日から一二日、一一月四日から六日も同様に入隊。 六月三〇日、遺言状を公正証書として作成。 一〇月一九日、蹶起隊員とともに写真撮影。 一一月一二日から一七日まで、池袋東武百貨店で「三島由紀夫展」開催。 一一月二五日、自決。	との対談）を「潮」に発表。 七月から翌年一月まで、『天人五衰』を「新潮」に連載。 九月、「革命哲学としての陽明学」を「諸君！」に発表。	りつける。 三月、小高根二郎『蓮田善明とその死』刊行。 三月一四日、大阪万博開幕。 三月三一日、共産主義者同盟・赤軍派の学生たちがよど号をハイジャック。 四月一〇日、ビートルズ解散。 六月二三日、日米安全保障条約自動延長。 九月一三日、大阪万博閉幕。延べ入場者数、約六四〇〇万人。 一〇月八日、ソルジェニーツィンのノーベル文学賞受賞が発表される。 一二月二〇日、沖縄でコザ暴動。
一九七一（昭和四六）		一月二四日、川端康成を葬儀委員長として、築地本願寺にて葬儀。		

参考文献

Ⅰ　本文

『三島由紀夫全集』

石川淳・川端康成・中村光夫・武田泰淳監修　全三十五巻・補巻一、新潮社、一九七三〜一九七六年

『決定版三島由紀夫全集』

編集委員　田中美代子　全四十二巻・補巻一・別巻一、新潮社、二〇〇〇〜二〇〇六年

＊本書における引用は基本的に前者に依拠しているが、本文が新字・旧かなとなった新版全集にふくまれた新資料については、後者をも参照している。

Ⅱ　それ以外

浅田次郎「三島由紀夫について」『勇気凜凜ルリの色』――講談社文庫　一九九九年

東文彦『東文彦作品集』――講談社文芸文庫　二〇〇七年

安部公房『終りし道の標べに』（真善美社版）――講談社文芸文庫　一九九五年

嵐山光三郎『文人悪食』――新潮文庫　二〇〇〇年

安藤宏『日本近代小説史』――中公選書　二〇一五年

磯田光一『殉教の美学』――冬樹社　一九六四年

伊藤勝彦『最後のロマンティーク　三島由紀夫』――新曜社　二〇〇六年

井上隆史『豊饒なる仮面　三島由紀夫』――新典社　二〇〇九年

井上隆史『三島由紀夫　幻の遺作を読む　もう一つの「豊饒の海」』――光文社新書　二〇一〇年
猪瀬直樹『ペルソナ　三島由紀夫伝』――文春文庫　一九九九年
岩下尚史『直面（ヒタメン）三島由紀夫若き日の恋』――文春文庫　二〇一六年
巖谷國士『澁澤龍彦考』――河出書房新社　一九九〇年
宇井伯壽『印度哲學史』――岩波書店　一九三二年
宇井伯壽『佛教汎論』――岩波書店（改版）　一九六二年
上野千鶴子・小倉千加子・富岡多惠子『男流文学論』――ちくま文庫　一九九七年
江藤淳『全文芸時評』上巻――新潮社　一九八九年
大澤真幸『思想のケミストリー』――紀伊國屋書店　二〇〇五年
大澤真幸『三島由紀夫　ふたつの謎』――集英社新書　二〇一八年
大島渚『同時代作家の発見』――三一書房　一九七八年
奥野健男『三島由紀夫伝説』――新潮文庫　二〇〇〇年
小熊英二『１９６８【下】叛乱の終焉とその遺産』――新曜社　二〇〇九年
小高根二郎『蓮田善明とその死』（新版）――島津書房　一九七九年
川端康成「三島由紀夫」『川端康成全集』第十五巻――新潮社　一九七三年
川端康成「三島由紀夫「豊饒の海」評」『川端康成全集』第十九巻――新潮社　一九七四年
川端康成・三島由紀夫『往復書簡』――新潮文庫　二〇〇〇年
菅孝行『吉本隆明論』――第三文明社　一九七三年
菅孝行「三島由紀夫と三島事件」『現代の眼』一九七五年一月号――現代評論社　一九七五年
菅孝行『三島由紀夫と天皇』――平凡社新書　二〇一八年

北山修『戦争を知らない子供たち』――角川文庫 一九七二年
ドナルド・キーン（徳岡孝夫・角地幸男訳）『日本文学史 近代・現代篇 六』―中公文庫 二〇一二年
ドナルド・キーン（角地幸男訳）『ドナルド・キーン自伝 増補新版』―中公文庫・改版 二〇一九年
久世光彦『怖い絵』――文藝春秋 一九九一年
熊野純彦『西洋哲学史 近代から現代へ』――岩波新書 二〇〇六年
熊野純彦『埴谷雄高 夢みるカント』――講談社学術文庫 二〇一五年
熊野純彦『本居宣長』――作品社 二〇一八年
小島千加子『三島由紀夫と檀一雄』――ちくま文庫 一九九六年
小谷野敦『現代文学論争』――筑摩選書 二〇一〇年
斎藤美奈子『文学的商品学』――紀伊國屋書店 二〇〇四年
斎藤美奈子『日本の同時代小説』――岩波新書 二〇一八年
佐伯彰一『評伝 三島由紀夫』――中公文庫 一九八八年
佐藤秀明『三島由紀夫 人と文学』――勉誠出版 二〇〇六年
椎名麟三『重き流れの中に』――新潮文庫・改版 一九七〇年
澁澤龍子『澁澤龍彦との日々』――白水Uブックス 二〇〇九年
澁澤龍彦「『午後の曳航』」『澁澤龍彦集成 Ⅶ』――桃源社 一九七〇年
澁澤龍彦『三島由紀夫おぼえがき』――中公文庫 一九八六年
澁澤龍彦『サド復活』――日本文芸社 一九八九年
島内景二『三島由紀夫―豊饒の海へ注ぐ』――ミネルヴァ書房 二〇一〇年
菅原克也『小説のしくみ 近代文学の「語り」と物語分析』――東京大学出版会 二〇一七年

ヘンリー・スコット＝ストークス（徳岡孝夫訳）『三島由紀夫　死と真実』　ダイヤモンド社　一九八五年
鈴木邦夫『遺魂　三島由紀夫と野村秋介の軌跡』――無双舎　二〇一〇年
関川夏央「増村保造と三島由紀夫」『家はあれども帰るを得ず』――文藝春秋　一九九二年
関川夏央『本よみの虫干し　日本の近代文学再読』――岩波新書　二〇〇一年
高橋和巳「仮面の美学――三島由紀夫」『孤立無援の思想　全エッセイ集』河出書房新社　一九六六年
高橋和巳『わが解体』――河出書房新社　一九七一年
高橋和巳「死について」『人間にとって』――新潮社　一九七一年
高橋睦郎『在りし、在らまほしかりし三島由紀夫』――平凡社　二〇一六年
伊達宗克『裁判記録「三島由紀夫事件」』――講談社　一九七二年
中条昌平『反＝近代文学史』――中公文庫　二〇〇七年
徳岡孝夫／ドナルド・キーン『悼友紀行　三島由紀夫の作品風土』――中公文庫　一九八一年
徳岡孝夫『五衰の人　三島由紀夫私記』――文春文庫　一九九九年
中島義道『哲学の教科書　思索のダンディズムを磨く』――講談社　一九九五年
ジョン・ネイスン（野口武彦訳）『三島由紀夫　ある評伝』――新潮社　一九七六年
野口武彦『三島由紀夫の世界』――講談社　一九六八年
野坂昭如『赫奕たる逆光　私説・三島由紀夫』――文藝春秋　一九八七年
野坂昭如『文壇』――文春文庫　二〇〇五年
野田宇太郎『灰の季節』――修道社　一九五八年
橋川文三『日本浪曼派批判序説』――講談社文芸文庫　一九九八年
橋川文三『橋川文三セレクション』（中島岳志・編）――岩波現代文庫　二〇一一年

橋本治『「三島由紀夫」とはなにものだったのか』――新潮文庫　二〇〇六年
蓮田善明『蓮田善明全集』（小高根二郎・編）――島津書房　一九八九年
長谷川泉・他（編）『三島由紀夫研究』――右文書院　一九七〇年
長谷川泉・武田勝彦（編）『三島由紀夫辞典』――明治書院　一九七六年
ジョルジュ・バタイユ『エロティシズム』（澁澤龍彦訳）――二見書房　一九七三年
服部達『われらにとって美は存在するか』――審美社　一九六八年
埴谷雄高「安部公房のこと」『全集　1』――講談社　一九九八年
埴谷雄高「『禁色』を読む」『全集　1』――講談社　一九九八年
埴谷雄高「三島由紀夫」『全集　4』――講談社　一九九八年
埴谷雄高「戦後文学の党派性、補足」『全集　9』――講談社　一九九九年
平岡梓『倅・三島由紀夫』――文春文庫　一九九六年
平野謙『文藝時評』上下――河出書房新社　一九六九年
平野謙『昭和文学私論』――毎日新聞社　一九七七年
坊城俊民『焰の幻影　回想　三島由紀夫』――角川書店　一九七一年
保阪正康『眞説　光クラブ事件　東大生はなぜヤミ金融屋になったのか』――角川書店　二〇〇四年
保阪正康『三島由紀夫と楯の会事件』――ちくま文庫　二〇一八年
本多秋五『物語　戦後文学史（中）』――岩波現代文庫　二〇〇五年
三浦雅士『青春の終焉』――講談社学術文庫　二〇一二年
三島由紀夫 vs 東大全共闘『美と共同体と東大闘争』――角川文庫　二〇〇〇年
水上勉『金閣炎上』――新潮文庫　一九八六年

三谷信『級友　三島由紀夫』――中公文庫　一九九九年
三好行雄（編）『三島由紀夫必携（別冊國文學・No19）』――學燈社　一九八三年
村松剛『三島由紀夫の世界』――新潮社　一九九〇年
保田與重郎『保田與重郎文芸論集』――講談社文芸文庫　一九九九年
山本健吉『文藝時評』――河出書房新社　一九六九年
マルグリット・ユルスナール（澁澤龍彦訳）『三島由紀夫あるいは空虚のヴィジョン』――河出文庫　一九九五年
吉田健一「解説」三島由紀夫『愛の渇き』――新潮文庫　一九五二年
吉本隆明『藝術的抵抗と挫折』――未来社（新装版）　一九七四年
吉本隆明「自立の思想的拠点」『全著作集　13』――勁草書房　一九六九年
吉本隆明『言語にとって美とはなにか』『全著作集　6』――勁草書房　一九七二年
ジェニフェール・ルシュール（鈴木雅生訳）『三島由紀夫』――祥伝社新書　二〇一二年
渡辺京二『神風連とその時代』（渡辺京二傑作選2）――洋泉社　二〇一一年

書名	著者
ラス=カサス	染田秀藤
吉田松陰	高橋文博
パステルナーク	前木祥子
パース	岡田雅勝
南極のスコット	中田修
アドルノ	小牧治
良寛	山崎昇
グーテンベルク	戸叶勝也
ハイネ	一條正雄
トマス=ハーディ	倉持三郎
古代イスラエルの預言者たち	木田献一
シオドア=ドライサー	岩元巌
ナイチンゲール	小玉香津子
ザビエル	尾原悟
ラーマクリシュナ	堀内みどり
フーコー	今村仁司・栗原仁
トニ=モリスン	吉田廸子
悲劇と福音	佐藤研
リルケ	星野慎一・小磯仁
トルストイ	八島雅彦
ミリンダ王	森祖道・浪花宣明
フレーベル	小笠原道雄
ヴェーダからウパニシャッドへ	針貝邦生
ベルイマン	小松弘
アルベール=カミュ	井上正
バルザック	高山鉄男
モンテーニュ	大久保康明
ミュッセ	野内良三
ヘルダリーン	小磯仁
チェスタトン	山形和美
キケロー	角田幸彦
紫式部	沢田正子
デリダ	上利博規
ハーバーマス	小牧治・村上隆夫
三木清	永野基綱
グロティウス	柳原正治
シャンカラ	島岩
ハンナ=アーレント	太田哲男
ミダース王	西澤龍生
ビスマルク	加納邦光
オパーリン	江上生子
アッシジのフランチェスコ	川下勝
スタール夫人	佐藤夏生
セネカ	角田幸彦
ペテロ	川島貞雄
ジョン・スタインベック	中山喜代市
漢の武帝	永田英正
アンデルセン	安達忠夫
ライプニッツ	酒井潔
アメリゴ=ヴェスプッチ	篠原愛人
陸奥宗光	安岡昭男
ジェイムズ・ジョイス	金田法子
魯迅	林田愼之助・小山三郎
吉野作造	太田哲男

書名	著者
平塚らいてう	小林登美枝
フッサール	加藤精司
ゾラ	尾崎和郎
ボーヴォワール	村上益子
カール=バルト	大島末男
ウィトゲンシュタイン	岡田雅勝
ショーペンハウアー	遠山義孝
マックス=ヴェーバー	住谷一彦他
D・H・ロレンス	倉持三郎
ヒューム	泉谷周三郎
シェイクスピア	福田陸太郎・菊川倫子
ドストエフスキイ	井桁貞義
エピクロスとストア	堀田彰
アダム=スミス	浜林正夫・鈴木亮
ポパー	川村仁也
フンボルト	西村貞二
白楽天	花房英樹
ベンヤミン	村上隆夫
ヘッセ	井手賁夫
フィヒテ	福吉勝男
大杉栄	高野澄
ボンヘッファー	村上伸
ケインズ	浅野栄一
エドガー=A=ポー	佐渡谷重信
ウェスレー	野呂芳男
レヴィ=ストロース	吉田禎吾他
ブルクハルト	西村貞二
ハイゼンベルク	小出昭一郎
ヴァレリー	山田直
プランク	高田誠二
ラヴォアジエ	中川鶴太郎
T・S・エリオット	徳永暢三
シュトルム	宮内芳明
マーティン=L=キング	梶原寿
ペスタロッチ	長尾十三二・福田弘
玄奘	三友量順
ヴェーユ	冨原眞弓
ホルクハイマー	小牧治
サン=テグジュペリ	稲垣直樹
西光万吉	師岡佑行
ヴァイツゼッカー	加藤常昭
メルロ=ポンティ	村上隆夫
オリゲネス	小高毅
トマス=アクィナス	稲垣良典
ファラデーとマクスウェル	後藤憲一
津田梅子	古木宜志子
シュニッツラー	岩淵達治
タゴール	丹羽京子
カステリョ	出村彰
ヴェルレーヌ	野内良三
コルベ	川下勝
ドゥルーズ	船木亨
「白バラ」	関楠生
リジュのテレーズ	菊地多嘉子
リッター	西村貞二
プルースト	石木隆治
ブロンテ姉妹	青山誠子
ツェラーン	森治
ムッソリーニ	木村裕主
モーパッサン	村松定史
大乗仏教の思想	副島正光
解放の神学	梶原寿
ミルトン	新井明
ティリッヒ	大島末男
神谷美恵子	江尻美穂子
レイチェル=カーソン	太田哲男
オルテガ	渡辺修
アレクサンドル=デュマ	辻昶・稲垣直樹
西行	渡部治
ジョルジュ=サンド	坂本千代
マリア	吉山登

【人と思想】既刊本

書名	著者
老子	高橋進
孔子	内野熊一郎他
ソクラテス	中野幸次
釈迦	副島正光
プラトン	中野幸次
アリストテレス	堀田彰
イエス	八木誠一
親鸞	古田武彦
ルター	小牧治・泉谷周三郎
カルヴァン	渡辺信夫
デカルト	伊藤勝彦
パスカル	小松摂郎
ロック	浜林正夫他
ルソー	中里良二
カント	小牧治
ベンサム	山田英世
ヘーゲル	澤田章
J・S・ミル	菊川忠夫
キルケゴール	工藤綏夫
マルクス	小牧治
福沢諭吉	鹿野政直
ニーチェ	工藤綏夫
J・デューイ	山田英世
フロイト	鈴村金彌
内村鑑三	関根正雄
ロマン=ロラン	村上嘉隆・村上益子
孫文	横山英・中山義弘
ガンジー	坂本徳松
レーニン（品切）	中野徹三・高岡健次郎
ラッセル	金子光男
シュバイツァー	泉谷周三郎
ネルー	中村平治
毛沢東	宇野重昭
サルトル	村上嘉隆
ハイデッガー	新井恵雄
ヤスパース	宇都宮芳明
孟子	加賀栄治
荘子	鈴木修次
アウグスティヌス	宮谷宣史
トーマス・マン	村田經和
シラー	内藤克彦
道元	山折哲雄
ベーコン	石井栄一
マザーテレサ	和田町子
中江藤樹	渡部武
ブルトマン	笠井恵二
本居宣長	本山幸彦
佐久間象山	奈良本辰也・左方郁子
ホッブズ	田中浩
田中正造	布川清司
幸徳秋水	絲屋寿雄
スタンダール	鈴木昭一郎
和辻哲郎	小牧治
マキアヴェリ	西村貞二
河上肇	山田洸
アルチュセール	今村仁司
杜甫	鈴木修次
スピノザ	工藤喜作
ユング	林道義
フロム	安田一郎
マイネッケ	西村貞二
エラスムス	斎藤美洲
パウロ	八木誠一
ブレヒト	岩淵達治
ダンテ	野上素一
ダーウィン	江上生子
ゲーテ	星野慎一
ヴィクトル=ユゴー	辻昶・丸岡高弘
トインビー	吉沢五郎
フォイエルバッハ	宇都宮芳明

CenturyBooks

清水書院の〝センチュリーブックス〟発刊のことば

近年の科学技術の発達は、まことに目覚ましいものがあります。月世界への旅行も、近い将来のこととして、夢ではなくなりました。しかし、一方、人間性は疎外され、文化も、商品化されようとしていることも、否定できません。

いま、人間性の回復をはかり、先人の遺した偉大な文化を継承して、高貴な精神の城を守り、明日への創造に資することは、今世紀に生きる私たちの、重大な責務であると信じます。

私たちがここに、「センチュリーブックス」を刊行いたしますのは、人間形成期にある学生・生徒の諸君、職場にある若い世代に精神の糧を提供し、この責任の一端を果たしたいためであります。

ここに読者諸氏の豊かな人間性を讃えつつご愛読を願います。

一九六七年

清水

SHIMIZU SHOIN

三島由紀夫■人と思想197　　定価はカバーに表示

2020年2月15日　第1刷発行©
11月20日　第4刷発行

・著　者 ……熊野(くまの)　純彦(すみひこ)
・発行者 ……野村　久一郎
・印刷所 ……広研印刷株式会社
・発行所 ……株式会社　清水書院

〒102-0072　東京都千代田区飯田橋3-11-6
Tel・03(5213)7151～7
振替口座・00130-3-5283
http://www.shimizushoin.co.jp

CenturyBooks

Printed in Japan
ISBN978-4-389-42197-7

さくいん

人名

【あ　行】

【か　行】

【ま 行】

【や 行】

【ら 行】

【わ 行】

作　品

さくいん